요셉의원 선우경식

쪽방촌의 성자, 요셉의원 설립자

의사 선우경식

쪽방촌의 성자, 요셉의원 설립자

의사 선우경식

교회 인가 2024년 3월 11일 (서울대교구)
초판 1쇄 발행 2024년 4월 11일
초판 2쇄 발행 2024년 4월 30일

지은이 이충렬
펴낸이 최순영

출판2 본부장 박태근
W&G 팀장 류혜정
디자인 김준영

펴낸곳 ㈜위즈덤하우스 **출판등록** 2000년 5월 23일 제13-1071호
주소 서울특별시 마포구 양화로 19 합정오피스빌딩 17층
전화 02) 2179-5600 **홈페이지** www.wisdomhouse.co.kr

ISBN 979-11-7171-150-5 03810

쪽방촌의 성자, 요셉의원 설립자

의사
선우경식

이충렬 지음

위즈덤하우스

요셉의원과 함께했던
21년의 삶을 충실히 복원한 전기

서울대교구 교구장
대주교 정순택 베드로

"너희가 내 형제들인 이 가장 작은 이들 가운데 한 사람에게 해준 것
이 바로 나에게 해준 것이다."(마태오 복음 25장 40절)

선우경식(요셉, 1945~2008) 원장님은 예수님의 말씀에 따라 가난
하고 소외된 이들을 치료하고 돕는 일에 삶을 바치신 분입니다. 그분
은 가난한 환자들을 하느님의 선물이라 여기는 마음으로 무료 운영
하는 우리나라 대표적 자선병원인 요셉의원을 1987년에 설립하셨
고, 2008년에 돌아가실 때까지 평생을 그곳에서 봉사하며 사셨습니
다. 복음의 협력자로서 그리스도의 사랑으로 평생 가난한 이들에 대
한 도움을 실천하신 분이셨기에, 천주교 서울대교구에서는 2022년

11월 12일 서울 주교좌 명동대성당에서 '선우경식 요셉 원장 기림 미사'를 봉헌한 바 있습니다. 이는 서울대교구가 선우경식 원장님의 공덕을 인정하고 교우들의 모범으로 삼고 있음을 의미합니다.

《의사 선우경식》은 평생 낮은 곳에서 가난한 이들과 함께하며 온몸과 마음으로 그리스도를 증거하신 선우경식 원장님이 요셉의원과 함께한 21년의 삶을 충실히 복원한 전기입니다. 그동안 김대건 신부님, 김수환 추기경님, 이태석 신부님 등 가톨릭 사제들의 공인 전기를 집필한 이충렬 실베스테르 작가는 평신도인 선우경식 원장님이 가난한 환자들에 대해 보여주신 사랑과 실천을 사실에 근거해 객관적으로 잘 서술했고, 요셉의원에서도 이 책을 선우 원장님의 공식 전기로 인정했습니다.

1987년 서울 관악구 신림동에서 선우경식 원장님이 처음 요셉의원을 시작했을 때, 주변 사람들은 '3개월도 버티기 어려울 것'이라며 우려했습니다. 그럼에도 원장님은 자신의 온 힘을 다해 가난하고 소외된 이들에게 의술을 베풀었습니다. 물론 원장님 혼자만의 힘으로 요셉의원이 운영된 것은 아닙니다. 자선병원을 세우자는 원장님의 큰 뜻에 희생과 사랑, 열정을 갖고 함께한 자원봉사자 의료진과 일반 봉사자, 많은 은인, 헌신적으로 근무한 직원 여러분이 있었기에 가능한 일이었지요. 이런 봉사자와 은인들의 사랑과 열정뿐 아니라 하느님의 은총까지도 늘 함께해주셨기에 요셉의원은 신림동 지역 재개발로 인해 1997년 영등포 쪽방촌으로 이전한 뒤에도 무료진료를 계속할 수 있었고, 지금도 잘 운영되고 있습니다.

선우경식 원장님은 의사로서 안락한 삶을 살 수 있었음에도 평생 가난한 환자들을 위한 봉사의 삶을 사셨습니다. 지인이 선물한 중고 자동차도 기름값이 든다는 이유로 타지 않고 지하철로 출퇴근을 할 정도로 요셉의원 운영에 자신의 모든 것을 바치셨지요. 또 요셉의원에서의 치료가 어려운 중증환자는 큰 병원에 데려가 그곳에서의 전문적 진료를 사정하다시피 부탁하는 일도 자주 있었다고 합니다.

선우 원장님은 생전에 "나는 원하는 대로 봉사하는 삶을 살았기 때문에 누구보다 풍요롭게 살았다"라고 말씀하시곤 했습니다. 그리고 그 말씀 그대로, 세상 사람들에겐 어리석게 보였을지 몰라도 가장 행복한 삶을 사신 분입니다.

하지만 원장님은 수많은 가난한 사람들의 병은 무료로 치료해주셨으면서도, 정작 당신의 건강은 돌보지 못했습니다. 그 탓에 2006년 5월에는 급성 뇌경색으로 쓰러져 수술을 받았고, 같은 해 10월에는 상당히 진전된 위암을 발견해 위의 반을 잘라내는 대수술을 받으셨지요. 위암 수술 뒤 항암 투병을 하시면서도 틈날 때마다 요셉의원에 들러 봉사자들과 직원들을 격려해주시던 원장님은 이후 갑작스레 병세가 악화해 2008년 4월 18일에 선종하셨습니다.

선우경식 원장님은 누구보다 묵묵하게, 누구보다 꿋꿋이 낮은 곳에서 가난한 이들과 함께하며 온몸과 마음으로 그리스도를 증거하셨습니다. 예수님을 본받아 원장님 스스로 한 알의 밀알이 되어 땅에 떨어져 많은 열매를 맺으셨지요. 《의사 선우경식》을 읽는 독자들도 그분의 삶을 통해 나눔과 봉사의 삶으로 이어지는 열매를 맺을 수 있길 기원합니다.

가난한 이들의 의사 선우경식

이충렬

선우경식은 1969년 의사 면허증을 취득한 후 끊임없이 의사란 직업에 대해 고민했다. 당시는 국민건강보험 제도가 없던 시절이라 접수할 때 진료비나 수술비를 내야 했다. 병원에서 일하는 동안 그는 돈 없는 환자들이 발길을 돌려야 하는 현실을 보며, "사회적 지위 여하를 초월하여 오직 환자에 대한 나의 의무를 지키겠노라"라는 히포크라테스 선서를 떠올렸다. "사람을 살리는 데 의학을 이용하겠다"라고 했던 학생 때의 맹세를 지킬 수 없다는 자괴감이 들었고, 고민을 거듭하며 제3의 길을 찾았다. 그러나 "하늘 아래 새로운 게 없다"는 말처럼, 여기저기 기웃거렸음에도 그가 꿈꾸는 가난한 환자를 진료할 수 있는 길은 보이지 않았다. 오랫동안 고민하던 그는 1983년

5월에 강원도 정선으로 떠났다. 그가 도착한 곳은 깊은 산골의 가난한 환자들을 위해 수녀회에서 설립한 성프란치스코의원이었다. 이 병원에서는 환자의 재정 상태를 a, b, c의 세 등급으로 나눈 뒤, a 등급에게선 진료비를 모두 받았지만 b 등급에겐 할인을, c 등급에겐 무료진료를 해주었다. 의사를 필요로 하는 환자를 마음껏 진료할 수 있는 병원을 찾았다는 사실에 그는 이루 말할 수 없는 기쁨을 느꼈다.

그동안 인물 전기를 쓰면서 내가 깨닫게 된 것이 있다. 훌륭한 업적을 남긴 인물의 공통점은 어느 날 갑자기 훌륭한 일을 시작한 게 아니라는 사실이다. 선우경식 역시 마찬가지다. 가난한 이들을 위한 무료진료에 의사 생활 대부분을 보냈으나, 그가 그렇게 되기까지에는 계기와 과정이 있었을 것이기에 이책에서는 그 부분을 밝히려 노력했다. 정선에 있던 성프란치스코의원은 국민건강보험 제도가 시행되면서 보건소 지소와 여러 병원이 들어오자 1988년 3월에 폐원했다. 다행히 병원을 운영하던 마리아의 전교자 프란치스코 수녀회에는 선우경식이 근무할 때의 기록과 사진이 일지 형태로 남아 있었다. 이를 바탕으로 나는 그동안 잘 알려지지 않았던 그의 정선 생활을 복원할 수 있었고, 이곳에서의 경험이 훗날 신림10동 '사랑의 집' 의료봉사와 요셉의원 운영의 뿌리가 되었음도 확인할 수 있었다.

선우경식은 1987년 신림동 사거리에 설립된 요셉의원에서 10년, 그리고 영등포역 옆의 현재 위치로 병원을 이전한 1997년부터 지병으로 선종한 2008년까지 11년 등 도합 21년을 요셉의원 원장으로 근무했다. 부족한 자본 탓에 사실 시작은 쉽지 않았다. 병원 이용에 어려움을 겪고 있던 난곡동, 신림동, 구로1동, 구로3동, 성남시 은행동과 상대원동 등 저소득층이 많이 사는 여섯 개 지역주민이 조합원이 되어 십시일반으로 돈을 모았지만, 병원을 개원하기에는 턱없이 부족했다. 이때부터 선우경식은 의사로서의 체면과 자존심을 버리고 설립 자금과 의대 동창이나 선후배 병원에서 사용하던 의료장비를 구하러 다녔다. 개인의 힘으로 한계를 느낀 그는 요셉의원을 서울가톨릭사회복지회 부설병원으로 인가받고, 김수환 추기경을 비롯한 가톨릭계의 자금 지원과 가톨릭 의료기관의 도움으로 신림동 사거리 2층에 요셉의원 간판을 걸 수 있었다. 만약 이때 내과의사였던 선우경식 본인과 간호사 한두 명만으로 병원을 운영했다면 오늘의 요셉의원은 존재할 수 없었을 것이라 해도 과언이 아니다.

그는 강원도 정선에서 돌아온 후 의료봉사를 다니던 신림10동 '사랑의 집'에서의 경험을 토대로 자원봉사를 해줄 수 있는 의사, 간호사, 약사 등 의료봉사자와 일반 봉사자를 모았다. 그 결과, 내과·소아과·치과·외과·신경외과·산부인과·영상의학과를 요일별로 나눠서 진료할 수 있는 의료진과 간호사, 약사를 비롯한 일반 봉사자들이 모였다.

그는 교통비만 받은 상근 원장이 되어 요셉의원의 문을 열었지만, 모금했던 돈은 공사비와 부족한 의료장비 구입으로 거의 남아 있지 않았다. 약을 살 돈이 없어 외상으로 사서 급한 불은 껐으나 소문을 듣고 조합원이 아닌 가난한 환자들이 몰려왔다. 이때 그는 요셉의원을 조합원만을 위한 병원이 아닌, 모든 가난한 환자들을 위한 자선 병원으로 탈바꿈시켰다. 환자가 늘어나면서 적자는 누적되었고, 몇 달 동안 외상으로 달아두었던 약값을 갚지 못하자 제약회사로부터 "도대체 김수환이 누군데 돈을 안 갚느냐"는 독촉 전화를 받는 일까지 벌어졌다. 요셉의원이 서울가톨릭사회복지회 부설병원이라 대표 또한 김수환 추기경으로 되어 있는 탓이었다. 그는 이 일을 회고하면서 "내가 여기서 도망가면 누가 하겠나 싶어 계속했다"라고 했다. 깊은 신앙심과 가난한 환자를 사랑하는 마음이 있기에 가능한 결정이었다.

선우경식이 요셉의원에서 겪은 우여곡절은 이루 말할 수 없이 많지만, 그는 가난한 환자들을 위해 21년 동안 꿋꿋이 병원을 지켰다. 그럼에도 그는 요셉의원은 수많은 의료봉사자와 일반 봉사자 들의 도움 그리고 수많은 후원자들의 후원과 사명감으로 함께 일해주는 직원들이 있었기에 계속해서 문을 열 수 있었다며 자신을 낮췄다. 아니, 그는 낮추는 데 그치지 않고 늘 자신을 돌아보았다. 그가 투박한 글씨로 "나는 하지 않으면서 다른 사람한테는 하기 힘들거나 할 수 없는 일을 하라고 말한다. 나는 받을 줄은 알지만 줄 줄은 모른다. 나는 내가 해야 할 일을 안 하기 때문에 엉뚱한 다른 사람이 어렵고 힘든 일을 하게 한다"라고 빼곡하게 써 내려간 성찰을 읽을 때는 가슴 먹먹했다. 선우경식 원장 성품의 참모습이 가감 없이 드러나는, 그래서 이 책에서 가장 빛나는 부분이라고 할 수 있는 귀중한 자료를 제공하고 원문과 이미지 게재를 허락해준 요셉의원에 큰 감사를

의사 선우경식

드린다.

　추천사를 써주신 서울대교구 정순택 대주교님, 이 책을 쓰는 동안 큰 관심을 두고 격려해주신 요셉나눔재단법인 사무총장 홍근표 신부님께 깊은 감사를 드린다. 정확한 전기가 되게끔 하기 위해 많은 자료를 제공하고 꼼꼼하게 팩트체크를 해주신 요셉의원 관계자들과 바쁜 시간에도 인터뷰에 응해주신 고영초 요셉의원 병원장님, 선우경식 원장님의 동창과 선후배님, 봉사자와 직원, 출판을 흔쾌히 맡아주신 위즈덤하우스와 거친 원고를 짜임새 있게 편집해주신 류혜정 팀장님께도 감사의 인사를 드린다.

　그가 세상을 떠난 지 16년이 지났지만, 그가 남긴 자원봉사자 시스템과 후원회원들이 있기에 오늘도 요셉의원은 문을 활짝 열고 많은 가난한 환자들을 위해 진료하고 있다.

　이 책을 통해 의사 선우경식이 우리 사회에 남긴 선한 영향력이 더 넓게 파급되기를 바라는 마음 간절하다. 졸저를 삼가 선우경식 원장의 영전에 바친다.

| 차례 |

1부

갈등 속에서

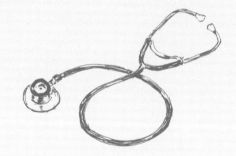

의사란 무엇일까?

허름한 옷을 입은 30대 남자가 다리에서 피가 흐르는 40대 중반의 남자를 업고 다급하게 병원으로 들어왔다. 1982년 봄이었다.

"뺑소니 사고를 당해 길에 쓰러진 걸 보고 데려왔어요. 빨리 피 좀 멈추게 해주세요."

환자를 업고 온 남자는 이마에 흐르는 땀을 닦는 둥 마는 둥 하며 간호사를 향해 다급히 말했다. 그가 환자를 의자에 앉히자 다리에서 흘러내리는 피가 병원 바닥에 뚝뚝 떨어졌다. 간호사는 신음을 내는 환자를 안타까운 눈길로 바라보며 말했다.

"보호자 분, 먼저 원무과에 가서 접수부터 하고 오세요."

당시엔 국민건강보험이 없고 큰 기업에만 의료보험이 있던 시절이라, 일반 환자는 접수할 때 미리 수술비나 진료비를 내야 했다.

"이 아저씨는 영등포시장에서 지게 일 하는 사람인데, 저도 시장에서 일하다 사람이 쓰러진 걸 보고 급히 데려와 돈이 없어요. 나중에 이 사람 가족이 와서 치료비를 낼 테니 우선 지혈부터 해주세요."

"사정은 알겠는데요, 그래도 일단 접수를 하셔야 합니다. 그래야 치료를 시작할 수 있어요."

간호사가 원무과 쪽을 바라보며 난처한 표정을 지었다. 그러나 30대 남자는 피가 너무 많이 흐르니 빨리 지혈이라도 해달라며 소리를 질렀고 환자는 다리를 붙잡으며 신음을 냈다. 원무과 직원이 와서 절차를 설명했지만 소용이 없었다.

"야, 빨리 의사 오라고 해. 사람이 이렇게 피를 흘리는데, 우선 피라도 멈추게 해줘…."

그때 응급실에 있던 선우경식이 무슨 일인가 하고 병원 로비로 뛰어나왔다. 의사 가운 차림의 선우경식을 본 30대 남자는 그에게 달려가 고개를 숙였다.

"선생님, 저 아저씨가 뺑소니를 당했는데 다리에서 피가 너무 많이 흘러 일단 제가 업고 왔습니다. 먼저 피라도 멈추게 좀 해주세요. 저 아저씨는 시장에서 지게 일을 하는 사람이라 집이 어딘지도 제가 알아요. 그러니 아저씨 식구들에게 연락해서 나중에 치료비 내라고 하겠습니다."

뺑소니 사고를 당한 40대 중반 남자의 다리에서는 계속 피가 흘러내렸다. 선우경식이 환자에게 다가가 상처 부위를 살핀 후 원무과 직원에게 말했다.

"종아리 부근의 출혈이 심한 걸 보니 혈관을 다쳤을 수도 있겠습니다. 상처 부위를 빨리 확인해야 해요. 만약 혈관을 다쳤는데 그냥 놔두면 파상풍이나 패혈증, 혹은 더 심각한 상황에 이를 수도 있으니, 일단 출혈 부위라도 확인하면서 응급처치를 할 수 있게 편의를 봐주세요."

원무과 직원이 한숨부터 내쉬었다.

"선우 선생님, 저희 입장도 이해해주세요. 원무과에서 접수가 안 되면 환자를 보실 수 없다는 거 아시잖아요. 그런데 한두 번도 아니고…. 선생님께서 자꾸 이러실 때마다 저희 입장이 아주 난처합니다."

"알아요. 그래도 저 환자는 상처가 깊기 때문에 그냥 돌려보내거나 그대로 놔두면 패혈증이 될 수도 있으니 일단 출혈 부위라도 살펴보고 응급처치를 할 수 있게 해주세요. 이 환자 치료비는 제가 책임지겠습니다."

원무과 직원은 다시 한번 한숨을 내쉬며 선우경식을 바라봤다.

"그럼 이번에도 선생님께서 책임지시는 거로 보고하고 접수하겠습니다. 그래도 자꾸 이러시면 인근에 소문이 나서 저희 병원 입장이 정말 곤란해집니다."

"알았으니까, 이 환자 빨리 응급실로 보내주세요."

다행히 환자는 혈관 봉합수술까지는 하지 않아도 됐지만, 다리가 부러져 깁스를 해야 했다. 뒤늦게 소식을 듣고 달려온 환자의 아내는 "몸뚱이로 벌어 먹고사는 사람이 다리가 부러졌으니 어떡하나"라며 하염없이 눈물만 흘렸다. 그러고는 선우경식을 찾아와 고맙다면서, 하루 벌어 하루 먹고사는 처지라 지금은 돈이 없으니 다리가 다 나으면 벌어서 꼭 갚겠다며 고개를 숙였다. 몇 시간 후 내과 과장이 선우경식을 사무실로 불렀다.

"이 친구야, 자네가 자꾸 그렇게 나서면 원무과 직원이 얼마나 난처하겠어."

그는 선우경식과 가톨릭대학교 의과대학 동기였다. 또 한편으론 선우경식이 뉴욕에서 귀국했을 때 같이 일하자며 이 병원으로 오게 한 친구이기도 했다.

"나도 알아. 그렇지만 의사가 피가 철철 흐르는 환자를 보고 외면할 수는 없잖아?"

"경식아, 그 심정 충분히 이해해. 더군다나 미국 병원에 있다가 온 자네로서는 응급환자를 그냥 돌려보내는 걸 이해하기 힘들 수도 있어. 하지만 여기는 한국이야. 아직 응급환자에 대한 의무치료 제도가 없는 곳이지. 안타깝지만 그게 현실이고, 우리 의사들은 그 현실을 바꿀 수 없어."

"어떻게 저소득층 응급환자 치료 시스템이 5년 전 인턴을 할 때나 지금이나 달라진 게 없어? 돈이 없다고 응급환자를 치료해주지 않으면 그 환자가 죽거나 불구가 되는 걸 가만히 보고 있으란 말이야?"

"자네도 알겠지만 우린 아직 선진국이 아니야. 정치 상황도 뭐가 어떻게 될지 모르는 상황인데, 정치하는 사람들이 응급환자에 신경이나 쓰겠어? 하루빨리 선진국이 되고, 정치인들이 낮은 곳에도 관심 갖기를 기다리는 수밖엔 방법이 없어."

"그럼 돈 많이 버는 종합병원에서라도 저소득층 응급환자에 대한 구제책을 만들어야 하는 거 아냐? 환자들을 치료해서 번 돈의 일부를 그렇게 쓰면 안 돼?"

의사 선우경식

"경식아, 우리는 의사지 병원 운영자가 아니야. 그리고 병원도 수익을 내야 의사와 직원들 월급 주고, 새로 나오는 의료장비들을 들여와 환자들을 잘 진료하고 치료할 수 있어. 지금 우리나라 병원에서의 의사는 주어진 상황에서 최선을 다해야 하는 존재야."

"그러면 내 월급만큼이라도 가난한 응급환자를 치료하게 해줘. 나, 월급 안 받아도 괜찮아."

친구는 어이없다는 표정으로 선우경식을 바라봤다.

"경식아, 네 마음은 알겠어. 하지만 병원 입장도 생각해야 해. 가난한 응급환자를 무료로 치료해줬다는 소문이 나서 사람들이 몰려와 봐. 그건 병원에서 감당할 수 있는 범위를 넘어서는 일이야. 나라에서도 못하는 일을 일개 병원이 어떻게 해…."

선우경식은 어두운 얼굴로 일어섰다. 의과대학을 졸업할 때 히포크라테스 선서를 했지만, 현 의료체계에서의 의사는 가난한 환자에게 아무 힘도 되어주지 못하는 존재라는 생각이 그를 힘들게 했다.

의과대학 졸업 후 1년 동안 수련의(인턴) 생활을 하면서, 선우경식은 돈 없는 응급환자가 눈앞에서 돌려보내지는 걸 바라만 봐야 하는 냉혹한 현실을 만났다. 치료는커녕 진료 접수조차 못 하고 좌절해 돌아가는 가난한 사람들을 볼 때마다 그는 의사라는 직업에 회의를 느꼈다. 그런 이들에게 의사란 무의미한 존재라는 생각이 들면서 의사 가운을 벗어 던지고 싶을 때도 많았지만, 할 줄 아는 게 이것밖에 없어 그럴 용기를 못 냈다.

수련의 과정을 마친 선우경식은 해군 의무단에 입대했고, 의무단

육상훈련과 유격훈련을 마친 뒤 65함과 87함에 번갈아 오르며 진료를 했다. 돈이 있는가의 여부와 관계없이, 사병이건 장교건 아픈 이들을 치료해줄 수 있는 군의관이었기에 그는 갈등 대신 보람을, 또 의사로서 자부심을 느끼며 3년 동안의 복무를 마쳤다.

제대 후 그는 대학병원에서 내과 전문의(레지던트) 과정을 시작했지만, 다시 갈등과 회의를 겪었다. 선배들은 그에게 미국엔 응급환자에 대한 의무치료 제도가 있어 수술비가 없다는 이유로 환자를 돌려보내진 않는다는 말과 함께 "아무래도 너는 미국에서 의사 생활하는 게 좋을 것 같다"라는 조언을 해줬다. 귀가 번쩍 뜨인 선우경식은 뉴욕 브루클린Brooklyn에 있는 '킹스브룩 유대인 메디컬 센터Kingsbrook Jewish Medical Center'에 전문의 과정을 신청했고, 1년 후인 1975년 뉴욕으로 떠났다. 그가 도착한 병원은 일반환자 병상 303개, 요양환자 병상 466개가 있고, 의사와 간호사를 포함해 2000명에 달하는 직원들이 근무하는 대형병원이었다.

그는 낯선 환경 속에서 전문의 과정을 시작했다. 선배들의 말대로 미국에는 응급환자에 대한 의무치료 제도가 있어, 가난한 응급환자에 대한 진료 거부가 없었다. 몸은 힘들었지만 마음은 편했고, 내과 전문의 과정에 집중하면서 많은 임상 경험을 할 수 있었다.

3년 후 전문의 과정을 마치자 병원에서는 그에게 일반내과의사로 근무해달라고 제의했다. 의사 생활에 갈등과 회의가 없던 그는 망설이지 않고 받아들였다. 그러나 성취감도 만족도 잠시, 이번에는 새로운 갈등에 빠져들었다. 월급으로 거액의 수표를 받을 때마다, 사람을 치료하기 위해 의사가 된 자신이 그 직업으로 돈만 벌고 있다는 생각

의사 선우경식

이 든 것이다. 통장에 잔고가 쌓이면 쌓일수록 돈 잘 버는 미국 의사
가 되었다는 현실도 점점 불편해졌다. 성당에 봉헌금을 많이 내고 주
변에 어려운 교우가 있으면 조용히 돕기도 했으나 갈등에 대한 근본
적인 해결책은 되지 못했다. 의사로서 봉사할 곳을 찾아봤지만, 미국
은 저소득층에 대한 정부 의료보험이 잘 갖춰진 나라라 마땅한 곳이
없었다. 의사로서 할 수 있는 자원봉사는 제3국으로 가는 의료봉사
단에 합류하는 정도였다. 2년을 고민하던 선우경식은 '이대로 미국
에 있다가는 자신도 모르는 사이에 돈 잘 버는 의사로 안주하게 될
지 모른다'는 생각에 귀국을 결심했다. 1980년 9월, 그의 나이 35세
때였다.

한국으로 돌아온 선우경식은 취직보다는 어떻게 의사 생활을 해
야 갈등을 느끼지 않고 보람이 있을지 골몰하기 시작했다. 그는 종
일 자신의 방에서 책장 정리를 하거나 뒷마당에 나가 장독대의 옹기
자리를 이리저리 옮기며 자신의 길에 대해 생각하고 또 생각했다.
그러나 귀국 후 몇 달을 그렇게 보내고 해가 바뀌었음에도 머릿속은
정리되지 않았다. 보다 못한 어머니가 결혼하면 마음을 잡을지 모른
다며 주변 지인들을 통해 선 자리를 만들었다. 미국에서 전문의 과
정을 마치고 돌아온 35세의 전도유망한 의사. 아버지가 하는 사업도
잘되고 있어 장남으로서의 무게도 가벼웠을 뿐 아니라 신앙심 깊은
천주교 집안. 흠잡을 데 없는 조건이라 해도 과언이 아니었기에 선
자리는 줄을 이었고, 그도 열심히 그런 자리에 나갔다. 결혼하면 마
음이 안정될 것이고, 의사로서 보람 있는 방법을 찾는 것도 혼자보

다 둘이면 더 잘 보일지 모른다는 생각에서였다. 하지만 상대방들은 의사 사모님을 기대하며 나왔고, 그는 돈 버는 의사는 되기 싫다며 가난한 환자들을 치료하면서 느낀 답답함을 이야기했다.

선우경식은 귀국한 지 거의 1년이 되도록 자신이 원하는 길을 찾지 못했고, 그를 이해해주는 인연도 만나지 못했다. 그렇다고 계속 일을 쉴 수는 없어 친구가 제안한 지금의 병원에서 근무를 시작한 것이다. 1981년 가을이었다.

강원도 정선으로 떠나다

2

선우경식은 청량리역에서 강원도 증산역(현재 민둥산역)으로 가는 열차에 올랐다. 정선을 가기 위해서는 증산역에서 내려 태백선으로 갈아타야 했다. 열차가 북한강과 남한강을 따라 경기도 양평, 용문을 지나자 얼마 전 모내기가 끝난 논과 푸르름으로 가득한 산이 펼쳐졌다.

지난주 아는 의사를 통해 정선에 있는 성프란치스코의원*이라는 곳에서 3개월 동안 봉사할 의사를 찾는다는 소식을 들었다. 태백산맥 한가운데 있는 소도시라는 지리적 환경 때문에 의료 혜택을 제대로 받지 못하는 정선 주민들을 위해 수녀회에서 설립한 병원이라고

---

* 의원은 병상(침대) 수 30개 미만의 소규모 병원으로, 외래환자를 대상으로 의료행위를 하는 1차 진료 기관이다(의료법 법률 제19421호 제3조).

했다. 그 소식에 선우경식은 귀가 번쩍 뜨이며 가슴이 두근거렸다. 자신이 할 일을 찾은 기분이었다. 그는 곧바로 성프란치스코의원에 연락해 담당 수녀와 통화했다.

"선생님, 저희 병원은 의료 혜택을 받지 못하는 가난한 지역주민들을 위해 마리아의 전교자 프란치스코 수녀회에서 1976년에 개원했습니다. 현재 저희 의원은 프랑스에서 소아과 전문의 자격을 취득한 후 1973년에 한국에 오신 안마리(안느 마리 퀴냉Anne Marie Cunin, 1941~) 원장 수녀님과 간호사 수녀님 한 분, 임상병리사 수녀님 한 분 그리고 엑스레이 기사님 등 열 명의 직원이 하루에 약 80~100명의 환자를 돌보고 있습니다. 그런데 원장 수녀님께서 3개월 동안 자리를 비우셔야 할 사정이 생기셨어요. 그래서 수련의 과정을 마친 선생님이라도 와주시면 좋겠다 생각하고 있었는데 전문의 선생님께서 전화를 주시니 감사하기도 하고 걱정도 됩니다."

"수녀님, 걱정이시라면…."

그가 깜짝 놀라며 말끝을 흐리자 수녀는 걱정스러운 목소리로 말했다.

"저희 병원의 재정 상태죠. 저희는 완전한 자선병원은 아니지만 진료비를 환자의 경제 사정에 따라 30~70퍼센트 할인해주고, 아주 극빈한 환자에게는 완전히 면제해주기 때문에 재정이 열악해요. 그래서 여기 오실 선생님께 드릴 수 있는 급여도 최소한의 생활비 정도밖에 안 되고요."

수녀의 설명을 들은 선우경식은 안도의 한숨을 내쉬며 얼른 되받았다.

"수녀님, 의원 상황을 자세히 말씀해주셔서 고맙습니다. 저는 돈을 벌기 위해 지원하는 건 아니니 걱정하지 않으셔도 됩니다."

"그렇게 말씀하시니 감사합니다. 그런데 저희 의원에 오고 싶다고 생각한 특별한 이유가 있으신지요?"

그는 잠시 생각하다 이렇게 말했다.

"저는 돈을 잘 버는 의사보다 병원비가 없는 가난한 사람도 치료해주는 의사가 되고 싶은 사람입니다. 그래서 수녀회에서 운영하는 의원이라면 돈이 없다고 환자를 치료하지 않고 돌려보내거나, 어쩔 수 없이 돌려보내도 아주 극소수일 거라는 기대를 하고 연락 드린 거고요. 그런데 극빈한 환자들은 무료로 치료해주신다니 꼭 가고 싶습니다."

"그런 생각으로 저희 의원에 연락해주셨다니 고맙습니다. 그리고 저희 의원이 수녀회에서 운영하는 곳이라 지원하셨다고 하셨는데, 혹시 가톨릭 신자신지요?"

"예, 수녀님. 중학교 때 세례를 받았습니다. 세례명은 요셉이고요."

"그러시다면 더욱 반갑습니다. 원장 수녀님께 말씀드린 후 알려주신 번호로 연락드리겠습니다."

"예, 수녀님. 연락 기다리겠습니다."

성프란치스코의원에서 연락이 온 건 다음 날 오전이었다. 선우경식은 망설이지 않고 3개월 휴직 신청을 했다. 장남이었던 그는 당시 부모님과 함께 미아리 부근 길음동에서 살고 있었다. 그러나 아버님이 사업을 하고 계셨기에 부양의 의무는 없었고, 38세가 되도록 미혼이었기에 홀가분하게 움직일 수 있었다. 선우경식은 비록 3개월

이었지만, 직접 가서 경험해보면 길이 보일지도 모른다는 생각에 도전한 것이었다. 1983년 5월이었다.

선우경식이 정선역에 도착한 건 점심때가 조금 지나서였다. 짐 가방을 든 그가 역사 밖으로 나오자 흰 남방셔츠를 입은 40대 초반의 남자가 다가왔다.

"혹시 서울에서 오신 선우경식 선생님이신지요?"

"예, 제가 선우경식입니다."

"먼 길 오시느라 고생 많으셨습니다. 저는 성프란치스코의원에서 엑스레이 기사이자 운전기사 역할을 하는 장예원이라고 합니다. 의원에서 이동 진료 때 쓰는 차를 갖고 왔으니 저쪽으로 가시죠."

"예, 고맙습니다."

이동 진료에 사용하는 차가 있다는 말에 그는 이 의원이 운영을 짜임새 있게 하는 것 같다고 생각하며 고개를 끄덕였다. 이동 진료용 자동차는 산악지대용 지프차였다. 성프란치스코의원은 정선읍 봉양리에 자리 잡고 있었다. 500평 대지 위에 단층으로 아담하게 지은 100평짜리 의원 건물 뒤로는 비봉산이, 앞에 흐르는 조양강 건너에는 조양산과 기우산이 있었다. "정선은 산으로 둘러싸인 산골"이라던 장 기사의 말대로 어디를 둘러봐도 보이는 건 산뿐이었다.

그가 성프란치스코의원에 도착하자 흰색 수녀복을 입은 안마리 원장 수녀와 간호사 수녀가 마중을 나왔다. 원장 수녀가 반가운 표정을 지으며 유창한 한국어로 인사했다.

"선우경식 선생님, 먼 길 오시느라 고생 많으셨습니다. 저는 성프

의사 선우경식

1983년 여름, 정선 성프란치스코의원 입구에서 수녀, 간호사, 직원들과 함께. (마리아의 전교자 프란치스코 수녀회 한국관구 제공)

란치스코의원의 원장직을 맡고 있는 안마리 수녀입니다."

"원장 수녀님께서 이렇게 문 앞까지 나와 맞아주셔서 고맙습니다. 선우경식입니다."

"점심시간이 지나 시장하시죠? 의원 식당에 점심을 준비해두었으니 식사하시고 제 사무실로 오시면 말씀 나누겠습니다."

"예, 원장 수녀님. 고맙습니다."

그가 점심 식사를 마치고 원장 수녀실로 가자 안마리 수녀가 의자를 권했다.

"우선 서울에서 멀리 떨어진 저희 의원까지 와주신 선우 선생님께 깊은 감사를 드립니다. 3개월 동안 거처하실 곳은 의원 옆에 있는 사택이에요. 누추하지만 깨끗하게 준비해두었으니, 세 달 동안 편하게 계셔주시면 고맙겠습니다."

"저는 아무래도 괜찮습니다만, 혹시 저 때문에 수녀님들께서 불편을 겪는 건 아니신지요?"

"아닙니다. 저희는 여기에서 가까운 정선성당 옆의 수녀원에 있으니, 걱정하지 마시고 편히 계시면 됩니다."

"아, 가까운 곳에 성당이 있군요."

"예, 저희가 이 의원을 개원한 것도 그 성당에 계시던 안광훈(로버트 J. 브레넌Robert J. Brennan, 1941~) 신부님의 요청 때문이었어요. 안 신부님은 뉴질랜드 분이신데 1969년에 정선성당 주임신부로 부임하셨죠. 그리고 가난한 농민들이 농협에서 대출을 받지 못해 고통받는 현실을 안타깝게 생각하시고 1972년 정선 신용협동조합을 만드셨습니다. 그리고 1975년에 병원이 없어 맹장염과 같은 병으로도 사망하는 정선 주민들을 위해, 부산 양정동에서 성모의원을 운영하던 우리 수녀원에 도움을 요청하셨고요. 그래서 저희는 의료시설이 이미 많이 있는 부산을 떠나 정선에 오게 된 겁니다."

"그럼 안광훈 신부님은 지금도 정선성당에 계시나요?"

"아닙니다. 신부님은 정선의 신용협동조합과 저희 성프란치스코 의원이 어느 정도 자리 잡은 걸 보시고는 안양 천변의 철거민들과 함께하고 싶다며 1981년에 서울 목동성당의 주임신부로 부임하셨습니다."

"아, 그러셨군요."

의사 선우경식

"선우 선생님, 통화하신 수녀님으로부터 말씀 들으셨겠지만, 세 달 동안 프랑스에 다녀오려 합니다. 이제 저희 의원도 어느 정도 자리가 잡혔고, 올해는 제가 한국에 온 지 10년째 되는 해거든요. 그래서 오랜만에 가족을 만나러 가기 위해 대신 봉사해주실 선생님을 찾고 있었는데 선우 선생님께서 선뜻 와주신다고 하셔서 다시 한번 감사드립니다."

"한국에 오신 지 10년이 되셨군요. 고생 많으셨습니다. 원장 수녀님께서 안 계시는 동안 최선을 다하겠습니다."

"고맙습니다. 그럼 저희 의원의 진료와 시설에 대해 간략하게 설명해드리겠습니다. 내원 환자는 하루에 약 80~100명 정도예요. 간호사인 임글라라 수녀, 임상병리사인 안데레사 수녀가 10여 명의 직원과 함께 환자들을 돌보고 있습니다. 그리고 저희는 환자의 재정 상태에 따라 진료비를 차등 청구해요. a, b, c 세 등급으로 나눠 a 등급 분들한테선 진료비를 모두 받고, b등급 분들껜 할인, c등급 분들껜 전액 면제를 해드립니다."*

정선은 산간지역이라 벼농사를 지을 평지가 거의 없었기 때문에 주민들은 옥수수, 감자, 콩을 심어 허기를 면했다. 석탄 산업의 발달로 인근 탄광에 가서 일하는 사람이 많았지만 월급이 적어 정선 주

＊ 당시 성프란치스코의원 현황은 다음의 자료들을 참고해서 재구성했다.

　1. '깊은 산골, 사랑의 전교자 - 강원도 정선 성프란치스코의원', 〈경향잡지〉, 1984년 10월호(76권 10호).

　2. 성프란치스코의원에서 간호사 자원봉사를 했던 익명의 인터뷰, '성프란치스코의원은 당시 그곳의 유일한 병원', '헤이리를 살다! 모티브 원' 블로그, 2022년 3월 9일.

　3. 마리아의 전교자 프란치스코 수녀회 한국관구 소식지 〈만남〉, 1983년 6월호~11월호.

민들 대부분은 가난하게 살았다. 이런 이유로 성프란치스코의원에서는 환자의 경제 사정에 따라 진료비를 30~70퍼센트 정도 할인해주거나 몹시 가난한 환자에게선 아예 돈을 받지 않으면서, 가난한 산골 주민들을 위한 의료봉사를 한다는 수녀회의 취지를 살려가고 있었다. 의사인 원장 수녀와 간호사 수녀, 임상병리사 수녀의 월급이 나가지 않을 뿐 아니라 꼭 필요한 검사나 투약만 해서 진료비와 처방 약값을 저렴하게 받을 수 있었다. 이것은 모두 수녀회에서의 지원 덕에 가능한 일이었다. 이것이 '절망이 있는 곳에 희망을, 슬픔이 있는 곳에 기쁨'을 심어줬던 프란치스코 성인의 가르침을 따르고자 하는 마리아의 전교자 프란치스코 수녀회가 펼치고 있는 의료봉사 활동의 목표였고, 성프란치스코의원이 정선에 온 이유였다.

"저희는 제 전문과인 소아과를 비롯한 일반 과목의 1차 진료를 하고 있습니다. 조금 후 안내해드리겠지만, 저희 의원에는 진료하는 데 꼭 필요한 진찰실, 응급실, 주사실, 약국, 치료실 등 열네 개의 방이 있어요. 수술은 하지 않기 때문에 수술실과 회복실은 없지만 응급실에는 침대가 다섯 개 있고, 환자가 그보다 많을 경우엔 인근 여인숙에 모시고 가서 치료하기도 합니다."

선우경식은 이곳이 부산에서 의료 선교 병원을 운영했던 수녀회가 설립한 의원이라 그런지 짜임새 있게 관리되고 있다는 생각이 들었다.

"선우 선생님, 그리고 한 가지 어려운 부탁을 드리고 싶습니다."

"예, 원장 수녀님. 제가 할 수 있는 일이면 뭐든 할 테니, 편하게 말씀하십시오."

"현재 저희 의원에서는 이동 진료도 하고 있습니다. 저와 간호사 수녀님, 임상병리사 수녀님 그리고 오늘 역에서 선생님을 모시고 오신 장 선생님은 의원이 쉬는 토요일 오후부터 일요일까지도 진료를 합니다. 교통이 불편해서 저희 의원에 오지 못하거나 움직일 형편이 못 되는 환자들의 집으로 찾아가죠. 사실상 선우 선생님을 주말에도 쉬지 못하시게 만들 부탁이라 여쭤보기가 조심스럽습니다만, 혹시 함께해주실 수 있으실까요? 물론 주말에 서울을 가셔야 한다면 거절 하셔도 괜찮습니다."

선우경식은 안마리 수녀의 말이 떨어지자마자 곧바로 대답했다.

"원장 수녀님, 걱정하지 마십시오. 기쁜 마음으로 수녀님들과 이동 진료를 나가겠습니다."

"정말 고맙습니다. 그럼 저는 기다리는 환자들을 진료해야 하니 이만 나가보겠습니다. 선생님께선 방에 짐을 갖다 놓으신 후 장 선생님, 병리사 수녀님과 함께 의원을 둘러보시지요."

"예, 원장 수녀님."

선우경식이 일어서자 안마리 수녀는 원장실 문을 열고, 그가 사택으로 짐을 옮긴 다음 의원을 둘러 볼 수 있게 하라고 장예원 기사에게 부탁한 뒤 진료실로 향했다. 진료실 앞에는 이미 열 명 이상의 환자들이 줄을 서서 안마리 수녀를 기다리고 있었다.

다음 날부터 안마리 원장 수녀는 며칠 동안 그를 데리고 다니면서 이곳저곳을 안내했다. 2차 진료나 수술이 필요한 환자들이 생겼을 때 협조해줄 수 있는 사북의 동원병원과 강원지부 의사협회 회장 병원, 이동 진료를 다니는 곳 등이었다. 만나는 사람마다 안마리 수녀에게 "수녀님, 이번에 아주 가시는 겁니까?"라고 물었고, 그녀는 걱정 말라며 세 달 후에 돌아올 거란 대답을 반복했다. 그렇게 며칠간의 인수인계를 마친 뒤 안마리 수녀는 휴가를 떠났다.

선우경식은 빠르게 적응해나갔다. 처음 들어보는 강원도 사투리에 순박한 표정의 환자들을 진료하며 의사로서의 보람을 느꼈다. 시간 여유가 있을 때는 환자들과 이런저런 이야기를 나누면서 성프란치스코의원이 이 지역에 얼마나 필요한 곳인지도 알 수 있었다.

"수녀님들과 여러 직원이 모두 친절하고 양심적이어서 저희도 믿고 편안한 마음으로 치료를 받으니까 병이 잘 낫는 것 같아요. 선생님도 좋은 분 같아서 마음이 놓이네요."

"이 병원은 진료비나 처방 약값이 다른 데보다 엄청나게 싸요. 저 같은 사람도 돈 걱정 없이 올 수 있죠."

이런 이유로 성프란치스코의원은 정선 지역주민뿐 아니라 영월과 평창 지역, 심지어는 단양과 제천, 안동 지방의 환자들까지도 믿고 찾는 병원이 되어 있었다.

새로운 길을 만나다

3

성프란치스코의원에서는 2주일에 한 번씩 이동 진료를 나갔다. 정선에서 험준한 산골 길을 1시간 넘게 가야 있는 구절리, 숙암리, 백전리, 유평리, 귤암리, 가수리, 고양리 등의 7개 지역을 방문하는 이동 진료였다. 아래를 내려다보면 아찔해지는 산길이 긴장되고 무섭기까지 해서 처음에 선우경식은 장 기사에게 제발 천천히 좀 가자는 부탁을 하곤 했다. 수녀님들은 뭐가 무섭냐며 깔깔 웃었지만, 강원도의 험준한 산령이 처음이었던 그는 긴장을 늦추지 못했다.

그렇게 산허리를 몇 굽이 돌아 진흙 벽돌로 지은 작고 허름한 오두막집에 도착하면 환자들은 반가운 표정으로 수녀들을 맞았다. 그가 정중하게 인사한 뒤 진찰 준비를 하면 환자들은 어리둥절한 표정으로 원장 수녀님은 이제 안 오시냐고 물었고, 수녀들은 3개월 후에 돌아오시는데 오늘 오신 선생님도 서울에서 큰 병원에 계시다 오신 분이니 걱정하지 말라며 환자들을 안심시켰다.

그가 진찰하고 처방을 하면 간호사 수녀는 필요한 주사나 예방주사를 놓아준 뒤 여러 가지 위생 및 건강 교육을 하고, 가정문제 등에 대해서도 다정하게 상담해주었다. 산골 생활에서 비롯되는 소외감, 좌절감, 패배감에 젖어 있는 사람들에게 이동 진료 팀은 그렇게 작은 희망과 용기를 심어줬다.

전기도 들어오지 않은 산골 마을을 늦은 밤까지 다니며, 가난과 열악한 교통환경 탓에 치료받을 엄두조차 내지 못하는 환자들을 찾아다닌 안마리 원장 수녀와 간호사 수녀. 선우경식은 그들에게 깊은 감명을 받았고, 동시에 의사의 손길을 필요로 하는 곳이 아직도 이렇게나 많다는 사실을 절감했다. 그는 이동 진료를 마치고 돌아오던 어느 날 이렇게 말했다.

"수녀님, 이렇게 구석지고 먼 곳에 사는 환자들이 정선까지 오는 건 정말 쉽지 않으니, 앞으로는 더 열심히 이동 진료를 다녀야겠습니다."

"맞아요. 그래서 안마리 원장 수녀님께서도 처음에는 구절리, 백전리, 숙암리 세 곳만 다니셨는데 이후 점점 범위를 넓혀 유평리, 귤암리, 가수리, 고양리까지 다니고 계시죠. 그러면서도 늘 지금 가는 곳보다 더 먼 곳까지 가봐야겠다고 말씀하시고, 의원에서도 먼 데서 오는 환자는 가까운 곳에서 오는 환자보다 먼저 진료를 해주시지요."

"아, 그러시군요…. 그 신앙이 참으로 존경스럽습니다."

선우경식은 고개를 끄덕였고, 가난하고 소외된 환자들을 스스로 찾아가는 원장 수녀의 자세가 바로 자신이 배워야 할 점이라 생각하며 마음을 다잡았다.

"선우 선생님, 우리 수녀회는 온 세상 피조물을 형제자매라 부른 단순하고 가난한 성프란치스코의 영성을 따라, 우리의 주님이신 예수 그리스도를 더 잘 따르고자 나아가는 수도회입니다. 그리스도를 따라 성령 안에서, 단순함과 기쁨 가운데 솟아나는 복음적 일상의 삶을 함께 살아가죠. 그래서 우리 수녀회는 특정 국가나 대륙, 대상에 얽매이지 않고 모든 경계를 뛰어넘는 보편적 선교에 투신합니다. 특히 가난하고 고통받는 이들과 참다운 형제자매로 복음을 생활화하는 것이 우리 선교의 첫 번째 방법입니다. 그래서 저희 선교 수녀들은 가장 위험한 선교 지역에까지 가서 자신을 봉헌하고, 이런 정신으로 깊은 산 속으로 이동 진료를 나가는 겁니다."

"그렇군요. 수녀님, 저는 이번에 정선에 와서 많은 걸 느꼈습니다. 무엇보다 수녀님들께서 가난한 이웃을 생각하는 데서 그치지 않고 그들의 아픔을 어루만져주시는 모습에 큰 감명을 받았어요."

"그렇게 생각해주시니 고맙습니다. 아무리 좋은 생각을 갖고 가난한 이들 옆에서 봉사해도, 사실 저희 또한 인간이기 때문에 힘이 들 때가 있어요. 너무 힘이 들면 포기를 생각하기도 하고요. 그럴 때 좌절하지 않으려면 하느님의 사랑과 그 사랑에 모범을 보이신 성인의 영성을 만나야 합니다. 그래야 애덕의 완성을 향해 나아갈 힘을 얻을 수 있거든요."

그는 수녀의 말에 공감하며 고개를 끄덕였다. 3개월 후 안마리 원장 수녀는 예정대로 정선으로 돌아왔다.

선우경식은 11월 20일에 서울로 올라와 다시 병원에서 근무하기 시작했다. 시간이 날 때면 간호사 수녀들이 환자를 치료하는 데 그치지 않고 그들의 이야기를 들어주고 위로해주던 모습이 떠올랐다. 처음에는 가난하고 소외된 환자들을 스스로 찾아가는 자세를 배워야 한다고 생각했는데, 그들의 이웃이 되고 친구가 되어 고달픈 이야기를 들어주고 위로해주는 것 또한 그에 못지않게 중요하다는 생각이 점차 들었다. "진짜 치료는 환자의 아픔을 내 아픔으로 여겼을 때 가능하다"라던 의과대학 시절 어느 교수님의 말씀도 떠올랐다.

'환자를 치료하는 진정한 길이란 무엇일까? 나도 의술을 앞세우기보다 환자를 이웃으로, 친구로 생각하며 진료하고 치료하는 의사가 될 수 있을까? 그게 내가 겪었던 의사란 직업에 대한 고민을 끝낼 수 있는 길일까?'*

그때부터 선우경식은 기도하기 시작했다. 가난한 환자들을 친구처럼 사랑하면서 그들의 이웃이 되겠다는 생각이 머리에서 머물지 않고 가슴으로 내려오게 해달라고. 또한 '가장 능력 없는 환자가 하느님이 자신에게 보내주신 선물'**이라는 마음을 가질 수 있게 해달라고.

---

* 선우경식, '가난의 현장에서 만난 환자', 〈착한이웃〉, 2005년 1월호, 9쪽.
** 선우경식, '가장 무능력한 환자가 나에게는 선물이다', 〈착한이웃〉, 2003년 5월호, 15쪽.

가난 때문에
죽어가는 환자들을 위해

4

　"선우 선생님, 신림10동 '사랑의 집' 봉사자 김영남 세실리아입니다. 이 동네에 조금 전 아이를 낳은 산모가 있는데, 상태가 심상치 않아 전화를 드렸어요. 병원엘 가려 해도 돈이 없어서 인근 병원 의사 선생님께 왕진을 청했음에도 오시겠다는 선생님이 안 계시네요. 죄송하지만 선생님께서 지금 바로 왕진을 와주실 수 있으실까요?"

　김영남 봉사자는 선우경식의 3년 선배인 고용복 외과 전문의의 부인으로 사랑의 집 평일봉사팀 팀장이었다. 성심여자고등학교 출신들로 구성된 평일봉사팀은 매주 화요일마다 사랑의 집으로 와서 밥과 음식을 만든 뒤 거동이 불편한 사람들을 찾아가 나눠주는 등 주민들에게 여러 도움을 주고 있었다.

　"김 선생님, 지금 환자 상태가 어떤지 조금 더 자세히 말씀해주실 수 있을까요?"

"온몸이 부어올랐고 숨도 매우 가쁘게 내쉬고 있습니다."

"아, 그럼 제가 택시 타고 얼른 가겠습니다."

선우경식은 병원에 양해를 구하고 왕진 가방에 청진기와 혈압계 그리고 몇 가지 주사제와 약을 챙긴 뒤 택시를 잡았다. 신림사거리에서 10여 분을 들어가야 하는 신림10동은 산등성이에 판잣집이 빼곡하게 들어서 있는, 서울의 대표적인 달동네였다.

택시에서 내린 그가 좁은 골목길을 따라 올라가 사랑의 집 입구에 도착하자, 발을 동동거리며 기다리고 있던 김영남이 그를 재빨리 환자의 집으로 안내했다. 좁은 방의 절반은 장롱이 차지한 데다 술에 취한 남편과 갓난아기 외에 아이들 셋이 더 있어 그가 들어갈 공간은 전혀 없었다. 그는 김영남에게 아이들을 밖으로 데리고 나가게 한 후 진료를 했다. 산모의 가슴에 청진기를 대보니 심장이 약했다. 심장판막증으로 인공판막을 달아야 할지도 모르겠다는 생각이 들 정도였다. 심장이 약한데 아이를 낳으려고 힘을 주다 보니 심장에 무리가 간 것이었다. 그가 강심제(디곡신digoxin)와 이뇨제(라식스Lasix)를 주사하자 잠시 후 산모는 안정을 찾았다.* 얼마간 상태를 살펴보던 선우경식은 준비해온 약 중 몇 가지를 골라 산모에게 주면서 복용 방법을 설명하고 밖으로 나왔다.

"김 선생님, 이제 산모가 진정이 되어서 약을 드렸어요. 산통으로 심장에 무리가 가해져 그랬던 거라 약을 먹으면 괜찮겠지만, 심장이

---

* 산모 관련 처방과 일화는 선우경식 '요셉의원의 설립 취지와 현황'(2001년 3월 17일 자원봉사자 교육자료집) 1쪽 참고.

워낙 약한 분이라 상태를 지켜봐야 할 것 같아요. 당분간은 김 선생님이 신경 좀 써주시고, 만약 상태가 다시 안 좋아지면 얼른 저에게 연락 주세요."

"네, 선생님. 고맙습니다."

그가 아이들에게 엄마는 이제 괜찮아졌다고 하자 그의 입만 바라보고 있던 아이들이 얼른 방으로 뛰어들어갔다.

신림10동은 1970년대 초 정부의 무허가 주택 강제철거 정책 때문에 밀려난 철거민들이 대거 이주해 오면서 형성된 동네다. 약 4~5만 명에 이르는 주민들 대부분은 막노동, 행상, 파출부 등의 일로 겨우 입에 풀칠을 하며 살았다. 한 사람이 겨우 지나다닐 수 있는 골목 주위로 빽빽이 들어선 두세 평의 방에서 대여섯 명의 식구가 월세로 지내는 것이 이곳 주민들의 일반적인 모습이었다.

이렇게 열악한 생활환경이 알려지자, 천주교 수도회인 성골롬반외방선교회의 노엘 매키Noel Mackey 신부와 크리스토퍼 패렐리Christopher Farrelly 신부는 1981년 신림10동에 조그만 집을 얻어 '사랑의 집'이라는 간판을 걸고 가난한 이들을 돕기 시작했다. 화장실도 없어 드럼통을 파묻고 나무판자로 발판을 만들어 사용해야 하는 허름한 집이었다. 성골롬반외방선교회는 일제강점기부터 강원도와 전라도의 가난한 지역에 선교사를 파견해 활동하던 수도회다. 강원도 정선에 협동조합을 만들고 성프란치스코의원을 유치한 안광훈 신부도 이 수도회의 신부였다.

선우경식은 정선에서 돌아온 후, 고등학교와 대학교 2년 선배이자 가톨릭대학교 의과대학 가톨릭학생회의 지도교수인 이경식 전문의를 만나 정선에서의 경험을 이야기했다. 그걸 들은 이경식은 선우경식에게 한 가지를 요청했다. 자신은 현재 신림동 등 병원에 갈 형편이 못 되는 사람들이 많이 사는 산동네 여러 곳에 주말진료를 나가고 있지만, 전문의와 수련의가 부족하니 신림10동 주말진료 봉사팀에 합류해달라는 청이었다. 주말진료팀에는 의대 교수나 레지던트가 참여해 진단과 처방에 도움을 줘야 했던 것이다. 의대생들은 어려운 사람들을 돕겠다는 뜻은 강했지만 아직 학생이기에 정확한 진찰이나 치료에 필요한 처방을 하는 데 어려움이 있었다. 선우경식이 그의 요청을 선뜻 수락하고 신림10동 주말진료팀에 합류하자 의대생들이 환한 얼굴로 그를 맞으며 부탁의 말을 건넸다.

"선배님, 스텝 선생님이 부족해 저희만으로는 진단과 처방에 아무래도 한계가 있네요. 선배님께서 일주일에 한 번씩 오셔서 도와주시면 정말 큰 힘이 되겠습니다."

학생들은 천군만마를 만났다는 듯 그에게 매달렸다. 옆에 있던 크리스토퍼 신부도 어눌한 한국말로 고충을 토로했다.

"내가 환자를 살리기 위해 직접 환자를 업고 여기저기 돌아다니느라 정말 힘이 들어요. 인근 병원에도 가고, 시립병원에도 가고, 아주 아주 많이 힘들어요."

당시 가난한 환자를 위해 무료진료나 수술을 해주는 곳은 거의 없었다. 가톨릭에서 운영하는 명동성모병원도 자선 병상 침대가 여섯 개에 불과했기 때문에 무료진료를 받는다는 것은 하늘의 별 따기였다. 선우경식은 외국인인 크리스토퍼 신부의 말에 큰 충격을 받았다.

'신부님들은 의사도 한국인도 아닌데 어떻게 저렇게 고생하면서 환자들을 도우실 수 있는 걸까? 우리가 아무리 힘이 없어도 흰 가운 입은 의사인데 환자를 저분들에게만 맡긴다는 게 말이 되나?'

그는 부끄러움에 얼굴을 들 수 없었다.

"병원에 가지 않는 토요일에 진료 오는 게 뭐가 힘들겠습니까. 걱정 마세요. 꼭 오겠습니다."

모두가 손뼉을 치며 고맙다는 인사를 건네자 선우경식은 오히려 머쓱해졌다. 의사로서 당연한 일을 하겠다는 건데 이게 박수받을 일이란 말인가…. 그는 바로 그날부터 진료에 참여했고, 매주 토요일이면 사랑의 집으로 왔다. 그런데 주중에 급한 환자가 생겼고, 신부님들이 업고 병원을 찾아다닐 수 없는 산모였기에 김영남 봉사자가 그에게 전화한 것이었다.

선우경식은 며칠 동안 하루에 한 번씩 산모의 집에 들렀다. 다행히 산모는 건강을 되찾았고, 수술하지 않고도 일상생활을 하는 데 큰 문제가 없을 정도로 회복되었다. 그가 안심하고 산모의 집을 나오는데 김영남 봉사자가 그를 붙잡았다. 사랑의 집으로 가서 잠시 나눌 이야기가 있다는 것이었다.

"선생님, 산모에게 새로운 문제가 생겼어요."

그가 깜짝 놀라며 되물었다.

"치료는 잘되었는데, 무슨 문제요?"

"선생님. 치료가 문제가 아니고요, 산모가 네 번째 아이를 보육원으로 보내겠다고 하네요. 도저히 기를 능력이 안 된다면서요."

그는 자신도 모르게 깊은 한숨을 내쉬었다. 알코올의존증 수준의 남편이 막노동을 해서 벌어오는 돈으로는 여섯 식구 입에 풀칠하는 것마저도 쉽지 않은 게 사실이었다. 그러니 그런 결정을 내린 건 이해가 되었지만, 그럼에도 엄연히 부모가 있는 아이를 보육원으로 보낸다는 건 너무 가슴 아픈 일이었다.

"저는 그건 좀 아닌 것 같은데, 그렇다고 대안조차 없이 무작정 반대만 할 수도 없고…. 김 선생님 생각은 어떠세요?"

"저와 사랑의 집으로 봉사 나오시는 몇몇 자매님은 그런 비극만큼은 막아야 한다고 생각해요. 그래서 아기가 어느 정도 클 때까지 몇 사람이 십시일반으로 우윳값과 아기에게 필요한 비용을 대주는 게 유일한 방법일 것 같은데, 혹 선생님께서도 함께하실 수 있을까요?"

그는 환자에게는 의술도 중요하지만 어려움을 함께하는 이웃 또한 필요하다는 걸 다시 한번 느끼며, 지갑에 있던 돈을 모두 꺼내 김영남 봉사자에게 건넸다.

"김 선생님, 우선은 이걸로 필요한 것들을 사서 가져다드리세요. 그러면서 아이를 보육원에 보내지 않게 설득해보시면 어떨까요?"

"예. 선생님. 이렇게 선뜻 호응해주셔서 고맙습니다. 산모에게 잘 전달하면서 이야기해보겠습니다."

"예. 저도 조그만 힘이나마 계속 보탤 테니 김 선생님께서 계속 수고 좀 해주세요."

사랑의 집에서 나온 선우경식은 언덕 아래 빼곡하게 들어선 허름한 집들을 내려다봤다. 국가도 해결하지 못하는 가난이었다. 그러나 그는 자신만이라도 할 수 있는 최선을 다해보겠다고 마음을 다잡으

'사랑의 집' 앞에서 진료를 기다리는 주민들.

며 언덕을 내려왔다.

　사랑의 집 앞에 줄을 서는 사람들은 시간이 지날수록 늘어났다. 이경식 전문의와 고용복 전문의, 몇몇 레지던트들이 번갈아 참여하며 진료가 체계를 잡아가자, 크고 작은 병을 앓고 있으면서도 병원에 갈 엄두를 내지 못하던 사람들이 꼬리를 물고 사랑의 집으로 찾아왔다. 60~70명의 진료 환자 중에는 입원 치료를 받아야 할 사람, 맹장 수술이 필요한 사람, 아기가 거꾸로 들어선 임산부, 결핵에 걸린 사람 등이 있었다. 그때마다 선우경식은 두 명의 외국인 신부님들에게 "이 환자가 폐렴 같습니다", "다리가 부러진 것 같습니다", "위암 같습니다"라고 말해주고는 병원에 데리고 가야 한다며 입원이나 수술이 필요한 환자가 누구인지 알려줬다.

그런 날이면 집에 가서도 마음이 편치 않았다. 흰 가운을 입은 의사가 외국인 신부님에게 환자를 맡기고 왔다는 죄책감 때문이었다. 신부님들이 그 환자들을 업고 시립병원이나 성모병원에 가서 자선진료의 혜택을 받게 해달라고 사정하는 모습이 떠올랐다. 그러나 의료시설이 없는 사랑의 집 좁은 방에서 할 수 있는 치료는 투약이 전부였다. 간혹 신부님들이 자선병동을 찾지 못했다는 연락을 해 오면 선우경식은 모금에 함께 참여했고, 자신이 근무하는 병원이나 동창 의사들에게 전화를 걸어 저렴한 가격으로 입원이나 수술을 부탁하기도 했다. 그러나 늘 마음 한구석에서는 의사로서의 책임을 다하지 못하고 있다는 죄책감이 느껴졌다. 1984년, 그의 나이 39세 때였다.

십시일반으로
병원을 만들 수 있을까?

5

<>

선우경식의 어머니는 아들이 마흔이 되도록 결혼하지 않는 걸 걱정하며 계속 선 자리를 만드셨지만, 그는 점점 더 무료진료에 보람을 느꼈다. 그러던 중 그는 국내에서의 내과 전문의 자격시험을 준비하기 위해 1984년 2월 14일 병원을 사직했다. 가톨릭대학교 의과대학 졸업 후 의사 면허를 취득했기에 국내에서 의사로 활동하는 데 지장은 없었으나, 미국에서 취득한 전문의 자격증은 국내에서 인정하지 않아 공식적인 전문의 자격을 갖추려면 시험을 봐야 했다. 그렇지만 다시 수련의 과정을 밟아야 하는 건 아니었기에 시험 준비를 하는 시간 외에는 모두 사랑의 집에서 진료했다.

사랑의 집 무료진료가 소문이 나자 다른 지역에서도 환자들이 몰려들었고, 60~70명 수준이었던 1일 내원 환자 수는 90명으로 늘어났다. 환자와 의사가 늘어날수록 선우경식은 사랑의 집에서 진료받은 환자들을 위한 후속 진료 기관이 절실히 필요하다는 걸 느끼기 시작했다. 기침 증상을 보이는 환자들 중엔 감기가 아닌 폐렴, 결핵, 폐암 환자도 있어 기침약으로 해결되지 않는 경우가 한둘이 아니었다. 잘 먹지 못하면서 힘든 일을 하다 보니 몸이 쇠약한 사람이 많아서였다. 가난이 병을 키웠다고 해도 과언이 아니었다. 노엘 신부와 크리스토퍼 신부는 이 동네 주민 대부분이 늦게까지 일을 한다며 저녁 진료의 필요성을 이야기했지만, 직장이 있는 의사 봉사자와 힘든 의학 공부를 해야 하는 의대생들에게 그 부탁까지 하는 건 무리였다. 그런 이유로 두 신부와 봉사자들은 선우경식에게 사랑의 집 부근에 의원을 열면 좋겠다고 말했지만 그는 고개를 저을 수밖에 없었다. 개원을 하려면 돈이 많이 드는데 그에게는 그런 여유가 없었기 때문이었다.

난곡의 김혜경을 비롯해 성남 상대원동 만남의 집, 성남 은행동 메리놀공동체 등에서 주말진료를 진행하던 활동가들은 그즈음 선우경식을 초청해 형편이 어려운 지역민들을 위한 장기적 의료지원에 대한 의견을 나눴다. 김혜경은 도시빈민운동가로, 1973년부터 난곡 지역에서 활동하다가 1974년 9월부터 서울대학교 의과대학 가톨릭학생회의 도움을 받아 주말진료를 하면서 주민들의 건강 문제에 관심을 갖게 되었다.

"선생님, 저는 일찍부터 난곡에서 주민을 중심으로 한 의료협동조합 병원을 만들기 위해 노력해왔습니다. 아직도 그 생각에는 변함이

　　　　　　　　　　　　　　　의사 선우경식

없고요."

그러나 선우경식은 협동조합으로 병원을 만든다는 게 구체적으로 어떤 건지 몰랐다.

"김 선생님, 저는 의사라서 조합이라는 게 무엇인지, 또 어떻게 하는 건지 잘 모릅니다. 좀 더 자세히 설명해주시면 고맙겠습니다."

"전 1976년에 난곡에서 의료협동조합을 만든 경험이 있습니다. 그때 조합 가입비로 100원씩을 걷었고, 조합과 연결된 병원에 갈 때의 1회 진료비는 200원씩으로 정했습니다. 처음엔 118세대로 시작했는데 나중에 2200세대까지 조합원 수가 늘어났죠."

"조합과 연결된 병원이 어디였나요?"

"H 병원이었어요. 그런데 그 병원이 난곡에 무료진료소인 '신림복지관'을 만들면서 갈등이 시작되었습니다."

선우경식은 의아했다.

"무료진료소가 세워지면 더 좋은 거 아닌가요?"

"그렇지 않습니다. 주민 스스로 의료협동조합을 만들어 잘 운영해왔는데, 그것을 무시하고 같은 지역에 무료진료소를 세우는 건 주민들의 자활 노력을 위협하는 처사니까요."*

"그래서 어떻게 되었나요?"

"공청회 등 여러 의견 조정 과정을 거쳐 합의에 도달하긴 했죠. H 병원과 협동조합이 공동으로 복지관을 운영하고, 복지관이 받는 진료비는 지역을 위한 기금으로 사용하기로요. 하지만 그 약속은 지켜지지

---

* 김혜경 인터뷰, 조배원 '바람에 눕는 풀—도시빈민운동의 대모 김혜경', 〈기억과 전망〉, 2003년 겨울호, 174~177쪽.

않았고, 문제를 제기했던 협동조합은 오히려 복지관 운영에서 배제되기까지 했습니다."

그 과정에서 조합을 떠나는 이들도 생겼고, 김혜경은 악성 유언비어로 마음의 상처를 받아 조합 운영을 1년 동안 중단했다. 그래서 이번에는 아예 병원과의 갈등이 생기지 않도록 조합에서 직접 운영하는 병원을 구상한 것이다.

"김 선생님의 의도는 잘 알겠습니다. 그러나 사실 병원을 세운다는 건 간단한 문제가 아니에요. 지난번에는 협력 병원이 있어 조합 출발이 수월했겠지만 말입니다. 병원이 만들어지려면 장소도 필요하고, 많은 의료장비가 들어와야 하고, 분야별 의사뿐 아니라 약사, 간호사, 의료장비를 다룰 줄 아는 기사도 있어야 합니다. 그게 과연 협동조합에서 각 조합원으로부터 몇백 원씩 모아서 될 일일까요?"

김혜경 역시 지역에서 활동하며 주민들의 어려움을 잘 알게 되었기에 의료협동조합을 통한 개원을 이야기한 것이었다. 물론 병원 개설은 쉬운 일이 아니기에 더 도전해야 했고, 김혜경은 쉽게 포기하고 싶지 않았다.

김혜경은 먼저 난곡희망 의료협동조합원들을 만나, 조합에 남아 있는 500만 원을 종잣돈 삼아 병원을 만들어보자고 설득했다. 성남시 은행동과 상대원동에 있는 성남 만남의 집, 성남 메리놀공동체 등 가톨릭에서 운영하는 저소득층을 위한 공동체들, 또 신림10동과 인근 지역에서 사랑의 집을 찾아오던 주민들뿐 아니라 저소득층 밀집 지역인 구로1동과 구로3동의 성당에서 활동하는 봉사자들에게도 찾

　　　　　　　　　　　　　　　　　　의사 선우경식

아가 병원의 필요성을 설명했다. 사방팔방으로 뛰어다니면서 긍정적인 반응을 얻어낸 김혜경은 다시 선우경식을 만났다.

"선생님, 난곡희망 의료협동조합에서 500만 원을 출연할 수 있을 것 같은데, 그 돈을 종잣돈으로 해서 모금을 하면 안 될까요? 성남 만남의 집과 성남 메리놀공동체, 구로3동성당 신자들도 관심을 가지고 참여할 의사가 있다고 했습니다."

선우경식은 아득한 눈길로 김혜경을 바라봤다. 500만 원은 꽤 큰 돈이었지만, 그 돈으로는 병원을 열 수 있는 장소조차 구하기 힘들었다. 하지만 가난한 지역의 주민들이 의료 혜택을 받을 수 있는 의원이 필요하다는 사실만큼은 분명했다.

"김 선생님의 마음은 잘 알겠습니다. 그렇지만 말씀드렸듯 의원을 만드는 데는 많은 돈과 의사가 필요합니다. 일개 의사인 제가 힘이 있어 봐야 얼마나 있겠습니까. 주변의 친구들과 상의는 해보겠지만, 이런 일은 처음이라 어떤 반응이 나올지 잘 모르겠네요. 그러니 큰 기대는 하지 말아주십시오."

"네, 선생님. 고맙습니다."

선우경식은 이때부터 수시로 깊은 생각에 잠겼다.

'얼마나 많은 환자가 돈이 없어서 병원에 가지 못하는가. 나는 그 환자들을 외국인 신부님들에게 맡겼고, 그분들은 환자를 등에 업고 자선병동을 찾아다녔으며, 그걸 보다 못한 한 봉사자는 한푼 두푼 모은 돈을 종잣돈 삼아 병원을 만들자고 제안했다. 의대를 졸업할 때 "나는 환자의 건강과 생명을 첫째로 생각하겠노라"라는 히포크라테스 선서를 했으니, 그것을 지키는 것이 의사인 나의 도리다. 따지고 보면 사랑의 집에 오는 환자들은 모두 내 환자이기도 한데, 그들에게 고작 약이나 처방해주는 것으로 내가 의사의 도리를 다했다 할 수 있는 걸까. 진정한 의사라면 그들을 보살펴야 하고, 그러기 위해서는 1차 진료가 가능한 병원을 만드는 것도 의미가 있지 않을까.'

이런 생각이 꼬리에 꼬리를 물수록, 또 자신의 능력에 회의가 들수록 그는 하느님께 지혜를 구하는 기도를 했고, 성경을 읽고 또 읽었다.

생각을 정리한 그는 얼마 후 김혜경 봉사자와 다시 만났다.

"김 선생님. 이곳의 환자들을 생각하면 의료협동조합을 통해 1차 진료 병원(의원)을 만드는 것도 방법일 수도 있을 겁니다. 하지만, 지난번에도 말씀드렸듯 저는 이런 일에 경험이 없고 환자만 상대한 사람이라 세상 물정도 어두워요. 그러니 우선은 김 선생님이 생각하고 계시는 병원에 대한 큰 윤곽을 알려주십시오. 그래야 구체적으로 내가 무엇을 해야 할지를 알 수 있을 것 같습니다."

계란으로 바위 치기라는 생각이 들었지만, 가난한 환자들을 위한 병원을 만들고 싶다는 결심이 드디어 선 것이었다.

"선생님, 고맙습니다. 제 경험으로 봤을 때 제일 먼저 필요한 건 준비위원회 구성인 것 같습니다."

"그러네요. 말씀대로 준비위원회를 구성한 뒤 구체적인 계획을 세우는 게 좋을 것 같으니 준비를 해봐 주세요."

"네, 열심히 준비해보겠습니다."

이때부터 김혜경은 의원 설립 취지에 동의하는 공동체 대표자들을 중심으로 준비위원회를 조직하기 시작했다.

그즈음 국가 전문의 자격시험에 합격한 선우경식은 사랑의 집에는 주말진료만 나가고 광진구 구의동에 있는 방지거병원의 진료부장으로 부임했다. 방지거병원은 가톨릭대학교 의과대학 동창의 부친이 경영하는 병원이었는데, 의료진이 모두 가톨릭 신자였다. 그래서 선우경식은 사랑의 집에 오는 환자 중 추가 검사와 치료가 필요한 이들을 이곳으로 불렀고, 자신의 월급을 털어 무료로 치료해줬다.

얼마 후 구성된 준비위원회에서는 매월 한 번씩 모여 회의를 했다. 대상은 난곡동, 신림동, 구로1동, 구로3동, 성남시 은행동과 상대원동 등 저소득층이 많이 사는 여섯 개 지역의 주민 중 가족이 5인 이상이고, 아픈 사람과 장기 치료가 필요한 식구가 있는 월수입 3만 원 미만의 가구, 그리고 의원 설립을 위해서는 조합을 만들어야 하는데 그 설립 취지를 이해하고 뜻을 함께하려는 가구로 한정하기로 했다.

선우경식은 비록 조합원이 아니라 해도 진짜 형편이 어려운 환자가 내원한다면 그들도 진료해주는 자선병원을 만들고 싶었다. 그러나 현 단계에서 그 부분을 거론하면 의견이 갈리면서 시작조차 하지 못할 수도 있다는 생각에 훗날 고민해보기로 했다. 당장의 문제는 다수의 의료장비, 여러 분야의 의사들을 갖춰 1차 진료 병원이 되어야 하는데, 그러려면 무려 억 단위의 자금이 필요하다는 것이었다. 때문에 어떻게든 자금을 모아야 했지만, 주민들이나 활동가들이 뭉칫돈을 구하는 데는 한계가 있었다.

김수환 추기경의 조언

6

선우경식은 먼저 사랑의 집을 담당하는 노엘 매키 신부와 크리스토퍼 신부를 만났다. 사랑의 집 옆에 있는 공소*를 천주교 서울대교구에서 사줬다는 얘기를 들어서였다. 1차 진료 병원을 만들기 위해 이제부터 본격적으로 모금을 하려 한다고 선우경식이 말하자 매키 신부가 조언을 해줬다.

"서울가톨릭사회복지회 쪽에 연락해보세요. 김수환 추기경님께서 가난한 이들에 대한 관심이 많으시니 도움을 주실 수도 있습니다."

얼마 후 선우경식은 어렵게 김수환 추기경을 만났다. 당시 김 추기경은 매해 30만 명 이상의 시골 사람들이 서울로 올라오지만, 그

---

* 성당보다 작은 천주교 공동체.

의사 선우경식

대부분은 돈이 없어 시흥이나 안양천 건너 목동의 뚝방촌, 양평동 판자촌에 살면서 늘 강제철거의 불안에 떠는 도시빈민이 되어가고 있는 현실을 안타까워했다. 그러나 당시 서울대교구는 도시빈민 사목이나 사회복지 사업을 할 경제적 여건이 못 되고 전문 인력도 부족해 외국 수도단체에 의존하는 상황이었기에, 선우경식이 조합을 만들어 병원을 설립하려 한다는 설명을 들은 추기경은 옅은 한숨을 내쉬었다.

"요셉 형제님, 교회가 서둘러서 그런 곳을 찾아가 복지사업을 해야 하는데, 그러지 못하고 있어 부끄럽습니다. 1960년대의 경제발전에 따른 도시개발로 파생된 도시빈민들은 열악한 생활환경으로 항상 질병의 위험에 무방비 상태가 되고 말았지요. 그런 지역에 각각 본당(성당)이 있지만 그들을 돕는 데는 한계가 있는 게 현실이고요. 그런데 그들에 대한 의료문제를 교회가 아닌 평신도들께서 좀 더 효과적이고 구체적으로 해결하기 위해 이렇게 노력해주시니 정말 감사하네요. 다만 그 막대한 재원을 어떻게 조달할지가 조금 걱정스럽습니다."

김수환 추기경의 말을 경청하던 선우경식은 고개를 끄덕이며 공손한 어투로 대답했다.

"그래서 저도 처음에는 난감했습니다. 그러나 그 지역에는 너무나 많은 분이 진료와 치료의 사각지대에 놓여 있습니다. 몸이 아파서가 아니라 돈이 없어서 세상을 떠나는 사람이 정말 많아요. 사람 살리는 데 도움이 되겠다고 의사 공부를 했기에, 저 역시 쉬운 일이 아님을 알면서도 이렇게 병원 설립에 동참하게 되었고 추기경님의 조언을 듣기 위해 찾아뵌 겁니다."

김수환 추기경은 걱정스러운 표정으로 선우경식을 바라봤다. 김 추기경의 셋째 형님인 김동한 신부는 당시보다 몇 년 전인 1983년에 세상을 떴다. 김 신부는 1976년 운영난으로 폐원 위기에 처한 대구 결핵 요양원의 운영 책임을 맡았다. 비록 수중의 돈은 5만 원(현재가치 약 250만 원)도 채 안 되었지만, 요양원에 있는 중증환자 74명의 간절한 눈빛을 외면할 수 없다며 김 신부는 결핵 환자를 돌보기 시작했다. 당시 정부에서는 90명의 환자에 대한 기본 식비만을 보조해줄 뿐이었다. 김동한 신부는 환자들의 약값, 환자를 돕는 간호사와 복지사 비용 등을 감당하기 위해 자신의 몸을 돌보지 않고 전국 각 성당으로 '모금 강론'을 하러 다니다가, 심한 당뇨 합병증과 폐수종으로 세상을 떠났다.* 그런데 신부도 아닌 평신도가 그 힘든 일에 뛰어든다니 김 추기경으로선 걱정이 앞섰지만, 그렇다고 모르는 체할 수도 없었다.

"요셉 형제님, 제가 무엇을 어떻게 도와드리면 되겠습니까?"

"추기경님, 혹시 성모병원 같은 가톨릭 병원에서 좀 오래된 의료장비를 지원받을 수 있을까요?"

의료장비만이라도 확보가 된다면 작고 허름한 단독 건물을 얻어 개원할 수 있을 것 같다는 게 선우경식의 생각이었다. 그의 말을 들은 추기경은 잠시 생각에 잠겼다가 입을 열었다.

"요셉 형제님, 제 생각에 그런 도움을 받으려면 아무래도 교회의

---

*김수환 추기경, '나의 형님 김동한 신부', 《밀알회와 김동한 신부》(밀알회 발행, 1993), 43~48쪽.

김수환 추기경은 1976년 5월에 서울가톨릭사회복지회를 구성했고, 명동성당 부근에 사무실을 구해 9월 27일 현판식을 했다.

울타리 안으로 들어오는 걸 생각해보셔야 할 것 같습니다."

"조금 더 구체적으로 말씀해주시지요."

"현재 서울대교구에는 서울가톨릭사회복지회라는 기구가 있습니다. 추기경에 서임(1969)된 후 저는 가난하고 소외된 사람들을 위한 교회 차원의 복지 대책을 마련하고 싶었는데, 신부 중에는 그 분야의 전문가가 없었지요. 그래서 1972년에 안경렬 신부(현재 몬시뇰)와 이문주 신부를 국제 사회복지 단체인 독일의 카리타스CARITAS에 보내 복지정책과 사회사업 관련 제도를 공부하고 오게 했습니다. 두 신부는 4년 후에 귀국했고, 1976년에 서울가톨릭사회복지회를 출범시켰어요. 안경렬 신부가 담당 사제를 맡았고요. 하지만 한동안 교회의 사정이 넉넉하지 않아 많은 활동을 하지 못하다가, 1983년에 사회복지법인 인가를 받아 체계적 복지사업을 펼치려는 중입니다."

김수환 추기경은 잠시 말을 멈추고 물을 마신 다음 말을 이었다.

"요셉 형제님께서 방금 말씀하신 병원이 만약 서울가톨릭사회복지회의 부설기관으로 들어오면 여러 면에서 도움을 받을 수 있을 듯합니다. 서울의 성모병원을 비롯해 대구의 파티마 병원 같은 교계병원으로부터의 지원도 가능할 테고, 향후 모금 활동에도 힘이 될 테니까요. 그런데 말씀하신 바대로 조합병원이라 하니, 조합원들이가톨릭 울타리 안으로 들어오는 걸 찬성할지는 모르겠습니다."

선우경식은 잠시 생각에 잠기다 되물었다.

"추기경님, 부설기관이 되면 병원 운영은 담당 신부님의 지휘, 감독을 받는 겁니까?"

"교계 질서 속으로 들어오니까 담당 신부는 정해지겠죠. 또 서울가톨릭사회복지회의 대표자가 서울대교구장인 저이기 때문에 병원의 대표자 역시 제가 될 겁니다. 그러나 운영과 재정은 독립적입니다. 이익이 나도 병원에 귀속되고, 적자가 나도 병원에서 자체적으로해결해야 합니다. 그러면 '보태주는 것도 없는데 왜 부설기관으로들어가는 거냐'라고 말하는 사람도 있을 텐데, 그건 서울가톨릭복지회 입장에서도 마찬가지입니다. 사실 저희 복지회에선 부설기관 허가를 쉽게 내주지 않습니다. 복지회에 수익이 들어오는 것도 아닌데다, 만약 빚이 많아지면 가톨릭의 명예를 위해 갚아줘야 하는 상황이 생길 수도 있기 때문이죠. 그럼에도 형제님께서 얘기하신 병원이 복지회의 부설기관이 된다면 양쪽 모두에게 좋은 일일 겁니다.병원 측에선 설립과 운영이 조금이나마 수월해질 테고, 교회와 복지회에서는 '가난한 이웃에 대한 사랑의 실천'이라는 카리타스 정신에 부합하는 활동을 지원하는 것일 테니까요."

"추기경님, 바쁘실 텐데 긴 시간 동안 좋은 조언과 방안을 말씀해주셔서 고맙습니다. 돌아가서 사람들과 좀 더 이야기를 나눠본 후 연락 올리겠습니다."

"요셉 형제님, 다시 한번 말씀드리지만 가난한 이웃과 환자들을 위해 교회가 못하고 있는 일을 대신해주셔서 고맙습니다. 좋은 결과가 나올 수 있도록 기도하겠습니다."

"예, 추기경님. 고맙습니다."

선우경식은 공손하게 인사를 한 후 추기경 집무실을 나왔고, 김수환 추기경은 걱정스러운 표정으로 그의 뒷모습을 바라봤다.

3년 동안 상근 원장으로
봉사할 수 있어요?

7

가톨릭 공동체인 성남 만남의 집과 성남 메리놀공동체, 구로3동 성당은 서울가톨릭사회복지회 부설기관으로서의 병원 설립에 찬성의 뜻을 밝혔다. 다른 공동체 조합원 중에는 가톨릭 신자가 아닌 이들도 있었지만 그럼에도 반대하는 이들이 거의 없었다. 난곡희망 의료협동조합원들은 서울대학교 의과대학 가톨릭학생회의 주말 무료진료 혜택을 받았고, 신림10동 주민들 중에도 역시 가톨릭 공동체인 사랑의 집에서 가톨릭대학교 의과대학 가톨릭학생회의 무료진료 혜택을 받은 이들이 많기 때문이었다. 무엇보다 병원이 들어설 공간 마련과 의료장비 구매에 엄청난 자금이 필요하다는 걸 알게 되었기 때문이기도 했다.

이때부터 준비위원회는 서울가톨릭사회복지회와 함께 병원 설립

의사 선우경식

에 필요한 구체적 계획을 세우며 실행에 옮겼다. 준비위원회는 병원 건립에 필요한 자금이 최소한 1억 2000만 원 정도라고 계산하고 본격적인 모금에 나섰다. 1986년 봄이었다.

1년 후인 1987년 봄, 많은 노력 끝에 1억 866만 6492원이 모였다. 사랑의 집을 담당하는 크리스토퍼 신부가 호주 성골롬반회 신학생의 부친이자 독실한 신자인 사업가 노엘 오브라이언에게 도움을 요청해 지원받은 8만 호주 달러(1987년 8월 당시의 환율로 계산하면 약 4600만 원), 김수환 추기경이 선우경식에게 전달한 개인 성금, 사업을 하던 선우경식의 부친과 미국에 있는 동생들 및 서울가톨릭사회복지회를 통한 여러 천주교 성당과 단체가 보내 온 소중한 성금들이 그렇게 한데 모였다.

준비위원회는 병원이 들어설 장소를 찾기 위해 신림동 지역 곳곳을 발품 팔고 다녔다. 처음에는 땅을 사서 200평 규모의 단독 건물을 지으면 좋겠다고 생각했지만 모금한 액수로는 불가능한 일이었다. 그러다 얼마 후 적당한 장소를 찾아냈다. 신림1동 시장(관악종합시장) 슈퍼마켓 건물 2층의 동사무소로 사용되던 396.6제곱미터(120평)짜리 공간이었다. 비록 낡고 허름하지만, 금액도 위치도 적당해 6000만 원을 주고 임대계약을 마쳤다. 1987년 5월 15일이었다.

지은 지 오래된 상가였기에 손볼 곳은 많았다. 건물 내부가 많이 낡아 내장공사가 필요했고 검사실과 수술실, 입원실, 약제실, 진료실, 엑스레이실 등을 갖추기 위한 내부 공사도 진행되어야 했다. 그러나 외부업체에 맡기면 엄청난 비용이 들 게 자명했다. 결국 준비

계약 당시 신림동 관악종합시장의 모습. 2층 오른쪽 120평의 공간이 병원을 위한 자리였다.

위원회는 자잿값 2000만 원을 예산으로 책정했고, 인테리어 기술자를 비롯한 선우경식의 부친 선우영원 옹과 봉사자들은 힘을 모아 3개월간 직접 공사에 나섰다.

준비위원회에서는 누구를 병원 운영의 책임자로 할 것인지에 대해 논의했다. 조합 운영의 경험이 있는 활동가 원장이 적합할지, 아니면 자원봉사 의사들을 총괄할 수 있는 의사 원장이 좋을지를 두고 토론이 거듭되었다. 자원봉사 의사들을 총괄하려면 후자가 좋을 것이겠으나, 그러려면 상근직이 되어야 하고 급여 또한 그에 맞게 책정되어야 한다는 문제가 있었다. 서울가톨릭사회복지회 관계자들과 주말진료에 참여했던 몇몇 의사들은 선우경식을 만나면 누가 먼저라 할 것 없이 이구동성으로 물었다.

의사 선우경식

"선우 선생님, 월급 조금만 받고 상근 원장 하실 수 있어요?"

선우경식은 생각에 잠겼다. 가정이 있는 동료 의사들이 감당하기에는 확실히 힘든 일일 터였다. 현재 남은 재정 상태로 봤을 때 앞으로 운영이 호락호락하지 않을 것이란 점 또한 불 보듯 뻔했다. 그렇다면 가정도 없고, 부모님을 부양하지 않아도 되는 자신이 하는 게 순리일 것 같았다.

"못할 게 뭐가 있어요. 내가 할게요."

지난 4년 동안 사랑의 집에서 의료봉사를 하며 어떻게 하면 환자를 제대로 돌볼 수 있을까 고심해왔던 그로서는 '이왕 일이 여기까지 왔으니 어디 한번 가는 데까지 가보자'라는 결심을 하기에 이른다.

"그러면 최소한 3년은 맡겠다는 계약서를 써주세요."

병원을 서울가톨릭사회복지회 부설기관으로 인가하려는 복지회로서는 일종의 안전장치에 해당하는 요구였다. 당시 방지거병원 진료부장이었던 그가 새 병원이 자리 잡히기 전에 원장직을 그만두겠다고 하면 운영에 차질이 생길 수 있기 때문이었다. 선우경식은 굳은 표정으로 단호하게 대답했다.

"내가 한 약속을 틀림없이 지킬 테니 염려 마세요."*

모두 손뼉을 치며 그의 결심에 감사를 표했다.

얼마 후 준비위원회가 열렸다. 원장이 정해졌으니 병원 이름도 만들기 위해서였다. 선우경식이 먼저 의견을 냈다.

"여러분도 알다시피 저는 가난하고 소외된 이들과 함께 평생을

---

* 선우경식 인터뷰, 〈착한이웃〉, 2006년 5월호.

살았던 샤를 드 푸코Charles de Foucauld(1858~1916) 성인의 영성을 제 신앙의 좌표로 삼고 있습니다. 또 그분이 설립한 '예수의 작은 형제회' 재속회원으로 살면서 한 달에 한 번씩 그분의 영성을 공부하는 모임에 참석 중이고요. 그러니 병원 이름 또한 그분의 이름을 따 '푸코의원'이 라 하면 좋겠다 싶은데, 여러분의 의견은 어떠신지요?"

준비위원들은 고개를 가로저었다. 푸코 성인의 정신을 따르겠다 는 마음은 훌륭하나, 그분에 대해 아는 사람이 몇 명이나 되겠냐는 이유에서였다. 그때 '교회빈민의료협의회' 총무로 활동하는 백월현 위원이 새로운 제안을 했다.

"병원으로 이해하기 쉽게, 예수님의 아버지로서 성가정의 수호자 이며 임종하는 이와 노동자들의 수호자이신 요셉 성인의 이름을 붙 여 '요셉의원'으로 하면 어떨까요?"*

"그 이름이 좋을 것 같습니다. 우연의 일치이지만 초대 원장으로 추대되신 선우경식 선생님의 세례명도 요셉이시고요."

선우경식이 손사래를 치며 사양했다.

"그러면 이 병원이 제 병원인 것처럼 오해받을 수도 있으니 다른 이름을 찾아보지요."

"아니, 선생님 세례명이 요셉이라는 걸 아는 사람이 얼마나 있겠 습니까? 지나친 걱정이십니다. 하하."

며칠 후 선우경식은 방지거병원에 휴직서를 냈다. 3년 정도 지나 어느 정도 자리가 잡히면, 방지거병원에 복직한 뒤 요셉의원은 주

---

* 《요셉의원 30년사》(요셉의원, 2017년), 123쪽.

의사 선우경식

말 봉사만 하겠다는 게 그의 생각이었다. 그는 이때부터 사랑의 집에서 주말 의료봉사를 하던 의료진뿐 아니라 친구 및 선후배 의사들에게 요셉의원 의료봉사를 부탁했다. 또한 중고 의료장비와 기구를 기증받기 위해 서울가톨릭사회복지회를 통해 강남성모병원, 여의도성모병원, 강릉갈바리의원, 대구파티마병원 등 교계 병원에 협조를 요청하는 한편 자신의 대학 동창과 선후배가 운영하는 병원을 찾아다녔다.

요셉의원 준비위원회는 운영위원회로 개편되었고, 세부 운영계획을 만들기 시작했다. 먼저 진료대상은 난곡, 신림동, 구로1동, 구로3동, 성남시 은행동 및 상대원동 등 여섯 개 지역의 조합원으로 결정했다. 다음은 조합비와 진료비, 약값을 어떻게 정할 것인가였다. 여러 의견이 오간 끝에 가난한 이들의 자존감을 지켜주고 주민 조직화와 원활한 의료체계 정립을 위한 기준들을 도출해냈다. 병원을 이용하려면 주민의료협동회에 가입하여 가정 형편에 따라 월 500원에서 1000원 정도의 회비를 내게 하고, 병원 방문 때마다 500원, 엑스레이 촬영비로 500원을 부과하며, 약은 적정 조제를 원칙으로 하되 별도의 돈은 받지 않기로 했고, 큰 수술이 필요한 환자에겐 3차 진료 병원을 알선해주기로 했다. 진료시간은 오후 2시부터 10시까지로 하고, 화요일은 휴무인 대신 토요일과 일요일에는 정상진료를 하기로 했다. 맞벌이 부부·공장 근로자들이 많은 지역사정을 고려, 이들이 늦은 퇴근 후나 주말에라도 걱정 없이 병원을 찾을 수 있게 하기 위함이었다.

1987년 8월 29일 토요일 오후, 신림사거리에 있는 관악종합시장

옥상에는 대형 천막이 설치되었다. 후덥지근하고 비도 내렸지만 천막을 향해 걸어오는 중년 여인들은 들뜬 표정으로 주거니 받거니 하며 대화를 나눴다.

"오늘부터 병원 문 여는 거야?"

"아직 아니래."

"그럼 오늘은 뭘 하는 거지? 미리 개원 미사부터 드리는 건가?"

"응, 이제 병원 내부 공사를 잘 마쳤으니 곧 개원할 병원이 잘되게 해달라는 의미로 미사를 드릴 거라던데."

"대체 문은 언제 연대?"

"그건 아직 잘 모르지만, 좀 더 있어야 한다네."

"그래도 병원이 생긴다니 좋다."

"그치, 우리도 조합원이니까 우리 병원이나 마찬가지잖아."

여인들이 천막 아래에 있는 의자에 앉았고, 얼마 후 미사가 시작되었다.

"환자가 소중한 한 인간으로 따뜻하게 받아들여지는 치유의 장이 필요한 때에, 요셉의원은 이러한 기대에 훌륭하게 부응할 수 있을 것입니다. 비록 작은 규모에 최소한의 의료장비만 갖춘 작은 의원이지만 수천 평 규모의 대형 종합병원보다 오히려 더 큰 일을 해낼 수 있는 곳이 되기를 바랍니다."

서울가톨릭사회복지회를 담당하는 강우일 주교는 요셉의원 개원 미사를 집전하며 축하와 기대, 그동안의 수고에 감사하다는 내용의 강론을 했다.

개원 미사가 끝나자 선우경식이 그동안의 추진 과정에 대한 경과

1987년 8월 29일 열린 개원 미사에서 그간의 추진 과정을 보고하는 선우경식.

보고를 할 차례였다. 그의 머릿속에는 사랑의 집에서 주말진료 봉사를 시작했던 1983년 가을 이후 4년 동안의 일들이 주마등처럼 지나갔다. 앞으로도 헤쳐가야 할 일들이 많았지만, 체계적인 진료의 사각지대에 있던 가난한 환자들이 마음 놓고 올 수 있는 병원이 만들어졌다는 사실만으로도 그의 가슴은 벅차올랐다. 그는 다시 한번 마음을 다잡으며 그동안의 추진 과정에 대한 경과를 보고한 후, 서울가톨릭사회복지회 관계자와 지역관계자들 그리고 난곡, 신림10동, 구로1동, 구로3동, 성남시 은행동, 상대원동 여섯 개 지역주민들을 향해 허리 숙여 인사하면서 그간의 협조에 대한 감사를 전했다.*

참석자들은 이제 경제적 부담 없이 마음 편하게 이용할 수 있는

---

* 〈가톨릭신문〉, 1987년 8월 30일, 9월 6일.

병원이 생겼다는 사실에 감사하며 박수로 화답했다. 강우일 주교가 병원 축복을 하기 위해 2층에 있는 요셉의원으로 들어갔고, 축복이 끝나자 조합원들이 병원 내부를 둘러봤다. 그전까지 "왜 이렇게 개원이 늦어지느냐"라며 혹여라도 병원 설립이 무산될까 걱정했던 몇몇 조합원들은 120평 규모에 검사실·수술실·입원실·약제실·진료실·엑스레이실 등을 갖춘 요셉의원을 둘러보며 눈물을 훔치기도 했다. 그러나 요셉의원은 기본적으로 필요한 의료 기구를 아직 다 갖추진 못한 상황이었기에 정식으로 진료를 시작하려면 시간이 조금 더 필요했다.

남아 있는 가장 큰 문제는 부족한 의료장비와 의료 인력이었다. 의료진과 간호사는 가능한 한 자원봉사자의 참여를 활용한다는 세부 계획을 마련했지만, 내과·소아과·치과·외과·신경외과·산부인과·영상의학과를 요일별로 나눠 진료할 수 있는 의사와 간호사를 구하기란 사실 쉽지 않았다.

"그동안 제가 백방으로 알아봤지만, 모든 과목의 전문의가 매일 참여하는 건 불가능합니다."

선우경식 원장의 말에 운영위원들은 옅은 한숨을 내쉬며 그를 바라봤다.

"현재로서는 병원에 상주하는 제가 내과를 담당하고, 자원봉사자인 박찬, 신현자, 이영민, 김주현, 김정식, 김평일, 박철제, 오수만, 이경식, 고용복, 유태혁, 고영초 선생께서 오실 수 있는 날을 정해 소아과, 치과, 외과, 신경외과, 산부인과, 영상의학과를 진료하는 시스템으로 가는 방법이 최선입니다. 그리고 간호사의 경우 자원봉사자가 여의찮으면 병원을 운영하는 수녀원에 도움을 요청하고, 〈가톨릭신문〉에 자원봉사자 모집 기사를 써달라 부탁하겠습니다."

"협조 요청은 우리 서울가톨릭사회복지회에서 하겠습니다. 요셉의원이 가톨릭사회복지회와 연계되어 있음을 강조하면 여러 성당이나 단체에서 협조받기가 수월해질 거예요. 선우 원장님께서는 아직 구하지 못한 의료장비들을 찾아 허가받는 일에 집중해주시면 좋을 것 같습니다."

운영위원들은 적극적으로 역할 분담에 나섰다. 그럼에도 모두가 병원 운영은 처음이었기에 문제 해결엔 어쩔 수 없이 시간이 걸렸다. 조합원들은 그저 병원이 하루빨리 개원하기를 목 빼면서 기다렸다.

산 넘어 산

8

"원장님, 대기실에서 기다리는 환자들이 너무 많은데 어쩌죠?"

진료실에서 환자가 나가자 접수 담당 직원이 문을 열고 들어와 물었다. 늦게까지 일하는 조합원들이 많아 요셉의원은 진료시간을 오후 2시부터 10시까지로 정했고, 상근인 선우경식 원장을 제외한 자원봉사 의료진들은 각자의 병원에서 퇴근한 뒤 오후 6시경부터 진료하기로 했다. 그러나 아직 홍보가 부족한 탓에, 조합원 가족 중 나이 든 환자들은 병원 문 여는 시간부터 와서 접수했고, 선우경식 원장은 다른 의사들이 올 때까지 혼자서 그 환자들을 진료해야 했기 때문에 대기 환자들이 많아진 것이었다.

"어쩌겠어요. 급환 환자가 아니면 접수 순서대로 봐드려야지요. 환자들에게 사정을 잘 말씀드려달라고 간호사 수녀님께 부탁해주세요."

신림동 요셉의원의 진료 첫날 첫 환자를 진찰하는 모습.

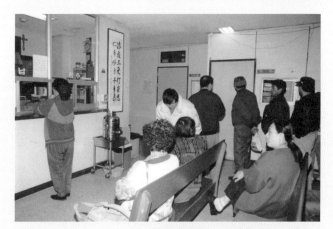

환자들로 가득한 신림동 요셉의원의 환자대기실.

개원 초기의 의료진과 직원.

"예, 원장님."

요셉의원의 매일매일은 다른 병원에서라면 상상도 못 하는 일들의 연속이었다. 약 열 명의 의료진이 초기 의료팀에 합류해서 내과, 소아과(현재 소아청소년과), 산부인과, 치과, 이비인후과, 정형외과, 영상의학과, 신경정신과, 물리치료 과목과 함께 사회사업상담과도 운영했다.

그러나 진료실이 충분하지 않아 방 하나가 두세 개의 용도로 활용되었다. 내과의사가 진료할 때는 내과 진료실이, 외과의사가 진료할 때는 외과 진료실로 쓰이는 식이었다. 원장실도 별도로 마련할 여건이 되지 않아 작은 방 하나가 필요에 따라 원장실이 되는가 하면 진료실로도 쓰였다. 진료실이 모자랄 때면 선우경식은 아예 원장실을 다른 의사에게 내어주고, 그 시간에 자신은 병원을 둘러보거나 환자들의 애로사항 혹은 질환에 관한 이야기를 나눴다.

요셉의원은 성모병원과 뜻있는 단체 및 개인 병원들로부터 진료 도구 등을 후원받고 검사실을 포함한 수술실과 약제실, 진료실, 방사선실 등의 별도 시설을 마련할 수 있었다. 그러나 번듯한 장비와 설비를 갖추었다고 하기에는 여전히 부족함이 많았다. 수술실이라고 해봤자 상처 부위의 간단한 봉합 정도만 가능한 곳이었고, 부족한 장비와 약으로 제대로 된 처방이나 처치가 곤란함은 물론 약이나 검사 도구가 어디 있는지 한참 찾아야 하는 불편함도 겪어야 했다. 그래도 정옥희 다미아나 수녀(간호)와 백월현 리디아 씨(사무행정) 등 일부 지역 대표와 신자, 수도자 여러 사람이 봉사자로 직접 나섰다.

의사 선우경식

선우경식 원장을 비롯한 의료진들과 봉사자들은 사명감으로 똘똘 뭉쳐 난관을 헤쳐나갔지만, 역시나 가장 큰 문제는 재정이었다.

8월 29일 개원 미사를 드렸던 요셉의원이 인력과 진료 장비 등의 부족으로 첫 환자 진료를 시작한 것은 한참 뒤인 11월 11일, 이때 통장에는 700만 원이 남아 있었다. 병원 전세 계약금, 공사비, 기증받지 못한 장비 중 꼭 필요한 의료기기 등을 준비하고 남은 모금액이었는데, 도매상에서 6개월 할부로 가져온 약들의 총액을 감안하면 사실상 무일푼으로 출발하는 것과 다름없었다. 의사 친구들이 고개를 저으며 걱정했다.

"석 달을 못 버틸 거야. 큰 병원도 운영이 어려운 판에, 고작 월 500원에서 1000원 받는 조합비와 500원씩 받는 진료비로 병원을 운영한다는 건 불가능해. 아무리 의료진이 자원봉사자들이라 해도 상근 직원 인건비에 약값, 치료에 들어가는 비용과 건물 유지비가 나올 것 같아? 그건 이상이고 꿈이야."

친구들의 걱정이 현실이 되는 데는 오랜 시간이 걸리지 않았다. 하루 60명일 거라 예상했던 환자 수가 100명을 넘으면서 각종 검사와 치료 비용, 약값 부담은 늘어났다. 밑 빠진 독에 물 붓기였다. 환자를 보기 시작한 지 20일째인 11월 말, 경리 직원이 걱정스러운 표정으로 선우경식을 찾아왔다.

"원장님, 오늘 전기료 내고 나니 이제 통장에 돈이 거의 없어요. 이제 곧 약값 월부금을 내야 하는데 어쩌죠?"

"너무 걱정하지 마세요. 제약회사는 지급을 몇 달 미뤄도 약을 줄 거예요."

말은 그렇게 했지만 그 역시 속으로는 걱정이었다. 정말 무모한 시도였을까? 정녕 길이 없는 걸까?

그렇다고 시작한 지 한 달 만에 주저앉을 수는 없었다. 그는 아침에 일어나면 기도를 하고, 성경 말씀을 묵상했다. 이스라엘 광야에서 40일 동안 굶주림, 목마름, 밤의 추위와 낮의 혹심한 더위를 견디신 예수의 고통을 생각하며 자신의 연약함을 담금질했다. 뜨거운 사하라 사막을 지나 투아레그족 마을에 도착해 세상에서 가장 가난한 부족민들과 함께 살면서 그들의 친구가 되었던 푸코 성인의 발자취도 생각했다. 자신도 지금의 막막한 광야를 지나가야 가난한 이들과 온전히 만날 수 있고 그들과 함께할 수 있으리라 생각하며, 그는 집에서뿐 아니라 병원의 작은 기도실에서도 시간이 날 때마다 십자가 앞에서 무릎을 꿇었다. 지금 그가 할 수 있는 건 요셉의원과 이 병원을 찾아오는 가난한 환자들을 지켜달라고 간절한 마음으로 기도하는 것뿐이었다.

두 달쯤 되자 환자 수는 더 늘어났다. 병원이 자선병원으로 소문나자 신림동 인근 봉천동을 비롯해 삼양동, 월계동, 가락동, 구리 등에서도 가난한 환자들이 찾아오기 시작했다. 그때마다 접수창구에서는 실랑이가 벌어졌다.

"아주머니, 여기는 조합병원이라 조합원만 진료받을 수 있어요."

"그게 무슨 소리야. 사람들이 여기가 가난한 사람들 무료로 치료해주는 자선병원이라고 해서 멀리서 버스 타고 왔어요. 나 지금 많이 아프니까 제발 의사 선생님 좀 빨리 보게 해줘요."

의사 선우경식

하루에도 몇 번씩 난감한 상황이 벌어졌다. 선우경식은 그때마다 환자를 진료실로 보내라 했지만, 조합원 자원봉사자들은 불만이었다. 논리적으로는 조합원 말이 맞지만, 선우경식으로서는 조합원이 아니라는 이유로 환자를 돌려보낼 수가 없었다. 그렇게 하는 건 일반 병원에서 돈 없는 환자를 돌려보내는 것과 다를 게 없기 때문이었다. 조합원들과 선우경식 모두가 서로 양보할 수 없는 문제였기에 병원에는 팽팽한 긴장이 감돌았다. 환자가 오면 반가운 게 아니라 조합원인가의 여부에 신경부터 곤두세워야 하는 상황이 벌어진 것이다.

선우경식은 직원회의를 소집해 결단을 내렸다.

"요셉의원은 조합원들을 위한 병원이 맞습니다. 그러나 동시에 서울가톨릭사회복지회 부설병원이기도 하죠. 요셉의원을 만들 때 조합원들의 기금은 모금의 종잣돈이 되었지만, 가톨릭 각계각층에서도 가난한 사람들에 대한 사랑을 실천하라며 많은 성금과 의료장비를 보내왔습니다. 따라서 요셉의원은 가난한 환자들에게 문이 열려 있는 병원이어야 합니다. 여기 와서 봉사해주시는 의사 선생님 대부분도 가톨릭 의대, 서울대 의대의 가톨릭학생회와 함께 난곡 지역과 사랑의 집에서 가난으로 병원에 못 가는 환자들을 위해 봉사해주시던 분들입니다. 우리는 요셉의원의 뿌리와 정신을 잊으면 안 됩니다."

그의 말이 끝나기가 무섭게 조합원 자원봉사자가 되물었다.

"만약 조합원들이 자신들도 조합비 안 내고 진료만 받겠다고 하면 어떻게 하지요?"

"그런 분도 차별 없이 진료해드리는 게 요셉의원의 정신입니다."

"그러다 적자 폭이 점점 더 커져 병원이 문을 닫으면 어떻게 합니까?"

그가 침착한 목소리로 대답했다.

"지금의 적자 폭은 조합비와 진료비 500원으로 메울 수 없습니다. 엑스레이 촬영이 필요한 환자들에게서 500원을 받긴 하지만, 그것만으로 비싼 필름값을 충당하기란 불가능하죠. 지금 우리가 할 수 있는 건 하느님 앞에 부끄럽지 않은 병원이 되도록 노력하고, 하느님의 뜻을 기다리는 것뿐입니다."

선우경식은 가난한 환자들을 향한 하느님 사랑의 실천이 곧 요셉의원의 정신임을 다시 한번 못박았다. 평소에는 온화하나 원칙 앞에서는 타협하지 않는 그다운 모습이었다.

며칠 후, 선우경식 원장은 또 다른 말로 직원들을 놀라게 했다.

"환자들을 치료하다 보니 저녁 환자의 상당수가 식사를 제대로 하지 못한 상태로 병원에 오더군요. 우리는 그것도 모른 채 배고픈 사람 붙들어 자꾸 피 뽑고, 엑스레이 찍고, 내시경한다며 속을 후벼 놓았고요. 치료도 중요하지만 그보다는 환자들에게 밥부터 드려야 할 것 같습니다."

"원장님⋯."

직원 12명과 봉사자 25명의 식사를 준비하는 것도 큰일인데, 환자에게까지 저녁을 주자 하니 기함할 노릇이었다. 그러나 그는 계속 말을 이었다.

"어차피 저녁에 오시는 선생님들께 드릴 밥과 반찬을 준비하니까, 밥 한 솥만 더 하면 되지 않겠어요?"

내원 환자들의 식사를 준비 중인 주방.

"저녁에 오는 환자들이 아무리 못해도 20명은 넘는데…. 그분들 밥과 반찬을 하려면 일도 일이고, 비용도 수월치 않을 겁니다."

그때 수녀님이 나섰다.

"밥과 반찬은 제가 준비할게요. 수녀원에서 몇십 명분의 밥을 해 본 터라 익숙합니다."

"수녀님께서 수고해주시겠다니 고맙습니다."

이때부터 검사를 받아야 하는 환자들에게는 식사가 제공되었다. 그러나 산 넘어 산이었다. 환자들에게 밥을 준다는 소문이 나자 술에 취한 노숙자들이 찾아오기 시작했다. 노숙자가 들어올 때마다 대기 환자들과 직원들은 손으로 코와 입을 막았다. 그때마다 선우경식은 직접 그들을 시장에 데리고 가서 갈아입을 옷을 사주곤 했다. 그러다가 어느 날부터는 헌 옷을 한 보따리 들고 들어와 병원 세탁실에 갖다 놓고선, 노숙자가 오면 적당한 크기의 옷을 찾아 갈아입게 했다.

"원장님, 이 점심이 마지막이에요. 저녁 지을 쌀이 떨어졌는데 어쩌죠? 경리과에서는 돈이 없다고 하고요…."

"그럼 아래 쌀집에 가서 외상으로 갖고 오시지요."

"조금 전에 갔다 왔는데 이미 외상으로 두 가마니를 줘서 더는 안된다고 합니다."

적자가 쌓일수록 외상값도 늘어갔다. 가장 심각한 건 약값이지만, 지금은 당장 저녁 지을 쌀이 없었다.

"이거 어떡하나…. 조금 있으면 저녁을 지어야 하는데…."

그때 허름한 작업복을 입은 중년 남자가 병원으로 들어왔다.

"요셉의원 책임자 계세요?"

직원들은 무슨 일인가 싶어 그 남자를 바라봤다.

"제가 이 병원 원장인데 무슨 일이신지요?"

선우경식이 나서자 중년 남자는 누런 쪽지를 건넸다.

"독산동에 있는 대신화물로 쌀 두 가마니가 도착했다는 전표예요. 이거 갖고 찾으러 오시래요."

"쌀 두 가마니요? 어디서 보낸 건데요?"

"전표에는 원주에서 보냈다고 쓰여 있는데 자세한 건 저도 모릅니다. 암튼 이 전표 갖고 가시면 됩니다."

선우경식은 아무리 생각해도 원주에서 자신에게 쌀을 보낼 만한 사람이 없었다. 그는 지갑에 있던 비상금을 꺼내 관리과 총무에게 전표와 함께 건네며 다녀오라고 했다. 그 쌀 두 가마니로 당분간 밥

문제는 해결할 수 있을 터였다. 그러나 쌀을 보낸 사람의 이름은 화물업체 측에서도 몰랐다. 선우경식은 원주의 성당에 다니는 어떤 농부가 어디선가 요셉의원의 이야기를 듣고 보내준 거 같다고 생각하며 마음속으로 감사의 인사를 했다.

솜바지를 입고 근무하는 병원

9

해가 바뀌어 1988년이 되었다. 신문에서는 연일 88올림픽에 대한 기사와 노태우 대통령 당선인의 신년 인터뷰를 보도했다. 그러나 선우경식의 머릿속에는 누적되는 병원 적자, 그리고 '어떻게 하면 병원 문을 닫지 않고 계속해서 가난한 환자들을 치료할 수 있을까'에 대한 생각뿐이었다. 신년 연휴가 끝난 뒤 그는 직원회의를 열었다.

"먼저 지난해 여러분이 해주신 수고에 감사 인사를 드립니다. 요셉의원이 환자를 진료하기 시작한 지 아직 두 달이 안 되었는데, 마치 2년도 더 된 것 같다는 생각이 들 정도로 많은 어려움이 있었네요. 그래도 여러분의 수고로 많은 환자를 진료하면서 지금까지 버틸 수 있었습니다. 하지만 새해에도 어려움이 더하면 더하지 덜하진 않을 것 같습니다."

의사 선우경식

직원들은 착잡한 표정을 지으며 그의 말을 경청했다.

"저는 여러분이 병원을 위해 엄청나게 희생하고 계시다는 걸 잘 압니다. 겨울이 되면서 날씨가 추워지는데도 경비 절감을 위해 난방용 보일러를 조금씩만 가동하다 보니 얼마 전엔 간호사 등 치마를 입고 오는 봉사자들이 감기가 들어 버렸지요. 그분들이 결국 솜바지를 입고 근무하는 상황이 벌어져도 저희는 달리 손을 쓸 여유가 없었고, 그건 오늘도 마찬가지입니다. 원장으로서 여러분께 면목이 없고 죄송할 뿐입니다."

그는 진심으로 봉사자들에게 미안했다. 가난한 사람들의 병원을 위해 시간을 쪼개서 아무런 대가도 바라지 않고 묵묵히 봉사하는 이들이었다.

"그러나 여러분이 계시기에 저희가 여기까지라도 올 수 있었습니다. 힘이 드시더라도 우리 모두가 환자 한 명 한 명에게 최선을 다하면 요셉의원은 버텨나갈 수 있을 겁니다. 무슨 뚜렷한 계획이 있는 건 아닙니다만, 원장으로서 할 수 있는 최선의 노력을 하고 열심히 기도하겠습니다. 여러분도 많은 기도 부탁드립니다."

선우경식의 말이 끝나자 직원들은 박수로 화답했다. 그러나 그의 머릿속에선 개원 당시 "석 달을 못 버틸 것"이라 했던 주변 친구들의 말이 맴돌았다. 석 달을 버틴다는 게 이렇게 힘든 일인가. 지금까지는 약값을 안 갚으면서 버텼지만, 이제 도매상들 사이에선 "요셉의원은 약만 사고 돈은 주지 않으니 더 이상 약을 못 주겠다"는 말이 나오기 시작했다.

그러던 어느 날 도매상 한 곳에서 전화가 왔다. 전화를 받은 경리 직원이 놀라서 선우경식에게 달려왔다.

"원장님, 전화 좀 받아보세요. 김수환 대표를 바꾸라며 마구 호통을 치네요."

그는 가슴이 철렁했다.

"전화 바꿨습니다. 제가 원장이니 저에게 말씀하시죠."

"원장은 필요 없고 김수환 대표 바꿔요. 아니, 약을 1000만 원어치 넘게 가져갔는데 여태 한 푼도 갚지 않았다는 게 말이 됩니까?"

요셉의원은 보건복지부에 등록된 사회복지법인이지만, 천주교 서울대교구 가톨릭사회복지회의 부설병원이었다. 그 복지회의 대표가 김수환 추기경이었기에 요셉의원의 법적 대표 역시 김 추기경이었다.

"대표님은 지금 안 계시고, 이 병원의 실질적 책임자는 접니다. 한 달만 기다려주시면 다만 얼마라도 갚겠습니다. 정말 죄송합니다."

"알겠어요. 하지만 만약 한 달이 돼도 안 갚으면 김수환 대표를 고소하겠습니다. 그리고 돈 갚을 때까지는 약도 절대 못 드립니다."

"예, 알겠습니다. 정말 죄송합니다."

전화기를 내려놓은 선우경식은 온몸에서 기운이 빠져나가는 것 같았다. 경리 직원도 걱정스러운 표정으로 그를 바라봤다. 그의 머릿속에는 김수환 추기경에게 누를 끼치면 안 된다는 생각뿐이었다.* 그는 침통한 표정으로 기도실에 들어가 십자가 앞에서 무릎을 꿇었다.

"주님, 제가 너무 무모했던 걸까요? 아니면 너무 욕심이 많았던

---

* 선우경식 인터뷰 재구성, 〈의협신문〉, 2006년 3월 22일.

　　　　　　　　　　　　　　　　　　　　　　　　의사 선우경식

걸까요? 더 버틴다는 건 무리일까요? 주님, 저에게 이 어려움을 헤쳐 나갈 수 있는 지혜를 주십시오. 저를 위해서가 아니라 이 병원을 찾는 가난한 환자들을 위해, 이 병원이 문을 닫지 않게끔 주님께서 함께해주십시오."

그가 기도실에서 나오자 대기실에서 기다리고 있던 환자들의 간절한 눈빛이 보였다. 내가 힘들다고 도망가면 이 환자들은 어디로 간단 말인가. 그러나 아직은 의사 친구들을 찾아다니며 손을 벌릴 용기가 나지 않았다. 자존심과 의사라는 권위까지 포기하기란 결코 쉽지 않은 일이었다. 그러나 외상값도 해결하고 병원 문도 계속 열어야 했다.

얼마 후 그는 뉴욕에서 의류 사업을 하는 덕에 경제적 여유가 있는 남동생에게 비행기 표를 보내달라고 부탁했다. 뉴욕에는 남동생뿐 아니라 손위 누이와 여동생, 의대 동창과 선후배 여럿은 물론 그곳에서 일할 때 만난 지인들도 있었다. 그는 여유가 있는 남동생과 한국에서보다 월급을 많이 받는 동창, 선배 들에게 아쉬운 소리를 하는 게 낫겠다고 생각했다. 게다가 미국 병원에는 제약회사에서 샘플로 제공하는 약의 수량도 상당했다. 미국은 약값이 비싸서, 제약회사들은 자사의 신약이 임상시험을 통과하고 나면 각 병원의 의사들에게 대량의 샘플을 제공하며 더 많은 환자들이 복용할 수 있게 해달라는 마케팅을 활발하게 펼쳤다. 그래서 큰 병원에는 몇백 박스씩, 개인 병원에도 몇십 박스씩 샘플 약이 배달되곤 했다.

선우경식은 동창과 선후배들을 만나 요셉의원에 관해 설명하면서 후원을 부탁했다. 처음에는 자존심도 상하고 부끄러웠지만, 가난한 환자들이 치료받을 수 있는 병원을 유지하려면 어쩔 수 없다는 생각에 고개를 숙였다. 미국에서의 의사 수입은 한국보다 훨씬 좋았고 가난에 대한 후원 문화도 활성화되었기에 그는 어렵지 않게 후원금을 모금할 수 있었고, 약도 필요한 만큼 가져올 수 있었다. 남동생은 무리하는 게 아닌가 싶은 생각이 들 정도로 큰돈이 담긴 봉투를 그에게 건넸고, 전에 다니던 성당에서도 십시일반으로 후원금을 모아줬다.

"원장님, 이게 무슨 가방이에요?"

귀국한 선우경식이 커다란 트렁크 두 개를 요셉의원으로 갖고 들어오자 직원들이 눈을 동그랗게 뜨면서 물었다. 당시 국제선 비행기를 타면 30킬로그램짜리 트렁크 두 개를 부칠 수 있었다. 그걸 낑낑거리며 2층으로 갖고 올라갔으니 직원들은 놀랄 수밖에 없었다. 그가 트렁크를 약제실 안으로 옮겨 열자 모두 깜짝 놀랐다. 트렁크를 가득 채운 약을 살펴보던 약사가 물었다.

"원장님, 이 약은 병원용 샘플이라고 쓰여 있는데, 이 많은 걸 어떻게 구하셨어요? 대부분은 비싼 약들인데요."

"맞아요. 병원에서 환자들에게 샘플로 나눠주는 약이에요. 그래서 그냥 얻어왔어요."

"예? 미국에서는 이 비싼 약을 환자들에게 공짜로 주나요?"

그는 직원들에게 미국 제약회사들의 마케팅 시스템을 간단하게 설명해주었고, 앞으로도 계속 받을 수 있을 거라며 신나게 이야기했다.

의사 선우경식

"근데 약들을 계속 어떻게 받아요? 원장님이 미국에 자주 가셔서 갖고 오실 수도 없으실 텐데."

"제가 전에 다니던 성당에 마침 비행기 승무원이 한 분 계시더군요. 그분이 약을 갖다줄 수 있다고 하시기에 친구들 연락처를 알려드렸습니다."

약을 살펴보던 약사는 좋은 약이 많다며 위염약, 심장약, 혈압약, 고지혈증약, 통풍 치료 약 등을 분류하기 시작했다. 약제실에서 나온 선우경식은 경리에게 달러가 든 봉투를 건넸다.

"후원금으로 받아온 거예요."

봉투에서 달러를 꺼내 세어보던 직원이 함박웃음을 지으며 말했다.

"원장님, 쌀독에서 인심 난다는 속담이 뭔가 했는데, 역시 부자 나라답게 후원금도 두둑하네요. 이 정도면 급한 외상값들 갚고 몇 달은 버틸 수 있을 것 같습니다."

"고마운 일이지요. 물론 후원금이 고정적으로 들어오는 건 아니지만, 일단 추기경님을 고소하겠다며 엄포를 놓았던 도매상의 외상값부터 갚으세요. 제가 그 외상값 때문에 걱정이 되어 잠도 제대로 못 잤어요."

"예, 원장님. 저도 걱정 많이 했는데 정말 다행입니다. 마침 지난번 받은 쌀 두 가마니도 거의 떨어져가니 쌀집에도 외상값을 갚고 쌀을 좀 재어놔야겠어요. 호호."

그는 오랜만에 가벼운 마음으로 병원을 둘러보며 잘 다녀왔다는 귀국 인사를 했다.

신앙의 길을 향하여

10

정선에 있을 당시 선우경식은 성프란치스코의원 수녀님들로부터 재속회라는 평신도 모임에 가입하면 좋다는 조언을 들었다. 재속회는 평신도들의 신앙을 굳건히 하기 위해 몇몇 수도회에서 진행하는 모임이었다.

"선우 선생님, 몇몇 수도회에는 신자들을 위한 재속회가 있습니다. 수도회의 영성을 따라 본인의 삶을 하느님께 잘 바칠 수 있도록, 좀 더 구체적으로는 애덕의 완성을 향하여 노력하고 이바지하기를 힘쓰는 '봉헌 생활회'죠. 그래서 결혼 생활을 하는 분들도 참여할 수 있습니다."

선우경식이 재속회에 관심을 표명하자 수녀가 좀 더 자세히 설명했다.

"재속회는 수도회의 영성과 함께 살아가시려는 분들의 모임이에요. 저희 수도회에는 프란치스코 성인의 영성을 따르는 '작은 형제회'의 재속회가 있죠. 그리고 사하라 사막에서 가난한 토착민들과 함께한 푸코 성인의 영성을 따르는 '예수의 작은 형제회', 또 가르멜 수도회에도 재속회가 있습니다. 서울에 올라가면 재속회에 대해 좀 더 알아보시고 선생님의 마음에 와 닿는 곳에서 훌륭한 성인들의 영성을 공부해보세요. 여러 면에서 도움이 될 겁니다."

그는 서울에 올라와 몇몇 재속회를 방문했고, 그중 예수의 작은 형제회에 마음이 끌렸다. 예수의 작은 형제회는 프랑스의 성인 샤를 드 푸코의 영성을 따르는 수도회였다. 푸코 성인의 영성적 바탕은 예수님이 나자렛에서 노동자로 가난한 사람들과 함께 살았던 모습을 닮아가는 것이었다. 때문에 예수의 작은 형제회 수도자들 또한 나자렛 예수와 푸코 성인처럼 가난한 이들의 삶의 현장에서 직접 노동자로 일하며 노동자들의 친구가 되어 함께 살고 있었다. 수도회라는 명칭도 사용하지 않고 '형제회'라고 했고, 자신들의 신원이 세상에 알려지는 걸 원하지 않았다. 신부와 수사 서너 명씩이 한 조를 이뤄 가난한 사람들의 동네에서 주민의 일부로 살았고, 그중 한두 명은 공장에서 일하며 수입을 만들었고 나머지 한두 명은 도움의 손길이 필요한 이들을 도왔다.

선우경식은 예수의 작은 형제회가 "가난한 이들을 복음화시키기보다 가난한 이들을 통해서 수도자들이 복음화된다"라고 고백하는 자세에 깊은 감명을 받았다. 심지어 이 형제회의 수사 두 명은 역시 푸코 성인의 영성을 따르는 자매 수도회인 '작은자매관상선교수녀회'의 수녀 한 명과 함께, 한센병 환자들이 모여 있는 전라북도 고창군 고창읍 죽림리의 동혜원(현재 호암마을)에서 10여 년 전부터 함께 살고 있기도 했다.

선우경식은 이제까지 자신이 몰랐던 방식으로 세상에 들어가 세상 사람들의 이웃이자 친구로 살아가는 수도자들이 있다는 사실에 충격을 받았다. 그는 푸코 성인에 대해 좀 더 알고 싶어 그의 영적 수기인《사하라의 불꽃》을 읽기 시작했다.

푸코 성인의 삶은 파란만장했다. 세상과 떨어져 수도원에서 7년, 나자렛에서 긴 침묵과 노동으로 3년을 보낸 푸코 성인은 그 과정에서 가난한 사람들과 함께하겠다는 소명을 느끼고 1901년 사제품을 받아 신부가 되었다. 이후 그는 사하라 사막의 척박한 환경 속에서 세상에서 가장 가난하게 산다는 프랑스 식민지인 투아레그족 마을로 갔다. '말로가 아닌 온 삶으로' 정착하기 위해서였다. 그곳에서 그는 다른 선교사들처럼 하느님 말씀을 전하기 위한 설교나 자선활동을 하지 않았다. 대신 투아레그족의 관습, 전통, 언어를 배웠고 그들 곁에서 그들과 똑같은 모습으로 생활하면서 선함과 우정으로 예수님의 사랑을 실천하다 세상을 떠났다.

선우경식은 시간이 지날수록 의지할 곳은 하느님뿐이라는 생각이 강해졌고, 열심히 성경을 읽고 기도 생활에 충실했다. 투아레그족을 보고 삶이 가장 병든 영혼들, 가장 버려진 양 떼 가운데서 살아가던 나자렛 예수의 모습*이라며 사하라 사막의 조그만 거처에서 빵과 삶은 보리를 먹으며 맨바닥에서 자고 밤낮없이 기도하면서 부족민들

의사 선우경식

에게 헌신했던 푸코 성인의 영적 수기는 그에게 큰 감명을 주었다. 그는 그런 나자렛 예수의 모습을 통해 요셉의원의 지나간 시간을 돌이켜보았고, 무엇보다 중요한 건 영성**이라는 사실을 다시 한번 느끼며 자신의 신앙을 다잡았다.

---

* 샤를 드 푸코, 조안나 옮김, 《사하라의 불꽃―샤를 드 푸코의 영적 수기》(바오로딸, 2022), 265~266쪽.
** 〈가톨릭신문〉, 1988년 9월 11일 인터뷰.

2부

멀고 험난한
무료진료 병원

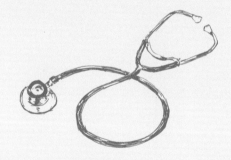

의료보험의 사각지대에 있는 환자들

11

"의료보험에서 소외된 사람들이 이렇게 많다니…."

선우경식은 연일 만원인 환자대기실을 보며 나지막이 읊조렸다. 1989년 7월, 우리나라에서도 전 국민 의료보험 제도가 시행되었지만, 그 혜택이 누구에게나 돌아간 것은 아니었다. 형편이 어려워 의료보험료를 내지 못하거나, 노숙 탓에 주민등록이 말소된 사람 등 수혜의 사각지대에 놓인 이들에겐 의료보험이 무용지물이었고, 따라서 그들은 치료비를 받지 않는 요셉의원으로 몰려들었다. 또 전 국민 의료보험 제도가 시행되자, 조합원들은 조합비와 의료보험비를 이중으로 내는 게 경제적으로 부담스럽다며 조합을 떠나고자 했다. 이 모든 건 선우경식이 미처 예상하지 못한 일들이었다.

그는 요셉의원을 만들 때 난곡희망 의료협동조합으로부터 받았던 500만 원을 돌려주려 했다. 그러나 조합 측은 '가난한 환자들을 위해 사용해달라'라며 그 돈을 받지 않았다. 그때부터 요셉의원은 가난한 이들의 자존심을 살려주기 위해 최소한으로 받던 소액의 진료비마저 폐지하고 완전 무료진료로 전환했다. 그러자 하루에 100명이 넘는 환자가 몰려오기 시작한 것이다. 주말과 야간 진료를 담당하는 기존의 자원봉사 의료진 외에도 의사 수녀 두 명이 일상적으로 진료를 돕는 등 의료봉사자가 늘어났고 병원의 운영 전반을 돕는 일반봉사자들도 그만큼 많아졌다. 요셉의원에서 치료가 불가능한 환자는 큰 병원으로 보내면서 실비로 치료를 받을 수 있도록 도와주었다. 하지만 그것이 여의치 않을 때는 요셉의원에서 모든 치료비를 부담해 수술을 받을 수 있도록 지원해주기도 했다.

요셉의원이 개원한 지 2년이 지났지만, 불규칙한 후원금만으로는 앞날에 대한 예측을 할 수조차 없었기에 '이제는 정말 문을 닫아야겠구나' 생각될 때가 한두 번이 아니었다. 환자는 날이 갈수록 늘었지만 그만큼의 약을 댈 형편은 못되었다. 특히 콩팥이 안 좋은 환자에게 꼭 필요한 알부민은 값이 비싸 늘 부족한 실정이었다.

한번은 열세 살짜리 어린이를 아이 엄마가 업고 왔는데, 상황이 심상치 않았다. 늑막에서 무려 1만 시시cc의 물을 뽑아내야 할 정도로, 도저히 눈뜨고는 보지 못할 지경이었다. 이 어린 소녀는 콩팥이 나빠져 혈액에 있는 알부민이 자꾸 소변으로 빠져나가는 병을 앓고 있었다. 알부민 수액을 계속 보충해주지 않으면 생명이 위태로워지는 환자였다. 당시 병원에 있던 알부민 수액 열 개를 사흘간 투약하

의사 선우경식

고 나니 바닥이 드러났다. 보통은 수액을 주 2~3회 정도 투약하지만 이 소녀는 상태가 워낙 안 좋아 며칠 사이에 열 개를 모두 사용해야 했고, 그마저도 모자란 상황이었다. 그러나 한 개에 몇만 원(현재 10~15만 원 선) 하는 약을 살 돈이 병원에는 없었다. 보통은 4주 정도 꾸준히 맞으면 효과가 나타났지만, 이 소녀의 경우 두세 달 정도 투약해도 생명을 건진다는 보장이 없는, 매우 위중한 상황이었다. 그렇다고 포기할 수도 없는 일이었다.

'어떻게 해야 저 아이를 살릴 수 있을까….'

깊은 고민에 빠진 선우경식이 머리를 싸매고 걱정할 때 전화벨이 울렸다.

"선우 원장님이십니까?"

"예, 제가 선우경식입니다."

"저는 대치동성당의 최광연 신부입니다. 저희 성당을 다니시던 할머니 한 분이 돌아가시면서 어려운 환자를 위해 쓰라고 250만 원을 남겨주셨어요. 돈을 받아들고 보니 왠지 요셉의원이 생각나 이렇게 연락드렸습니다."

"정말 고맙습니다. 마침 비싼 약이 꼭 필요한 열세 살짜리 환자가 있는데 병원에 돈이 떨어져 애를 태우던 중이었어요. 그 할머니 덕분에 어린 환자가 생명을 구할 수 있을 거 같습니다."

"그렇다면 정말 다행이네요. 할머니께서도 천국에서 흐뭇해하실 겁니다. 시간 날 때 찾아뵙고 전해드리려 했는데, 사정이 급한 환자가 있다 하시니 지금 당장 소식지에 있는 지로번호로 송금하겠습니다."

"신부님, 다시 한번 감사드립니다. 그런데 저희 소식지는 어떻게 보셨는지요?"

"저희 성당 신자분께서 한 부 갖다주셨지요. 감명 깊게 읽으면서 가슴에 담아두고 있었습니다. 형편이 어려운 분들을 위해 애쓰시는 원장님께 제가 오히려 감사드립니다."

"요셉의원은 저 혼자의 힘이 아니라 많은 의사, 간호사, 약사, 물리치료사, 상담사, 주방, 세탁, 청소를 도와주는 여러 자원봉사자 분들, 그리고 신부님께서 말씀하신 할머님 같은 은인들의 도움으로 유지되고 있습니다. 저희 요셉의원을 위해 기도 부탁드립니다."

"예, 원장님. 기도 중에 기억하겠습니다. 그러면 저는 지금 나가서 얼른 송금하겠습니다."

"신부님, 다시 한번 감사드립니다."

최광연 신부와 통화를 마친 그는 책상 서랍에서 요셉의원 소식지 창간호를 꺼내 책상 위에 올려놨다. 선우경식은 자신도 모르게 성호를 그으며 가슴을 쓸어내렸다.

그해 초 '예수의 작은 형제회' 재속회 모임이 끝난 후 같은 회원인 오덕영과 함께 저녁을 먹을 때였다.

"선우 원장님, 요셉의원이 개원했을 때 사람들이 3개월이면 문을 닫을 거라고 했다면서요? 그런데 벌써 1년 반이 지난 지금까지도 계속 유지되고 있네요."

"그렇죠. 사실 첫달부터 '이제는 정말 문을 닫아야겠구나' 싶을 때가 한두 번이 아니었습니다. 하지만 그때마다 하느님의 뜻이었는지, 예견하지 못했던 도움의 손길이 이어져 위기를 넘기면서 지금까지

1989년 3월에 발행된 소식지 창간호. 마지막 쪽에 병원 위치와 후원금 입금 방법을 소개했다.

버텨오고 있습니다."

"그래서 드리는 말씀인데, 후원을 좀 더 체계적으로 받으면 운영에 도움이 되지 않을까요?"

"그렇지 않아도 후원회를 조직하자는 의견이 병원 내부에서 여러 번 나왔습니다. 그런데 그게 자칫하면 지금 하는 일을 광고하는 것 같고, 또 환자들의 자존심을 건드릴 수도 있을 것 같아 제가 말렸어요. 옆에서야 미련해 보일 수 있겠지만, 형편이 어려운 환자들일수록 자존심이 다치지 않도록 더욱 신경 쓰고 존중해야 한다는 게 제 생각이거든요. 그래서 요란하게 하지 말자고 당부했습니다."

"그렇게 환자들을 세심하게 배려해주시는 원장님 말씀을 들으니 말을 꺼낸 제가 부끄러워지는군요. 하지만 원장은 곧 병원이라는 큰 배를 이끌고 바다를 항해하는 선장과도 같다고 생각합니다. 작년 가을에 〈가톨릭신문〉에 난 개원 1주년 기사를* 보고서 전 정말 깜짝 놀랐습니다. 1년 동안 병원을 찾은 환자가 1만 명이 넘는데, 정기후원회원이 40명밖에 안 된다고 나와 있었으니까요. 물론 우리는 신앙인이니 하느님을 믿고 기도하고 의지하는 게 당연하지만, 그래도 후원회원을 좀 더 늘려 최소한의 예산을 확보해서 운영하시는 편이 좋지 않을까요? 저는 진짜 그런 열악한 상황에서 원장님이 어떻게 병원을 운영하시는지⋯. 아니, 그 어려움을 상상조차 하기 힘들고 지금도 같은 생각이라 외람된 말씀을 드려보는 겁니다."

"오 선생님 말씀은 충분히 이해합니다만, 요셉의원을 찾는 환자들이 늘어나는데도 운영이 가능했던 것은 무엇보다 자원봉사자분들의 적극적인 참여 덕분이었습니다. 현재 요셉의원에는 무려 112명의 자원봉사자가 계시죠. 요일별로 오는 전문의료진이 65명이고, 인근 성당 신자분들이 세탁·청소·주방 등 일반직의 자원봉사를 맡고 있습니다. 그리고 큰 병원에 있는 의대 동기들에게 환자를 받아달라, 약 달라, 무슨 기계를 달라는 부탁을 하도 자주 해서 친구들은 제 전화를 받으면 또 무슨 부탁인가 싶어 긴장부터 한답니다. 물론 거의 모든 부탁을 들어주기는 하지만요. 그런데 후원회원을 모집한다는 것까지 크게 알리면 대놓고 돈 달라하는 소리처럼 들릴 겁니다. 정기 후원금이 늘어나면 좋기야 하겠지만, 말씀드렸듯 후원회원을 모집하는 건 그런 연유로 좀 더 지켜본 후에 하고 싶습니다."

선우경식의 설명을 차분히 듣고 있던 오덕영이 새로운 제안을 내

---

* '개원 1주년 맞은 요셉의원', 〈가톨릭신문〉, 1988년 9월 11일.

　　　　　　　　　　　　　　　의사 선우경식

놓았다.

"좋습니다. 그럼 요셉의원을 알리는 소식지라도 만들면 어떨까요? 형편이 어려운 환자나 자원봉사를 원하는 분인데 요셉의원이 어떤 곳인지 몰라서 오지 못하는 경우도 있을 테니까요. 소식지 제작에 필요한 종이와 인쇄는 제 친구가 하는 상록인쇄소에 부탁해볼 수 있을 거 같습니다."

선우경식은 고개를 끄덕였다. 오덕영의 말대로 소식지를 만들어 여러 성당에 보내면 부족한 간호사를 비롯해 의사 그리고 더 많은 자원봉사자들이 올 수도 있을 터였다.

그때부터 오덕영은 요셉의원에서 봉사하는 강경원과 함께 개원 후 1년 반 동안 요셉의원이 지나온 발자취, 선우 원장의 글을 비롯해 자원봉사자들의 생생한 소감과 병원 소식을 담은 사진, 환자들의 감사 편지 등을 편집해서 1989년 3월 12쪽짜리 소식지 창간호를 만든 뒤 봉사자들을 통해 여러 성당에 보냈다. 특히 소식지의 맨 마지막 쪽에는 요셉의원의 위치 및 진료시간 정보와 함께 후원금을 위한 은행지로 번호를 기재했는데, 대치동성당의 최광연 신부가 이걸 보고 선우경식에게 연락을 해온 것이다. 선우 원장은 그 돈으로 열세 살짜리 어린 소녀에게 3개월 동안 꾸준히 알부민 수액을 투여했고, 소녀는 마침내 목숨을 건질 수 있었다.

밑 빠진 시루에서 콩나물이 자란다

12

1989년 11월 중순, 서울대교구청 집무실 책상에서 며칠 전 배달된 〈가톨릭신문〉을 한 장씩 넘기던 김수환 추기경은 10면 상단에 실린 '서울 신림동 요셉의원 운영난 심각—전 국민 의료보험 확대 실시로 의료보험증 없는 환자가 대부분'이라는 제목에 눈이 멈췄다. 개원한 지도 2년이 넘었고, 의료보험이 실시되어 이제 좀 괜찮겠다고 생각하고 있었는데 더 어려워졌다니 이게 무슨 소리일까. 김 추기경은 의아해하며 기사를 읽어 내려갔다.

가난한 지역주민과 지역보건종사자·지역운동가·의료인들이 협력, 1987년 8월 29일 서울가톨릭사회복지회 부속 진료기관으로 문을 연 요셉의원은 실비로 운영하면서 지난 2년 2개월 동안 연인원 3만 명이

의사 선우경식

넘는 영세민 환자에게 실질적인 의료 혜택을 베풀어왔다.

이중 10% 정도가 완전 무료환자였는데 지난 7월 전 국민 의료보험 실시 이후 완전 무료환자는 40%로 증가했고 앞으로도 더욱 늘어날 전망이라 운영에 어려움을 겪고 있다. 행려환자나 소년소녀가장, 그리고 주민등록이 없어 의료보호 혜택조차 받을 수 없는 환자 등 의료보험증이 없는 무료환자들이 계속 늘고 있는 데다 도시지역 의료보험 실시 이후 의료보험증을 박탈당한 환자들이 계속 늘어나기 때문이다.

특히 등록된 무료환자 중에는 주민등록이 없는 결핵 환자가 100여 명으로 이들은 1년 이상씩의 지속적인 치료가 필요한 환자들이다. 엑스레이, 간 검사 등을 제외한 약품비만도 매월 1인당 2만 원씩이 소요되고 있는 실정이다.

의료진 및 세탁·청소 등 관리 문제는 헌신적인 자원봉사자들로 아무런 걱정 없이 운영되고 있으나 재정적자 폭을 메꾸기 위해서는 적어도 매월 500만 원씩의 후원금이 필요하다는 요셉의원은 뜻있는 신자들의 후원회 가입을 요망하고 있다.

김수환 추기경은 운영난으로 폐원 위기에 몰린 대구 결핵 요양원의 운영 책임을 맡았던 친형님 김동한 신부를 떠올렸다. 환자들의 약값과 간호사 및 복지사 비용 등을 감당하기 위해 자기 몸을 돌보지 않고 전국 각 성당으로 쉼 없이 '모금 강론'을 하러 다니는 형님이 김 추기경은 못내 안쓰러웠다.

"형님, 밑 빠진 시루에 물 붓기예요. 이제 그만 좀 쉬세요."

"추기경님, 밑 빠진 시루에서 콩나물이 자란답니다."

형님은 그렇게 대답하며 빙긋 웃곤 했다. 김 추기경은 요셉의원을 떠올리며, 가톨릭에서 운영하는 종합병원에서도 제대로 하지 못하는 어려운 일을 평신도와 자원봉사자들이 함께해나가는 게 고맙다는 생각이 들었다.

12월 13일 오후, 김수환 추기경은 사제복 위에 검은색 코트를 입고 요셉의원을 향해 계단을 올라갔다. 혹 위화감을 줄까 싶어 자동차는 요셉의원에서 좀 떨어진 곳에 주차하고, 비서신부에게도 나중에 따로 오라고 일러두었다. 그가 병원 문을 열고 들어서자 접수창구에 있던 직원이 깜짝 놀라 문을 열고 나왔다.

"추기경님 맞으시죠?"

"그런 소리 자주 듣습니다. 하하."

그가 시치미를 떼자 직원이 어리둥절한 표정으로 바라보았다. 그때 진료실 문을 열고 환자를 배웅하던 선우경식이 반가운 표정으로 인사를 했다. 며칠 전 비서신부가 전화해서 조만간 추기경께서 조용히 방문하실 예정이라고 한 적이 있지만 혼자서, 그것도 붉은색의 추기경 수단 대신 평범한 검은색 코트를 입고 올 줄은 몰랐다.

"추기경님, 이렇게 누추한 곳을 방문해주셔서 고맙습니다."

선우경식의 입에서 '추기경'이라는 단어가 나오자 대기실에 앉아 있던 환자들과 봉사자들이 그를 향해 깍듯한 인사를 건넸다. 김수환 추기경도 환자와 봉사자들을 향해 인자한 미소로 인사하며 선우경식을 따라 원장실로 들어갔다. 추기경이 먼저 입을 열었다.

"요셉 원장님, 저는 전 국민 의료보험이 실시되어 요셉의원의 수고가 덜어질 줄 알았는데, 지난달 〈가톨릭신문〉에 난 기사를 보고 깜짝 놀랐습니다. 솔직히 그 기사를 통해 제도에서 소외된 분들의 존재에 대해 깊이 생각할 수 있었습니다. 그러면서 어려운 이웃들을 위해 헌신하시는 선우 원장님이 생각나서 이렇게 찾아왔습니다."

"고맙습니다. 이 병원을 시작할 때도 추기경님께서 물심양면으로 도움을 주셔서 큰 힘이 되었는데… 다시 걱정을 끼쳐드려 송구합니다."

선우경식은 추기경의 마음이 진심으로 송구하고 또 고마웠다.

"아닙니다. 선우 원장님처럼 어려운 이웃들에게 관심을 갖고 헌신하는 모습을 보면, 그분들과 삶을 나누지 못하는 제 자신이 부끄럽다는 생각을 하며 반성합니다. 예수님은 인간을 사랑하시어 당신의 몸과 피까지 내어주셨는데, 저는 그 흉내도 내보지 못했으니 부끄러울 뿐이지요."*

"추기경님께서 겸손의 말씀을 하시니 오히려 제가 부끄럽습니다. 저는 그저 의사로서 할 수 있는 일을 할 뿐입니다. 현재 저희 요셉의원에서는 경제적 능력이 있는 일반환자나 의료보험증이 있는 환자 등다른 큰 의료기관을 이용할 능력이 있는 환자는 제외하고 있습니다. 현재 하루 평균 60명의 외래환자를 진료하고 있는데 매일 오후 1시부터 밤 9시까지 8시간 동안 병실에서 치료하고, 간단한 수술은 국소마취를 해서 자원봉사하시는 선생님들께서 해주고 계십니다. 그러나저희가 치료나 수술을 할 수 없는 중증환자는 다른 큰 병원으로 보냅

---

* 김수환 추기경 구술,《추기경 김수환 이야기》(평화방송·평화신문, 2009), 352~354쪽.

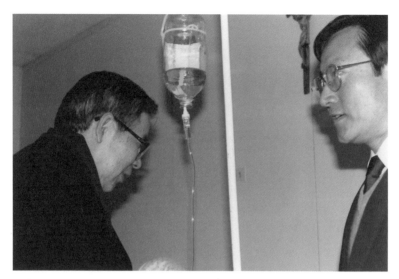

1989년 12월 13일 요셉의원을 방문한 김수환 추기경.

니다. 그럼 병원을 안내하면서 좀 더 자세히 말씀드리겠습니다."*

　김수환 추기경은 대기실에서 기다리는 환자들의 손을 잡으며 인사를 한 후 선우경식을 따라 병실로 들어갔다. 가장 먼저 발길이 향한 곳은 앳된 청년이 누워 있는 침대였다.

　"이 친구는 열여덟 살인 채○○ 군입니다. 열 살 때부터 배에 물이 차면서 얼굴과 온몸이 부어오르는 '신증후군腎症候群'에 시달렸는데, 가정 형편 때문에 치료를 제대로 못 받아 육체적·정신적으로 큰 고통 속에서 지내다가 얼마 전 어느 수녀님의 안내로 저희 병원에 왔습니다. 그때부터 늑막에 주삿바늘을 꽂아 배에 찬 물을 빼내면서 매일 매일 치료해오고 있는 중입니다."

＊ 선우경식, 요셉의원 소식지 1호.

　　　　　　　　　　　　　　　　　의사 선우경식

"채 군, 지금은 좀 어때요?"

김수환 추기경이 그의 손을 잡으며 묻자 청년이 답했다.

"하늘이 무너져도 솟아날 구멍이 있다는 말처럼, 절망에 빠져 있던 제가 여기 와서부터는 조그만 희망의 빛이 보이기 시작합니다. 원장 선생님을 비롯해 간호사 누나들, 봉사하시는 모든 분들이 사랑으로 저를 보살펴주고 계십니다. 그리고 저희집 가정 형편도 아시기에 무료로 많은 혜택을 받고 있어서 너무나 감사할 뿐입니다."[*]

"정말 다행이군요. 여기서 치료 잘 받고 건강한 몸으로 퇴원해서 정상적인 생활을 할 수 있기를 기도하겠습니다."

"고맙습니다, 추기경님."

채○○ 군은 추기경이 내민 손을 잡으며 눈물을 글썽였다. 이외에도 만성 간염으로 큰 병원으로의 이전을 기다리는 환자, 신부전증으로 누워 있는 환자 등 각 침대에는 저마다의 사연이 가득했다.

선우경식이 추기경과 함께 병실을 나왔을 때, 대기실에는 술에 취한 중년 남자 한 명이 긴 의자에 누워 "몸도 아프고 마음도 아프니까 나 좀 내버려둬"라고 중얼거리고 있었다. 선우 원장이 그에게 다가가 몸을 일으켜 세워주며 물었다.

"아저씨, 어제는 어디서 주무셨어요?"

"만화방에서…."

"식사는요?"

"사랑의 선교 식당에서 먹었지."

---

[*] 선우경식, 요셉의원 소식지 1호.

"술까지 잡수셨네요."

"술은 장례식장에서 먹었어요."

반말투로 무성의하던 남자의 말투가 조금씩 고분해졌다.

"술 먹고 약 먹고, 약 먹고 술 먹고…."

"그럼 오늘은 약 타러 오셨군요."

"다른 데 갈 데가 있어야지…."

남자는 다시 긴 의자에 누웠다. 그렇게 두 사람이 두런두런 이야기하는 모습을 바라보며 김수환 추기경은 이 일이 결코 아무나 할 수 있는 일은 아니라고 생각했다. 병원 진료실과 약국, 주방, 세탁실, 목욕실, 이발실 등을 둘러본 김 추기경과 선우 원장은 다시 원장실로 이동했다.

"추기경님, 환자를 돌보면서 힘들고 어려울 때도 있지만 그래도 제일 보람 있는 건 영등포역이나 서울역, 남대문, 용산역 등에서 오시는 환자들을 돌보는 일입니다."

"그러니까 노숙자 환자를 돌보는 것이 가장 보람된 일이란 말씀이세요?"

그가 빙그레 미소 지으며 대답했다.

"예, 추기경님. 이분들은 여인숙에서 잘 돈도 없어 만홧가게에서 쪽잠을 자거나 그마저도 힘들면 지하철역이나 거리에서 노숙을 하세요. 그래서 이분들이 요셉의원에 오시면 저희는 먼저 목욕실에서 목욕부터 시켜드립니다. 그다음에 옷 일체를 갈아입히고, 맞는 신발을 찾아드리고, 미용사 자격증이 있는 주방 봉사자 아주머니가 이발을 해드리지요. 그런 후에 식사를 하시게 하고, 진료가 끝나면 역전

의사 선우경식

동네 여관에서 주무실 수 있게 봉사자가 직접 모시고 갑니다. 돈으로 드리면 숙소에 가지 않고 술을 사서 마시니까요….”

추기경은 아득한 눈길로 선우경식을 바라봤다. 가난하고 의지할데 없는 환자를 돌보며 그들이 존엄을 잃지 않도록 최선을 다하는일은 깊은 신앙심이 있어야만 가능한 것이었다. 추기경이 계속 자신을 바라보자 선우경식은 쑥스러운 표정을 지으며 말을 이었다.

“저희 요셉의원은 환자의 병을 치료하는 데 목적을 두지만, 궁극적으로는 이런 노숙자 환자들도 자립해 정상적인 사회생활을 할 수있도록 도와주려 합니다. 사실 난감한 일을 당할 때도 많지만, 그때마다 봉사해주시는 분들과 함께 지혜를 모으고 기도도 하면서 ‘예수님이나 요셉 성인 같으시면 어떻게 하셨을까’ 하는 마음으로 생각해보곤 합니다.”

“요셉 원장님, 아까 용산역 노숙자들을 이야기하셔서 생각난 건데, 용산역 부근에 ‘막달레나의 집’이 있습니다. 그곳도 요셉의원처럼 서울가톨릭사회복지회 부설기관으로 인준을 받았어요. 용산역인근 집창촌에서 생활하다가 병이 들거나 그곳에서의 생활을 정리하려는 여성들의 쉼터고요. 현재 이옥정이라는 평신도와 메리놀 수녀회의 문 수녀라는 분이 ‘막달레나의 집’을 운영 중이신데, 그곳에있는 여성들은 마음 놓고 병원에 갈 처지가 아닌 것 같았습니다. 제가 이옥정 자매님 연락처를 드릴 테니 시간 되실 때 가끔 찾아가주시면 고맙겠습니다.”

“그런 곳이 있다면 당연히 가서 손을 보태야지요. 연말에 바쁜 일좀 정리되면 연락한 뒤 찾아가겠습니다.”

추기경은 병원 일만도 바쁠 텐데 선선히 약속해준 선우 원장이 고마웠다. 그러곤 잊을 뻔했다는 듯 덧붙였다.

"아, 그런데 그곳에 왕진 가실 때는 보안에 신경을 쓰시고, 옷도 좀 허름하게 입으셔야 합니다. 저도 베이지색 잠바를 입고 갔으니까요. 하하."

"아, 네. 무슨 말씀이신지 잘 알겠습니다."

김 추기경은 의자에서 일어나면서 안주머니에서 준비해온 봉투를 꺼내 선우경식의 책상 위에 올려놓았다.

"원장님, 많이 넣지 못해 죄송합니다. 조금이라도 도움이 되기를 바랍니다."

"추기경님, 늘 고맙습니다."

김수환 추기경이 봉사자들을 만나고 싶다며 자리에서 일어나려는데, 마침 그날 봉사하러 온 고영초 신경외과 전문의가 막 원장실로 들어섰다.

"추기경님, 안녕하세요? 시흥 전진상全眞常의원에 오셨을 때 인사드렸던 고영초 가시미로입니다."

시흥 전진상의원은 벨기에에서 창설된 가톨릭 평신도 단체인 국제가톨릭형제회(아피AFI)의 배현정(마리엘렌 브라쇠르Marie-Helene Brasseur), 유송자, 최소희 회원이 시흥 판자촌 주민들의 건강을 돌보기 위해 1975년부터 자원봉사 의사들과 약국의 도움으로 진료를 해오고 있는 곳이었다. 김수환 추기경은 전진상의원이 개원할 때도 "교회에서 하지 못하는 일을 평신도 단체인 아피 회원들이 맡아주어 고맙습니다"라며 판잣집들이 다닥다닥 붙어 있는 동네 부근에 허름

　　　　　　　　　　　　　　　　의사 선우경식

한 집을 얻을 수 있도록 도움을 줬고, 가끔 들러 격려도 해오던 터였다. 고영초는 그곳에서 간질, 두통, 어지럼증, 중풍 후유증 환자들과 목이나 허리 디스크, 파킨슨병 환자들을 위해 진료봉사를 하다가 추기경과 마주치곤 했다.

"아, 가시미로 형제님, 여기서 또 뵙는군요. 반갑습니다. 대학병원 일도 하고 전진상의원에도 가느라 바쁘실 텐데 어떻게 여기까지 오셔서 봉사를 하시는지… 정말 대단하십니다."

"선우경식 원장님의 인품에 반해서죠. 부와 명예가 보장된 삶을 뒤로하고 우리 사회에서 가장 소외된 행려자들의 진료를 최우선으로 하시는 분이시니까요. 하하."

고영초는 오랫동안 전진상의원에서 의료봉사를 했음에도, 처음 요셉의원에 왔을 때는 노숙자 환자들에게서 풍기는 독특한 냄새 탓에 진료조차 쉽게 하지 못했다. 그러던 어느 날, 허리가 아파 걷지도 못하는 환자에게 자세한 신경학적 검사 없이 진통제와 근육이완제를 처방하여 보낸 것이 영 마음에 걸렸다. 그 환자의 역한 냄새와 오줌에 절은 바지 때문에 자신도 모르게 진료를 대충 했던 것이다. 그다음 주, 다시 온 그 환자를 잘 진료하기 위해 고영초는 양말과 바지를 벗긴 후 근력과 엉덩이 감각검사를 실시했고, 그 과정에서 속옷까지 벗기고 척수 종양 가능성을 확인할 수 있었다. 독실한 가톨릭 신자인 그는 이때 "너희가 내 형제들인 이 가장 작은 이들 가운데 한 사람에게 해준 것이 바로 나에게 해준 것이다"(마태오 복음 25장 40절)라는 성경 구절을 떠올리며, 요셉의원을 찾는 환자들은 곧 자기에게 다가오는 예수님일 수 있다고 생각했다. 그 이후부터 그는 더

요셉의원을 방문한 김수환 추기경과 직원, 봉사자들이 함께 찍은 사진.

이상 역한 냄새를 신경 쓰지 않으며 봉사를 이어오고 있었다.*

김수환 추기경은 직원들과 봉사자들을 직접 만나고 싶다며 일어났다. 먼저 주방으로 가자 환자들 간식거리로 빵을 만들던 봉사자가 그를 향해 꾸뻑 인사를 했다.

"빵 굽는 냄새가 아주 좋습니다. 어디서 오셔서 봉사하시는 중이신가요?"

"저는 독산동성당에 나가고 있습니다."

"빵을 만드는 게 힘들지는 않아요?"

"아닙니다, 추기경님. 저는 요셉의원에 와서 빵을 만드는 게 하느님께서 저에게 주신 달란트라고 생각하게 되었습니다. 물론 처음에

* '성직자의 꿈을 꾸었던 소년, 신경외과의사로 45년을 살다(4)', 천주교 수원교구 주보, 2021년 10월 21일자.

　　　　　　　　　　　　　　　　　　　　　　　의사 선우경식

는 잘할 수 있을까 싶어 두려움도 앞서고 떨리기도 했지만, 물로 포도주를 만드신 주님께 모든 것을 맡기고 정성과 사랑하는 마음을 담아 만듭니다. 빵을 만들 때 피어나는 뭉게구름은 '하느님의 영이 감돌고 있었다'(창세기 1장 2절)를 느끼게 합니다. 그리고 음식을 만들 때 보글보글 끓는 소리는 성령이 제 마음에 오시는 소리라고 생각하면 이마에 흐르는 땀도 주님의 은총으로 여겨집니다. 요셉의원은 주방과 대기실이 너무 가까워, 음식을 만들 땐 병원이 음식 냄새로 가득합니다. 환기통이 있지만 잘 빠지지 않아서 환자들에게는 무척 미안하답니다. 배고픈 환자들이 음식 냄새 때문에 얼마나 더 배가 고프겠어요. 대신 간식거리로 만든 빵을 나눠주면 환자들 얼굴에 생기가 돌아 마음이 편해집니다. 그래서 저희 봉사자들은 요셉의원에서는 매일매일 사랑의 기적이 일어난다고 말합니다. 배고픈 사람에게는 빵과 음식을, 아픈 사람에게는 치유를, 헐벗은 사람에게는 의복을. 바로 이게 사랑의 기적이라고 생각하며 열심히 봉사하고 있습니다."[*]

추기경은 "우문현답"이라며 활짝 웃는 얼굴로 봉사자의 두 손을 잡고 감사를 표했다. 그러자 봉사자가 말을 이었다.

"그래도 요셉의원에 봉사 오시는 의사 선생님들의 일에 비하면 이런 일은 아무것도 아닙니다. 의사 선생님들은 각자의 하루 근무를 마치고 여기에 오시는데, 언제나 기쁜 마음으로 미소를 잃지 않으시며 주님의 사랑을 전하고 계십니다. 출근이 조금 늦어지신 날에는 꼭 환자분들에게 '기다리게 해드려 죄송합니다'라 인사하시고선 서

---

[*] 김경희, '빵을 나누는 기쁨', 요셉의원 소식지 1호.

둘러 진료를 시작하시죠. 그럼 기다림을 지루하게 느끼던 환자분들도 괜찮다면서 환한 표정을 지으십니다. 그래서 저는 요셉의원에서 겸손함을 배우고 모든 일을 긍정적으로 받아들이는 자세도 배웁니다."

"자매님, 세례명이 어떻게 되세요?"

"데레사입니다."

어떻게 된 게 봉사자들까지도 선우경식을 닮았나 싶어 추기경은 더없이 흐뭇했다.

"데레사 자매님 말씀을 들으니 제 마음이 다 환해졌습니다. 저도 자매님처럼 살아야겠다는 생각이 드는군요. 고맙습니다. 앞으로도 계속 봉사하시면서 하느님께 감사드리실 수 있도록 기도하겠습니다."

"추기경님, 부끄럽고 고맙습니다."

그는 선우 원장을 따라 약국과 접수창구 등 병원 곳곳을 둘러본 후 묵묵히 일손을 보태는 여러 봉사자들과 기념사진을 찍는 것으로 방문일정을 마쳤다.

"선우 원장님, 요셉의원이 운영난으로 문을 닫지 않도록 서울가톨릭사회복지회와 서울교구 내 성당의 신부님들께 신경을 써달라고 이야기하겠습니다. 그 효과가 얼마나 있을지는 모르겠으나, 그럼에도 이 병원은 꼭 지켜주십사 원장님께 부탁드립니다."

"예, 추기경님. 어려울 때마다 도와주시고 격려해주셔서 고맙습니다. 병원 문을 열 때 많은 사람들이 석 달을 못 버틸 거라 했는데 지금껏 2년 넘게 버티고 있으니 앞으로도 열심히 하겠습니다."

김수환 추기경은 다시 한번 그의 손을 잡은 후 요셉의원 계단을

의사 선우경식

내려갔다. 함께 계단을 내려온 선우경식은 한참 동안 추기경의 뒷모습을 바라보며, 새해에는 그가 말한 용산역 앞의 '막달레나의 집'에 가봐야겠다고 다짐했다.

가난한 환자가 있는 곳이라면

13

1990년 1월 22일, 민정당 총재 노태우 대통령과 김영삼 민주당 총재, 김종필 공화당 총재는 청와대에서 회동한 뒤 정국 불안정을 해소한다는 명분으로 3당 합당과 함께 민주자유당(민자당) 창당을 선언했다. 노태우 정권의 여소야대 정국을 타개하기 위한 것으로, 이를 통해 민자당은 전체 원내 의석 299석 중 3분의 2가 넘는 218석을 보유한 거대여당이 되었다. 그 결과 제1야당이었던 김대중 총재의 평민당은 소수야당으로 전락했다. 민주당에서는 훗날 16대 대통령이 되는 노무현 의원을 비롯해 이기택, 김정길 의원 등 다섯 명이 3당 합당을 거부하고 독자적인 정당 건설에 나섰다.

요셉의원은 이런 정치권의 소동과 관계없이 뚜벅뚜벅 가난한 환자들을 위해 진료를 계속했다. 개원한 지 2년 반이 되었지만 한 달에

1만 원을 후원받는 계좌는 100구좌를 넘기지 못했다. 그래도 지난 연말에 김수환 추기경의 금일봉이 있었고, 주한 네덜란드 대사가 가난한 환자들을 위해 250만 원의 성금을 보내왔다. 또한 재미 가톨릭 대학교 의과대학과 간호학과 동창회, 미국과 캐나다에 거주하는 가톨릭 신자, LA 한국순교자성당 등 해외에서 보내주는 후원금도 어려움을 넘기는 데 큰 힘이 되었다. 약품 수급도 다소 숨통이 트였는데, 이는 미국에서 활동하는 착한목자수녀회의 서 수녀가 매달 의약품을 모아 노스웨스트 승무원을 통해 보내주는 덕분이었다.

선우경식 원장은 여전히 활기찬 모습으로 출근했다. 그러던 2월 어느 날, 병원에 들어선 그는 접수창구와 진료실 곳곳에 놓여 있는 꽃바구니들을 보고 깜짝 놀라 봉사자 한 명에게 물었다.

"아니, 웬 꽃이에요?"

"원장님, 꽃이 있으니 병원이 밝아지면서 활기가 도는 것 같으시죠?"

"예, 그런데 누가 이렇게 많은 꽃을 갖다 놓은 거지요?"

"대한극장 앞 진양 꽃상가에서 꽃샘화원을 운영하는 이예로니모와 오마리아 부부께서 저희 병원 소식을 들었다며 갖다주셨어요. 앞으로도 일주일에 한 번씩 꽃을 가져다주시겠다네요."

"정말 고마우신 분들이네요. 이렇게 예쁘고 아름다운 꽃이 있으면 술 마시고 와서 행패 부리던 환자들도 얌전해질 것 같아요. 일반환자분들도 분명히 좋아하실 테고, 봉사자분들과 의사 선생님들 또한 더욱 밝은 마음으로 봉사와 진료를 하실 수 있겠죠? 병원에서 꽃향기가 나니까 저도 기분이 좋아집니다. 하하."

선우경식은 '의술은 남을 위해 쓰여야 한다', '밥벌이하기 위해서 하는 게 아니다'라는 생각으로 환자를 맞았지만, 술에 취한 환자에게 욕먹고 멱살을 잡힐 때마다 '내가 제대로 선택한 걸까', '이 일을 내가 과연 끝까지 해낼 수 있을까' 하는 갈등으로 괴로웠다.

개원 초기, 술에 취한 남자 네 명이 떠들면서 병원으로 올라온 적이 있었다. 사내들은 자신들 몸이 아프니 진찰해달라며 대기실 여기저기에 걸터앉았다. 선우경식은 이런 이들에게 병원 규칙을 이야기해봐야 소용없다는 걸 이미 경험으로 알고 있었다. 그래서 우선 한 사람부터 진찰하기 시작했는데, 그때 다른 한 사람이 갑자기 청진기를 거의 뺏다시피 가져가더니 일행의 가슴에다 들이대며 진찰하는 시늉을 했다. 처음 당하는 일이라 당황하기도 하고 괘씸하기도 했지만 선우경식은 꾹 참고 네 사람의 진료를 마쳤다. 이럴 때마다 그는 "네가 잔치를 베풀 때에는 오히려 가난한 이들, 장애인들, 다리 저는 이들, 눈먼 이들을 초대하여라, 그들이 너에게 보답할 수 없기 때문에 너는 행복할 것이다"(루카 14장 13~14절)라는 성경 구절 그리고 아프리카 사막의 토착민들 속에 들어가 그들과 함께 생활한 푸코 성인의 삶을 생각하며 버텼지만 사실 쉽지만은 않았다.

원장실 책상 앞에 앉자마자 선우경식은 병원에 꽃을 보내준 꽃샘화원의 이예로니모 사장에게 전화를 했다. 꽃가게를 한다 해도 대한극장이 있는 필동에서 신림동까지 꽃을 챙겨서 갖다주는 건 쉬운 일이 아니고, 일주일에 한 번씩 지속적으로 그렇게 해준다는 건 더욱 어려운 일이었기에 그는 고맙다는 말을 몇 번이나 되풀이했다. 당시

　　　　　　　　　　　　　　　의사 선우경식

에는 서울 외곽이었던 신림동 시장에서 요셉의원이 무료진료를 하고 있다는 사실을 아는 이가 많지 않았다. 그러나 소식지가 서울의 각 성당으로 배포되자 후원회원이 조금씩 늘어나기 시작하더니 꽃을 보내오는 후원회원도 생긴 것이다.

선우경식은 요란하게 후원회원을 모집하는 건 여전히 꺼렸다. 요셉의원이 하는 일을 너무 내세우는 건 자칫 자랑으로 비칠 수 있어서였다. 그런 겸손한 마음 덕분일까. 개원 초창기에는 그와의 인연으로 이어진 작은 정성의 후원회원들이 많았고, 그는 소박한 마음이 담긴 후원에 가슴이 울컥하곤 했다.

지난 연말에는 할머니 한 분이, 일주일에 두 번씩 공공근로(당시에는 새마을 사업)를 나가 번 돈 3만 원을 들고 오셨다. 몸이 안 좋았던 그 할머니는 형편이 어려워 요셉의원의 무료진료를 통해 엑스레이 촬영, 간기능검사, 간염검사, 빈혈검사 등 여러 검사를 받았고, 이후 링거 주사를 맞으면서 병세가 호전된 적이 있었다. 그런데 자신이 받은 치료의 비용에 보탬이 되면 좋겠다며 그 3만 원을 들고 연말에 요셉의원을 다시 찾은 것이었다. 그렇지만 선우경식은 할머니가 힘들게 일해서 번 돈을 받을 수가 없어 완곡히 사양했고, 그러자 할머니는 얼마 후에 봉사자들과 드시라며 곶감을 사 왔다.

어느 날엔가는 몇 달 전 간암으로 세상을 떠난 67세 할머니의 아들이 찾아왔다. 그는 어머니의 유언이라며 요셉의원에서 받은 종합검사와 처방약에 대한 비용 3만 3900원 중 미지불된 1만 3900원을 갖고 왔다. 선우경식은 그가 어머니가 돌아가신 후 아직 일자리를 찾지 못한 상황임을 알고 있었기에 그 돈을 받지 않겠다고 했지만,

아들은 어머니의 유언이니 꼭 갚아야 한다며 수납 창구에 가서 기어이 그 돈을 지불했다.

개원 초기에 술 마시고 와 병원을 떠들썩하게 만든 네 명 중 하나인 40세의 문 씨. 그는 영등포역 옆의 무허가 판잣집에서 생활하면서 고무장갑, 수세미, 비누, 치약, 칫솔 등을 파는 폐결핵 환자였고, 그가 동생처럼 생각하는 38세의 간경화 환자 최 씨와 함께 행상을 다녔다. 요셉의원에서 각각 1년 동안 치료를 받으며 병이 호전되자, 두 사람은 행상으로 번 돈으로 자신들보다 못한 노숙자들을 돕겠다며 요셉의원 후원회에 가입했다. 선우경식은 두 사람과 함께 영등포역 옆의 무허가 판자촌을 방문했다. 병원에 와서 소란을 피우던 환자들의 삶을 직접 보면 진료와 치료에 도움이 될 것 같다는 생각에서였다. 좁은 골목에 들어서자 빈 술병이 여기저기 굴러다녔고, 한쪽 구석에서 박스를 깔고 술에 취해 누워 있는 사람, 술에 취해 소리를 고래고래 지르며 싸움을 하는 사람들이 눈에 들어왔다. 그때 문 씨가 말했다.

"저 사람은 쉰여덟이에요. 매일 술을 마시진 않지만, 술 살 돈이 생기면 며칠을 계속해서 마셔요. 그와 싸우는 사람은 마흔아홉인데, 제 생각에는 둘 다 간이 정상이 아닐 것 같아요."

선우경식은 그들을 보며 간기능검사와 간염검사부터 받게 해야겠다고 생각했다. 그때 문 씨가 물었다.

"원장님, 이 사람들이 술 깨면 하는 말이 뭔지 아세요?"

무슨 말을 할까? 술을 찾을까? 밥을 찾을까? 그가 대답을 못하자 문 씨가 한숨을 쉬며 답했다.

"이런 생활을 하느니 하루빨리 죽었으면 좋겠다는 말이에요. 여기 사람들 중엔 어릴 때 고아가 된 사람이 많아요. 또 대부분은 저마다의 사연으로 알코올의존증 환자가 되어 가족들에게 버림받은 사람들이고요."

선우경식은 "하루빨리 죽었으면 좋겠다"란 말에 큰 충격을 받았다. 희망 없는 삶에 분노하고 좌절하는 사람들, 가정으로부터 버려지고 사회에서 소외된 이들, 주민등록이 말소된 탓에 영세민을 위한 의료보호 카드나 생활보조비를 받을 수도 없는 이들. 이들은 서울시 사회복지시설에 들어가 자유를 속박받으며 살기보다는 차라리 병들어 죽는 쪽이 낫다고 생각했다.

선우경식은, 어쩌면 이들에게 필요한 건 돈이 아니라 살아가야 할 이유를 찾는 것일지도 모른다는 생각이 들었다. 요셉의원이 이들의 가난은 해결하지 못해도 이웃이 되어주고, 배고플 때 밥을 나누고, 추울 때 옷을 나눈다면 적어도 목숨은 구할 수 있지 않을까? 요셉의원으로 돌아오며 그는 "우는 이들과 함께 울자"라고 했던 푸코 성인을 떠올렸다. 푸코 성인은 선우경식이 벽에 부딪힐 때마다 그의 멘토 역할을 하며 신앙과 삶을 단련시키는 데 큰 도움을 줬다.

이 모든 가난한 마음을 위로하려 노력하자. 모든 고통받는 마음을 위해 더없이 다정한 형제가 되어주자. 우리가 예수님께 위로받기를 바라듯이 하느님 안에 있는 우리 형제들을 위로하자. 몸은 고통을 당한다. 가난한 이들, 병든 이들, 어린아이들, 장애인들, 버림받거나 내쳐진 이들, 이방인들, 억압받는 이들, 약한 이들, 그리고 그 밖의 수많은 불우

1990년 11월 용문 희망의 집을 방문했을 때 수녀님, 직원 들과 함께 찍은 사진. 뒷줄 왼쪽에서 세 번째가 선우경식 원장이다.

한 이들을 보살피고, 할 수 있는 대로 이들의 비참을 구제하자. (중략) 아무도 위로해주거나 돌보지 않는 이들을 위로하고 돌보자. 이것이 예수님 그분께 해드리는 것이다.*

1989년 12월 초, 영보수녀원에서 방한복 100벌을 요셉의원에 보내 왔다. 이 수녀원은 선우경식이 한 달에 한 번씩 출장진료를 가는 행려환자들의 쉼터 용인 영보자애원을 운영하고 있었다.

그는 원장 수녀에게 "작은 도움을 줬을 뿐인데 너무나 큰 선물을 받았다"라며 감사 인사를 한 후, 신림동 시장과 영등포역 부근에서 노숙하는 환자들에게 그 방한복을 크리스마스 선물로 나눠줬다. 그

---

* 샤를 드 푸코 가족수도회 엮음, 조안나 옮김, 《샤를 드 푸코 선집―나자렛 삶으로》(분도 출판사, 2022), 91쪽, 96쪽.

의사 선우경식

리고 일부는 그와 박철제 치과의사가 정기진료를 가는 동혜원으로 가져가 나눔을 했다. 한센병 환자 정착마을인 전라북도 고창군의 동혜원은 그가 재속회 활동을 하고 있는 '예수의 작은 형제회' 사람들이 활동하는 곳이라 선우경식은 1988년 8월부터 그곳에 출장진료를 가기 시작했다. 그곳으로 가는 길의 인근인 영광군 묘량면에는 또 하나의 한센병 환자 정착촌인 '영민농원'(현재는 노인복지시설)이 있어 그곳에도 들렀다. 당시 한센인들은 완치된 이후에도 사회적 인식이 좋지 않아 설사 다른 곳이 아파도 병원을 찾지 못했다. 선우경식과 박철제 치과의사도 처음에는 혹시라도 감염되어 요셉의원의 환자들에게 피해를 줄까 싶어 장갑을 두 개씩이나 끼고 진료했지만, 가난하고 진료를 필요로 하는 이들이 있는 시설이라면 그곳이 어디든 시간을 내서 찾아갔다.

선우경식은 지난해 김수환 추기경이 방문했을 때 부탁했던 대로, 용산역 부근에 있다는 성매매여성들의 쉼터 '막달레나의 집'으로 전화를 걸었다.

"안녕하세요? 저는 김수환 추기경님으로부터 전화번호를 받아 연락드리는 신림동 요셉의원의 원장 선우경식입니다. 혹시 이옥정 대표님과 통화가 가능할까요?"

"안녕하세요. 제가 이옥정입니다. 올해 정월대보름에 추기경님께서 이곳을 방문하셨는데, 그때 원장님께서 연락하실 거라고 말씀하셨어요. 이렇게 전화 주셔서 고맙습니다."

"아, 마침 이 대표님이 직접 전화를 받으셨군요. 추기경님께서 미리 말씀해주셨다니 다행입니다. 혹시 현재 막달레나의 집에 진료나 치료를 받아야 할 환자가 계신지요? 그런 분이 계시면 제가 평일 오전이나 일요일 오후에 찾아가서 진료해드릴 수 있습니다."

"현재 저희 집에는 몸이 안 좋은 언니가 두 명 있어요. 저희 집 드나들면서 유흥업소에서 일하는 언니들 중에도 아픈 사람이 몇 명 더 있고요. 그런데 그 언니들은 밤에 일하고 오후나 되어야 일어나기 때문에, 수고스러우시더라도 일요일 3~4시쯤 오시는 게 좋겠습니다."

"네, 그런 사정이 있으시군요. 그럼 이번 일요일 오후 4시쯤 찾아가면 되겠습니까?"

"그래주시면 저희는 감사하지요. 찾아오시는 길을 알려드릴 테니 종이와 펜을 준비해주세요. 사람들 눈에 덜 띄는 곳에 마련한 단독주택이고 간판도 걸어두지 않았기 때문에, 여길 찾아오시려면 잘 적으셔야 한답니다."

"예, 준비됐으니 말씀해주시지요."

선우경식은 이옥정 대표가 알려주는 대로 적어 내려갔다. 이 대표는 그에게 너무 말끔한 옷차림이 아닌, 서울 친척 집에 찾아온 시골 아저씨 차림으로 오라고 당부했다. 김 추기경도 이미 당부한 바 있는 이야기였다.

'막달레나의 집'은 1976년 9월에 만든 서울대교구 서울가톨릭사회복지회에 소속된 복지기관이지만, 용산역 부근의 성매매 여성들이 편하게 와서 쉴 수 있도록 언론이나 사회에 노출시키지 않은 곳이었다. 보험 판매를 하면서 용산역 부근의 자기 집에서 성매매 여인들의 어려움을 상담해주던 가톨릭 신자 이옥정은 1983년부터 그

의사 선우경식

여성들 사이로 직접 들어갔다. 스스로를 사랑하는 마음과 삶의 희망, 모두를 잃어가고 있는 그녀들이 안타까워서였다.

며칠 후, 그는 이옥정 대표가 알려준 대로 찾아가 주소를 확인한 후 벨을 눌렀다. 이옥정 대표와 문요안나(진 말로니Jean Maloney, 1930~) 수녀가 문을 열고 반갑게 그를 맞았다. 그가 안으로 들어서자, 집 안에 있던 재활 여성들이 문을 살짝 열고선, 허름한 잠바를 입은 시골 아저씨 차림의 그를 바라봤다. 이옥정 대표는 사무실로 사용 중인 방으로 그를 안내하며 문 수녀를 소개했다.

"원장님, 저와 함께 일하는 문요안나 수녀입니다."

"원장님, 안녕하세요? 저는 메리놀수녀회의 수녀입니다."

문 수녀는 1953년 10월에 부산에 있는 메리놀병원으로 파견되었다. 처음에는 한국말을 못해, 하루에 열세 시간씩 메리놀병원 문 앞에서 물밀듯이 밀려드는 2000여 명의 환자들에게 번호표 나눠주는 일을 맡았다. 이를 지켜본 환자들이 자연스레 그녀를 '문 수녀'라고 부르기 시작했다. 1970년에는 구로동으로 옮겨 와 노동자, 도시빈민 등 가난한 사람과 함께 생활했고, 서울가톨릭사회복지회의 소개로 1984년 10월 '막달레나의 집'에 현장교육을 왔다가 너무 큰 충격을 받아 며칠 내내 울기만 했다. 자신과 아무 상관 없는 사람들이라 여겼던 여인들의 가슴 아픈 이야기를 들은 문 수녀는 자신이 위선자였다는 생각을 떨칠 수가 없었고, 결국 이곳에서 사목하기로 결심했다. 메리놀수녀회 총원장수녀에게 용산으로 가겠다고 청했지만 성매매 지역 사목은 수녀회로서도 처음 있는 일이라 회의에 회의를 거듭했다. 그러나 문 수녀의 결심은 바뀌지 않았고, 그런 지난한 과정을 거치고 나서야 이 대표와 합류할 수 있었다.

선우경식은 스스로 우리 사회의 가장 낮은 곳으로 찾아와 그들의 아픔과 상처를 보듬기 위해 노력하는 두 사람에게 큰 감동을 느끼며, 이 대표와 문 수녀가 안내하는 방으로 들어갔다. 그는 누워 있는 여성을 진료하기 위해 공손히 그 옆에 무릎을 꿇고선 나이와 이름을 물었다. 그 순간 누워 있던 여인은 표정이 굳어지더니 고개를 돌려 버렸다.

"원장님, 이 언니는 저와 상담할 때 이미 인적사항을 말했기 때문에 따로 묻지 않으셔도 됩니다."

그는 아차 싶었다. 일부 노숙인들이 그렇듯 이 여인도 인적사항을 밝히기 꺼린다는 걸 깨달은 그는 고개를 끄덕였다.

유흥업소에서 오래 일하다 몸이 다 망가져 도저히 더 이상 일할 수 없는 상태에 이르른 여인들. 선우경식은 그들을 진찰하며 가슴이 먹먹해졌다. 그리고 그들이 몸을 회복하는 데 도움이 된다면 열 번이고 백 번이고 이곳에 오겠다고 다짐하며 정성을 다해 진료했다.

다음 날 아침, 선우경식은 약을 챙겨 다시 그곳에 들렀고, 위암 징후가 있는 한 여인이 성모병원에서 검사를 한 후 입원까지 할 수 있도록 조치를 취했다. 이때부터 그는 막달레나의 집에 정기적으로 들러 여인들을 진료했다.

1991년, 개원 3년이 지나 4년째로 접어들자 정기후원회원 수도 300명 이상으로 늘어나면서 병원 운영에 조금씩 숨통이 트이기 시작했다. 그리고 응급환자 이송에 절실히 필요했던 승합차 또한 마련되었다. 이전 해 6월에 발행한 소식지 3호에 "구급환자를 위한 후송차가 필요합니다. 존귀한 한 생명을 위한 자비의 손길을 기다립니다"라는 내용을 조그맣게 실었는데, 올해 초 누군가 병원으로 전화를 걸어선 선우경식을 찾았다.

"예, 제가 선우경식 원장입니다. 무슨 일로 저를 찾으셨는지요?"

"저는 왕십리성당 교우인데, 작년 소식지에서 필요하시다고 하신 구급환자 이송용 차량이 혹시 해결되셨는지요?"

"아닙니다. 아직 해결되지 않아 종종 애를 먹고 있습니다."

"아, 그럼 됐습니다. 제가 지난 연말에 장사가 좀 잘되어 이송용 차량으로 적당한 승합차를 기증하고 싶어서 전화를 드렸습니다."

"교우님, 정말 고맙습니다. 성함과 연락처를 알려주시면 제가 찾아뵙겠습니다."

"아닙니다. 소식지를 보니 원장님께서 하시는 일이 참 많으시더군요. 바쁘실 테니 그러실 필요 없습니다. 제가 현대자동차 영등포 지역 대리점에 얘기해서 환자 이송에 사용하시기 적합한 9인승 그레이스 자동차를 준비시켜 놓겠습니다."

"교우님, 이렇게 큰 선물을 해주시는데, 아무리 바빠도 제가 찾아뵙고 인사드리는 게 도리인 것 같습니다."

"아닙니다. 원장님. 저는 익명으로 남고 싶으니, 제 뜻을 이해해주시면 고맙겠습니다. 자동차는 대리점에서 준비되는 대로 연락드리게끔 할 테니 명의는 요셉의원으로 하시면 됩니다. 자동차 등록에 소요되는 모든 비용도 제가 부담할 테니, 요셉의원에선 그 차로 위

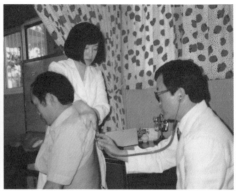

왼쪽: 왕십리성당의 교우가 익명으로 기증한 구급환자 이송용 9인승 그레이스 승합차.
오른쪽: 가락시장 하상바오로의 집에서 진료하는 선우경식 원장과 정양희 간호사.

급한 환자들의 소중한 생명을 구해주십시오."

"교우님, 정말 고맙습니다. 기증해주신 뜻에 부합하도록 잘 사용
하겠습니다. 다시 한번 진심으로 감사드립니다."

익명의 독지가 덕분에 선우 원장은 환자 이송에 대한 걱정을 한
시름 놓게 되었다. 이 소식이 전해지자 병원 봉사자들은 "119에서도
구급차로 사용하는 차량"이라면서 기뻐했고, 병원은 그 기운을 받아
더욱 활발히 돌아갔다.

3월 어느 날, 가락시장에서 배추 실어 나르는 일을 한다는 환자
한 명이 선우경식에게 하소연을 했다.

"원장님, 혹시 가락시장에 오셔서 진료를 해주실 순 없으실까요?
제가 가락시장에서 여기까지 오는 데 한 시간 반, 진찰받고 약 타는
데 두 시간, 가는 데 한 시간 반이 걸리니 하루 일당이 없어지네요.
또 실제로 시장에서 저처럼 막일하는 이들 중에는 아파도 병원을 못

의사 선우경식

가는 사람이 정말 많고요."

선우경식은 이제 병원에 승합차도 생겼으니, 그 차에 간단한 의료 기구를 싣고 가면 될 것 같다는 생각이 들었다. 그러나 문제는 진찰을 할 만한 장소였다.

"그런데 시장에 가면 진찰을 볼 만한 적당한 곳이 있습니까?"

"가락시장 옆에 그 부근 천주교 성당에서 운영하는 '하상바오로식당'(정식 이름은 '하상바오로의 집')이라는 무료 급식소가 있습니다. 제 생각에는 거기서 환자들을 진료할 수 있게 편의를 봐줄 것 같습니다."

"알겠습니다. 제가 한번 알아보고, 만약 여의찮으면 차 안에서라도 진료를 하겠습니다."

"고맙습니다, 원장 선생님. 저도 식당 신부님과 수녀님께 미리 말씀드려 놓겠습니다."

하상바오로의 집은 가락동성당이 강원도 정선에서 성프란치스코의원을 운영하던 마리아의 전교자 프란치스코 수녀회와 함께 저소득층을 위해 만든 무료식당이었다. 요셉의원, 막달레나의 집과 같은 서울가톨릭사회복지회 부설기관이라, 선우경식은 다행히 그들에게 양해를 구한 뒤 그곳 한쪽에 커튼을 치고 진료를 보기로 했다.

1991년 4월 3일부터 1주일에 한 번, 수요일마다 의사, 간호사, 약사, 검사실 직원 등 모두 네 명이 하상바오로의 집으로 가서 점심시간이 끝날 무렵인 오후 2시부터 6시까지 진료를 했다. 30~40명 정도 치료를 하는데, 요셉의원에서 진료를 하다가 가락동으로 가야 하니 점심도 거른 채로 허겁지겁 이동해 진료를 할 때가 많았다. 그런

날에는 커튼 밖에서의 식사 소리와 고소한 반찬 냄새 탓에 진료에 집중하기가 어려웠다. 하루는 견디다 못한 선우경식이 체면 불고하고 커튼 밖으로 고개를 내밀었다.

"수녀님, 제가 배가 고파 진료를 할 수 없는데 밥 좀 주실 수 있나요?"

수녀가 깜짝 놀라 되물었다.

"원장님, 아직 식사 안 하셨어요?"

"예, 저뿐 아니라 저희 의료진 모두 굶고 왔습니다."

수녀가 급히 차린 밥상 앞에 의료진이 둘러앉았다. 소찬이었지만 꿀맛이었다. 선우경식은 밥을 먹고 나니까 자신이 환자를 대하는 태도가 달라졌음을 느낄 수 있었다. 배가 고플 땐 환자들이 눈에 들어오지 않았던 것이다.* 그는 이때 배고픔의 고통이 마음에 어떤 영향을 주는지 깨달을 수 있었다.

요셉의원으로 돌아온 선우경식은 주방 봉사자들에게 "배고프다는 사람이 있으면 새로 밥과 반찬을 해서라도 허기를 채워주라"라고 부탁했다. 그는 하상바오로의 집에서 지게꾼, 리어카꾼, 날품팔이하는 사람을 진료했고, 증세가 심한 환자는 요셉의원으로 데려와 치료해주면서 지속적으로 진료활동을 펼쳤다.

---

* 변수만, '고 선우경식 원장과 요셉의원'(요셉의원, 2012), 39~40쪽.

봉사자들과 직원들의 소중함

14

요셉의원에는 일반 의료봉사자뿐 아니라 접수창구, 약국, 주방, 이발, 목욕 등을 돕는 봉사자들도 있었다. 대부분이 가톨릭 신자이다 보니 봉사활동을 하다가 '부르심'*을 받아 수도회와 수녀회에 입회하는 봉사자도 있었고, 신학교에 다니거나 혹은 수도원에서 수도 생활을 하면서 현장 경험을 하기 위해 나오는 봉사자도 있었다. 얼마 전에는 글라렛선교수도회의 수사 두 명이 요셉의원을 찾아와 선우경식을 만났다.

"안녕하세요? 원장님. 저는 나이 30이 되어서야 주님의 부르심을 겨우 알아듣고, 며칠 전에 글라렛선교수도회의 입회식을 치른 햇병

---

* 거룩한 부르심, 하느님의 부르심이나 선택을 뜻한다. 사제나 수도자로 부름 받는 사제 성소聖召, 수도 성소를 가리킨다.

아리 수사 최○○ 프란치스코 살레시오라고 합니다."

"안녕하세요? 저도 며칠 전에 입회식을 치른 햇병아리 수사입니다."

"반갑습니다, 수사님들. 그런데 어떤 일로 저희 병원엘 오셨는지요?"

"지도신부님께서 요셉의원에 가서 봉사해보라 하셔서, 전화로 위치를 받아 무작정 찾아왔습니다."

"요셉의원은 늘 봉사의 손길을 필요로 하는 곳인데, 도와주시겠다고 오셔서 고맙습니다. 그런데 신부님께서 뭐라고 하시면서 저희 병원에서 봉사하라고 하셨는지요? 보시다시피 저희 병원은 환경이 열악합니다. 100평 정도의 좁은 공간에서 하루 평균 70명, 많을 때는 120명의 환자가 내원하거든요."

"저희 신부님께서는 요셉의원의 환자 대부분이 의료보험 혜택에서 소외된 도시빈민들이고 세상에서 버림받은 행려자, 알코올의존증 환자, 심지어는 불량배들이라고 하시면서, 그분들이 바로 예수님께서 가장 사랑하셨던 분들이라고 말씀하셨습니다."

"신부님께서 그렇게 이야기해주셨다니 고맙다고 인사 말씀을 부탁드립니다. 그런데 여기엔 수사님들께서 거처하실 만한 곳이 없어요. 번거로우시겠지만 저희 병원으로 출퇴근하실 수 있으시겠는지요?"

"네, 성북동에 저희 수도회의 미션센터가 있어서 오가는 데는 문제가 없습니다. 다행히 늦게까지 버스도 있습니다."

"예, 그럼 언제부터 나오실 수 있으신지요?"

의사 선우경식

"저희는 오늘부터라도 봉사하고 싶습니다. 그냥 돌아가면 지도신부님께 혼납니다. 하하."

선우경식도 따라 웃었다. 그는 사무장에게 두 수사를 데리고 가서 "힘든 일을 많이 시켜달라는 분들이 왔다"며 인사를 시켰다. 당시 기술직을 제외한 모든 잡일을 혼자 하고 있던 사무장은 두 수사의 손을 꼭 잡으며 잘 오셨다고 빙그레 미소를 지었다.

두 수사는 그날부터 일을 시작했다. 병원에서는 창고 정리, 약 나르기, 환자 목욕시키기, 침대와 휠체어 이동 등의 여러 일이 있었다. 병원 밖에서는 치료비는 없지만 대수술을 받아야 하는 사람을 그레이스 승합차에 태워 영등포역으로 가고, 그곳에서 112로 경찰을 불러 상태를 확인시킨 뒤 영등포 시립병원으로 환자를 데리고 가 무료로 입원시키는 업무를 맡았다.

시간이 지나면서 두 수사는 인간으로서 떨어질 수 있는 바닥이 어디인지 보여주는 환자를 만나 충격을 받기도 했다. 하루는 목욕을 시켜야 할 환자가 찾아왔다. 두 수사는 숙달된 손길로 환자의 옷을 벗겼는데, 오른팔 전체는 심한 화상으로 썩어가고 몸 곳곳에 습진과 곰팡이가 피어 있었다. 그들은 그의 온몸을 구석구석 씻기고 머리도 다섯 번이나 감겨주었으며, 면도를 해준 뒤엔 구호품 창고에서 적당한 옷을 찾아 갈아입혔다. 그런 다음에야 영등포역으로 그를 데려가 매번 하던 방법으로 영등포 시립병원에 입원시킬 수 있었다.

선우경식은 봉사자들 그리고 적은 급여에도 소명의식으로 일하는 근무자들을 늘 소중히 생각했다. 요셉의원은 이들이 없으면 존

1991년 5월 19일 직원 봉사자 야유회. 뒷줄 오른쪽 끝에서 왼쪽으로 세 번째 안경 낀 이가 선우경식 원장이다.

재할 수 없는 구조였다. 하지만 100명 이상의 봉사자들이 요셉의원을 드나들고 각자의 시간에 맞춰 나오다 보니 누가 누구인지 모르는 경우도 허다했다. 물론 가톨릭이라는 울타리가 있어 모두가 형제자매라는 의식은 있었다. 하지만 선우경식은 저마다 하는 일이 다른 봉사자와 직원들이 서로 신뢰하며 하나의 수레바퀴가 되어야 요셉의원이 더 단단해지고 오랫동안 유지될 수 있다고 확신했다. 그래서 그는 요셉의원 개원 첫해부터 직원, 봉사자 들이 가능한 한 많이 참여하는 야유회 행사를 열어왔다. 자연 속에서 몸과 마음의 피로를 풀고 직원, 봉사자들의 친목을 도모하기 위해서였다.

더위가 시작되던 1991년 5월 중순, 경기도 마석의 천마산과 축령산 아래 비금계곡(수동계곡)에서는 맑은 물이 쉬지 않고 흘러내렸다. 50여 명의 요셉의원 직원과 봉사자 그리고 가족 들은 시원한 물소리에 탄성을 지르며 준비해 온 돗자리를 깔고 자리를 잡았다. 비금 계곡은 가뭄에도 물이 마르지 않고 수량이 풍부하다 해서 수동천이라 불리는 곳으로, 대성리를 거쳐 북한강으로 합류하는 커다란 물줄기였다. 부모를 따라온 아이들은 계곡 주변으로 내려가 가재가 있는지 보겠다며 무거운 돌덩이들을 들어 올리거나 물장구를 치며 놀기 시작했고, 어른들은 야외 미사 준비를 하느라 바빴다.

미사는 선우경식이 재속회 활동을 하는 예수의 작은 형제회 고인수(뱅상 코르페Vincent Corpet) 신부가 집전했다. 그는 마태오 복음 25장 40절의 "너희가 내 형제들인 이 가장 작은 이들 가운데 한 사람에게 해준 것이 바로 나에게 해준 것이다"를 주제로 강론하며 봉사자들의 노고를 격려했다. 미사가 끝나자 봉사자들과 직원들은 준비해 온 음식을 먹으며 이야기꽃을 피웠다.

야유회가 끝날 무렵, 선우경식은 미리 준비한 선물을 나누며 모두에게 고마운 마음을 전했다. 그는 이런 야유회뿐 아니라, 연말에는 한 해를 마무리하는 송년 모임을 하면서 1년 동안 수고해준 따뜻한 손길에 감사하는 의미로 직접 일일이 포장한 선물을 나누는 시간을 가졌다. 요셉의원의 뜻이 아무리 숭고해도 직원들과 봉사자들의 희생이 없다면 단 하루의 진료도 불가능하다는 걸 선우경식은 잘 알고 있었다. 이렇게 작으나마 마음을 나눌 때마다 서로에 대한 신뢰는 더 깊어지고 병원 운영도 그만큼 탄력을 받는다는 걸 모두들 인지하고 있었다.

덕분에 요셉의원 직원과 봉사자 들의 활동은 병원 환자들뿐 아니라 지역으로 조금씩 폭이 넓어졌다. 치과진료 봉사자 팀에서는 매달 회비를 모아, 병원에 와서 치료받는 어린이 환자들과 봉천동 산동네 저소득층 어린아이들을 용인자연농원(현 에버랜드)에 데리고 가서 놀이기구를 타고 노는 즐거움을 선물했다. 그리고 선우경식 원장과 박철제 치과의사는 동혜원 호암분교와 영광군 '영민농원'의 어린이들 소원이 서울 구경이라는 이야기를 듣고 순차적으로 그들을 초대했다. 서울에 도착한 그들에게 두 사람은 명동성당을 비롯하여 남산 타워와 올림픽공원, 여의도 국회의사당과 KBS방송국, 63빌딩 수족관, 전망대 등을 구경시켜줬다. 그리고 한강유람선 승선 체험, 용인 자연농원에서 놀이기구 탑승과 사파리 관람 등을 하며 서울에서의 즐거운 추억을 선사했다.

사실 이는 박철제 치과의사가 고창, 영광 등지에서 환자들에게 보철치료를 해줬을 때 그들이 "교통비에라도 보태라"면서 반강제로 그에게 안겨준 30만 원에서 시작된 일이었다. 그런데 차츰 시골 학생들을 서울로 초대했다는 이야기가 퍼져 나가자 여러 성당의 단체들에서 숙식과 차량을 지원해주고 독지가들이 성금을 보내와 30만 원이 그대로 남았을 정도였다. 보답이라도 하듯 겨울이 되면 동혜원에서는 직원들과 봉사자들을 위해 직접 농사지어 만든 곶감을 보내왔다.

의사 선우경식

들려오는 재개발 소식

15

비금계곡 야유회를 마치고 돌아온 며칠 후, 선우경식은 병원이 세 들어 있는 관악종합시장 건물주로부터 청천벽력 같은 전화를 받았다.

"원장님, 이 지역이 재개발구역으로 지정되었습니다. 그래서 조만간 이 건물을 허물고 신축할 계획이라, 아무래도 병원을 이전하셔야 할 것 같네요. 지금 2층에 임차해 있는 동사무소도 이사 나가기로 결정되었습니다."

개원 3주년이 되면서 후원도 꾸준히 늘어나고 있으니 병원은 큰 어려움 없이 유지될 것 같다고 생각하던 차에 받은 전화였기에 그는 맥이 풀렸다. 그러나 넋을 놓을 만큼 한가할 새가 없었다. 수습할 사람도 대책을 마련할 사람도, 결국은 선우경식 자신이었다.

"갑작스러운 소식이라 당혹스럽습니다. 그럼 재개발이 언제쯤 시작되는지 알 수 있을까요?"

"먼저 이곳 신림사거리를 개발한 뒤 인근에 있는 불량주택 밀집 지역인 도림천변도 재개발구역으로 지정한다는군요. 그러니 1~2년 안에는 재개발이 시작될 것 같습니다. 그래도 건물을 신축해야 하는 저희 입장에서는 입주자분들이 빨리 나가주면 해서 서둘러 말씀드리는 겁니다."

"예. 그럼 아직 시간이 좀 있으니, 장소를 알아보겠습니다."

선우경식은 나지막이 한숨을 내쉬며 전화를 끊었다. 그동안 서울 시내 건물들의 전세가 올라, 지금의 보증금으로 과연 어디에 가서 둥지를 틀 수 있을지 암담했다. 그는 원장실에서 나와 기도실로 향했고, 십자가 앞에 무릎을 꿇었다. 당장 그가 할 수 있는 최선이었다.

"주님, 이건 또 무슨 뜻이옵니까."

그는 요셉의원이 초창기의 어려움 속에서도 문을 닫지 않았기에 하느님께서 함께하신다는 굳은 믿음이 있었다. 어쩌면 그 믿음 하나로 여기까지 왔는지도 모를 일이다. 그랬기에 이번 일에도 하느님의 뜻이 있을 거라고 생각하며 긴 침묵 속에서 오랫동안 묵상했다.

그는 일단 병원이 이사 가야 하는 이유를 요셉의원 소식지에 설명하면서 건물주 혹은 땅 소유주를 찾는다는 안내문을 실었다. 그러나 1년이 지나도록 아무런 소식이 들려오지 않았다. 그래도 선우경식은 묵묵히 기다리며 요셉의원이 정상적으로 유지될 수 있도록 사방팔방으로 뛰어다녔다. 불안정한 가운데서도 봉사자들과 직원들은 환자들이 최선의 진료를 받을 수 있도록 여전히 온 힘을 다했다.

1992년 10월 1일, 신림동성당에서 요셉의원 개원 5주년 기념미사가 봉헌되었고, 김수환 추기경이 강론대 앞으로 나왔다. 성당을 가득 메운 300여 명의 신자와 봉사자, 직원 들은 추기경의 강론에 귀를 기울였다.

"요셉의원 개원 5주년을 진심으로 축하드립니다. 먼저 이런 의원 사업을 할 수 있도록 허락해주신 하느님께 감사와 찬미를 드리며, 하느님의 자비와 사랑의 도구로 헌신적 봉사를 해주시는 선우 원장님과 여러 봉사자, 후원자 여러분께 진심으로 감사드립니다.

요셉의원은 단순한 진료행위만 있는 곳이 아닙니다. 여러 계층의 사람들이 그들의 재능을 나누고 함께하는 아름다운 행위는 하느님의 자비를 더욱 깊이 느끼게 합니다. 이곳의 일들은 매스컴에서 소개되곤 하지만, 숨겨진 일들은 그보다 훨씬 많습니다. 환자 진료는 물론 그들이 재활할 수 있는 계기를 제공하고 수혜자들끼리 서로 돕는 자리를 마련해주기도 합니다. 여러분께서 잘 아시다시피, 고통은 나누면 줄어들고 사랑은 나누면 더 커진다는 말씀이 있습니다. 여러분은 봉사하는 그 행위와 수혜자들을 통해 하느님의 현존과 사랑을 깊이 체험하셨을 겁니다."

김수환 추기경이 강론 중에 요셉의원이 하고 있는 일을 소상히 소개하면서 "지난 5년간 요셉의원에서 진료받은 환자가 7만 5000명에 달한다"라고 하자 선우경식은 자신도 모르게 가슴이 북받쳤다. 그러나 그는 이 일은 자신이 아닌 하느님이 하신 일이고, 그 수를 헤아리기 힘들 정도로 많은 봉사자와 후원자, 직원 들의 헌신과 요셉의원을 믿고 찾아와준 환자들 덕분이라고 생각했다. 미사가 끝나자 김수환 추기경은 봉사자와 후원자들을 만나 격려했고, 일일이 그들의 손을 굳게 잡으며 말없이 고개를 끄덕였다. 추기경은 알고 있었다. 재개발로 인해 새로운 장소를 찾아 이사 가야 하는데, 그들은 아직도 장소를 찾지 못하고 있다는 사실을….

시간은 계속 흘러 1993년이 되었다. 다행히 재개발사업은 지체되고 있었지만 언제 퇴거 명령이 나올지 모르는 상황이었다. 선우경식은 이제까지 조용히 모금하던 관행을 무너트리고, 10월 16일과 17일 양일간 명동성당 앞마당에서 열리는 서울가톨릭사회복지회의 바자회에 참여하기로 결정했다. 그 자리에서 이전건립기금을 호소할 작정이었다.

바자회는 운영에 어려움을 겪고 있는 가톨릭사회복지시설들의 운영기금 마련을 위한 것으로 가톨릭의 60여 단체가 참석하는 연례행사였다. 게다가 〈평화신문〉과 〈가톨릭신문〉에서는 '각계 온정 기다리는 요셉의원—지역개발로 오갈 데 없는 처지, 행려자의 안식처 6년간 무료진료 활동, 16일에 이전기금 마련 사랑의 장터 개설', '16일 명동성당, 요셉의원 돕기 자선바자' 등과 같은 제목의 기사를 실으면서 힘을 보태주었다. 서울대교구의 각 성당에서는 바자회 티켓 판매를 도와줬고, 명동성당에서는 이번 바자회의 주요 목적이 요셉의원 이전 건립기금 모금임을 알리는 현수막을 걸면서 홍보를 도와주었다. 그 결과, 이틀 동안의 행사에 3만여 명의 신자들이 바자회

의사 선우경식

1993년 10월 16~17일 명동성당 마당에서 열린 요셉의원 이전건립기금 마련 바자회. 김수환 추기경은 바자회 개막식에서 직접 마이크를 들고 행사의 의미에 대해 설명했다.

장을 찾는 대성황을 이뤘다. 명동성당의 미사에 참례했던 일부 신자들은 어려움에 처한 요셉의원을 돕겠다며 성금을 기탁했다.

이때부터 요셉의원에는 이전 및 후원 기금이 본격적으로 들어오기 시작했다. 김수환 추기경은 금융인 모임 미사에서 요셉의원을 위한 특별봉헌의 시간을 마련해 큰돈을 모금했고, 이문주 신부는 모친의 장례 조의금 전액을 보내 왔다. 대치2동의 성모성심회에서는 2년 동안 모은 수익금 1200만 원, 발산동성당에서는 500만 원, 가톨릭대학교 의과대학 동창인 한림대학교 윤대원 이사장이 1200만 원, 서울대교구 강우일 보좌주교의 이모인 오덕주 여사가 500만 원, 한국타이어복지재단에서 1600만 원, 강남성모병원의 성모자선회에서 800만 원, 그 외 서울가톨릭사회복지회, 가톨릭 약사회, 가톨릭 여성연합회, 가톨릭 결핵연합회, 가톨릭 노동장년회, 외국인 노동자 상담실, 필리핀 공동체 등을 포함해 국내외 개인과 성당, 단체에서 많은 기금을 보내 왔다.

그렇게 통장에 모이는 기금을 보며, 선우경식은 가난하고 병든 이들을 향한 하느님의 사랑을 다시 한번 느낄 수 있었다. 3개월을 못 버틸 거라던 요셉의원이 문 닫지 않을 수 있었던 건, 하느님의 배려가 있었기 때문이라는 말 외의 다른 것으론 설명할 수 없었다. 그런데 이번에는 재개발이 되어도 길거리로 나앉지 말라며 생각지도 못한 큰돈이 모였고, 이는 그들이 계속 치료를 받으면서 인간답게 살기를 바라시는 하느님의 사랑 때문에 가능한 일이라고 그는 믿었다. 선우경식은 힘을 얻고 관악구와 영등포구에서 가장 적절한 곳이 어디인지 찾기 시작했다. 다행히 재개발 계획은 1997년 4월까지 계속 지연되었다.

3부

더 낮은 곳으로

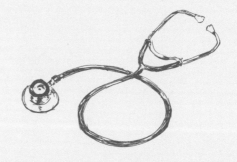

마지막 고비

16

"서 상무님, 요셉의원이 영등포역 부근에 있는 녹십자 혈액원 건물에 관심을 갖는 이유는 그 부근에 저희 손길을 필요로 하는 분들이 많기 때문입니다. 그러나 상무님도 아시다시피 저희는 영리 목적의 병원이 아닙니다. 독지가들의 후원금에 의존해 의료보험 혜택에서 소외된, 형편이 어려운 환자들을 진료하는 자선병원인지라 녹십자 혈액원에서 생각하는 금액과는 가진 돈의 차이가 큽니다. 녹십자는 큰 의료기업이니, 자선병원을 후원하는 의미로 금액을 낮춰주시면 안 될는지요?"

봄 햇살이 제법 따사로운 1997년 3월 4일, 선우경식은 녹십자의 서승삼 상무를 만났다. 신림동 건물주가 4월부터 철거를 시작하겠다는 연락을 하면서 전세 보증금 1억 3000만 원을 돌려주겠다는 확답을 받은 직후였다. 철거가 시작되면 요셉의원도 한 달 안에 이사할 곳을 결정해야 할 형편이었다. 그동안 많은 곳을 알아봤지만 영등포역 옆 쪽방촌에 있는 3층 건물인 녹십자 혈액원만 한 곳이 없었다. 지은 지 25년이나 되었지만 건평이 925.85제곱미터(280평)여서 이전 신림동 건물보다 넓다는 게 우선 마음에 들었다. 기능별로 효율적인 운영체계를 확립할 수 있을 것 같았다. 무엇보다 월세가 아닌 병원 건물을 매입하는 터라 더 이상 이사 걱정 없이 마음 놓고 진료할 수 있다는 판단이 들었다.

"요셉의원과 선우 원장님의 뜻은 잘 알고 있습니다. 하지만 녹십자는 신약개발과 해외투자 사업으로 늘 자금이 필요합니다. 그래서 매각 금액은 사장님께 상의드려야 하는데, 요셉의원이 생각하는 가격은 어느 정도인지요?"

선우경식은 보태고 뺄 것도 없이 있는 그대로 사정을 말할 수밖에 없었다.

"저희 요셉의원이 있는 신림사거리 지역의 재개발 소식이 들려올 때부터 지금까지 5년이 넘는 동안 모금을 한다고 했는데, 10억에서 조금 모자란 금액입니다."

재개발 소식이 처음 들려온 것은 6년 전인 1991년부터였다. 계획이 착착 진행되지 않은 것이 요셉의원으로선 오히려 다행이었다. 그만큼 병원 건물 물색과 모금의 시간을 벌 수 있었기 때문이다. 재개발은 연기에 연기를 거듭하다 올해 들어서야 확정이 되었다. 그사이 서울의 각 성당뿐 아니라 미국 뉴욕과 캐나다를 비롯한 해외의 한인 성당과 가톨릭 단체, 고등학교 동창, 대학교 동창 들이 이전 비용을 보태준 덕분에 9억여 원의 모금이 가능했다. 그뿐 아니라 선우경식의 부친은 아들이 결혼할 때 사용하려고 모아두었던 결혼자금을 보탰고, 뉴욕에 사는 형제자매들도 목돈을 보내왔다. 여기에 돌려받을 전세금까지 다 합한다 해도 10억에서 조금 모자랐던 것이다.

"알겠습니다. 모금하시느라 애 많이 쓰셨겠네요. 사실 저희가 생각했던 금액과는 워낙 차이가 커 10억에는 힘들겠지만, 어느 정도까지 낮춰드릴 수 있을지 회사에 돌아가 임원들과 상의해보겠습니다."

선우경식은 "임원들과 상의해보겠다"라는 서 상무의 말에 조금이나마 위안을 느꼈다.

"예, 상무님. 회장님께 요셉의원이 영등포역 부근에 들어와야 하는 이유를 잘 말씀드려주시면 고맙겠습니다."

서 상무와 헤어지고 일주일 후, 녹십자에서는 매매가를 12억 5000만 원까지 낮춰주겠다는 전갈이 왔다. 주변 시세에 비하면 싼 편이었고, 원래 내놓았던 가격 15억에서 2억 5000만 원을 낮춰준 금액이었다. 여전히 2억 5000만 원이 조금 넘게 모자라긴 했으나 그렇다고 그 자리와 건물을 포기하기에는 아쉬움이 클 뿐 아니라, 당장 한 달 후엔 이사를 해야 하는 급박한 상황이니 무슨 수든 마련해야 했다.

그는 3월 13일, 다시 한번 녹십자 혈액원을 방문해서 건물을 살펴보았다. 1층은 접수창구, 상담하는 사무실과 약국 그리고 2층과 3층에 각 여덟 개씩 총 열여섯 개의 진료실과 검사실, 엑스레이 촬영실을 만들 수 있을 것 같았다. 신림동에 비해 훨씬 좋은 환경에서 환자를 진료하기에 부족함이 없었고, 아무리 생각해도 서울에서 이 돈으로 이만한 건물을 찾는 건 어려워 보였다. 선우경식은 그때부터 시간이 날 때마다 십자가 앞에서 무릎을 꿇고 간절하게 기도했다.

"주님, 예수님께서는 가장 작고 가난한 이들과 병든 환자들을 사랑하셨습니다. 이곳 영등포역 부근에도 그런 이들이 많습니다. 그들은 가진 것이 없어 몸에 탈이 나도 병원엘 갈 수 없고, 그중 어떤 이들은 집이 없어 노숙을 하면서 술에 절어 살아갑니다. 이는 우리나라 사람만의 문제도 아닙니다. 최근에는 한국에 와서 돈을 벌어 고국의 가족들에게 송금하기 위해 밤낮 가리지 않고 일하다 일터에서 사고가 나도 병원엘 가지 못하는 외국인 노동자들도 많습니다. 주님, 이들을 위해 요셉의원이 녹십자 혈액원 건물을 구입할 수 있도록 길을 열어주시기를 간절히 기도합니다."

선우경식의 진심 어린 기도가 나날이 이어졌다. 그러나 신림사거리 건물의 철거 날짜가 다가와도 목돈은 들어오지 않았다. 요셉의원에 관심을 가졌던 주변에서 이미 보낼 돈은 다 보내왔기 때문이었다. 선우경식은 다급한 마음에 명동성당 주교관으로 달려갔다. 아무리 궁리를 거듭해봐도 김수환 추기경에게 매달리는 방법밖에 없을 듯해서였다. 그는 추기경에게 요셉의원이 처한 입장과 영등포 녹십자 혈액원 건물 구입 진행 상황에 대해 자세히 설명했다. 저간의 사정을 주의 깊게 들은 김수환 추기경은 안타깝다는 듯 선우경식을 바라보았다. 그러나 표정이 어둡지만은 않았다. 추기경은 차분한 어조로 말문을 열었다.

"요셉 형제님께서 지난 5년여 동안 이전 기금 마련을 위해 많은 노력을 하신 줄 잘 압니다. 전세금 돌려받는 걸 포함해서 10억에 가까운 이전 자금을 모으셨다니 그 또한 대단한 일을 해내신 겁니다. 그런데 마침 이사하고 싶은 적당한 건물이 나타났지만 치러야 할 대금에서 2억 5000만 원이 모자란다는 말씀이신 거죠?"

추기경은 그간 애를 써온 선우경식의 노고를 치하한 다음 당면한 문제점을 콕 집어 확인했다.

"예, 맞습니다. 추기경님, 번번이 추기경님께 부담을 드려 송구합니다만, 지금 제 입장에서는 이 건물을 꼭 구입하고 싶은데 다른 방법이 보이질 않아 이렇게 찾아뵈었습니다. 어떻게 방법이 없겠는지요?"

"전에도 말씀드렸지만, 교회병원에서 해야 할 일을 요셉 형제님께만 떠맡긴 것 같아 교구 책임자인 저로서는 송구하고 감사할 따름입니다. 이럴 때 교구에 재정이 넉넉하면 얼른 해드리겠지만, 사정이 그렇지 못하니 안타까운 마음입니다. 그래도 요셉 형제님께서 영등포역 부근의 가난한 이웃과 환자들을 위해 꼭 그곳에서 의료 활동을 하고 싶고 마땅한 건물이 나왔다니 일단 그것만으로도 다행입니다. 계약금과 중도금은 있지만 잔금이 부족하다고 하셨는데, 잔금만 있는 것보다 계약금과 중도금이 있다는 것 또한 다행이고요."

선우경식은 언뜻 무슨 말인가 싶어 어리둥절했지만 곧 추기경식의 농담임을 알고 안도의 한숨이 새어 나왔다. 두 사람의 얼굴에 잔잔한 웃음기가 피어올랐다.

"일단 건물을 계약하시고 잔금 치르는 날짜는 가능한 한 늦춰보세요. 제가 서울가톨릭사회복지회를 담당하고 계신 최창무 주교님을 만나 방법을 찾아보겠습니다. 2억 5000만 원이라는 큰돈을 만들려면 아무래도 시일은 좀 걸릴 것 같습니다."

"추기경님, 정말 송구하고 고맙습니다."

"그리고 내부 공사를 하려면 추가 비용이 발생할 것 같은데, 녹십자사에 얘기해서 매입 가격을 조금 더 깎아보시면 어떨까요? 교구에서는 지금 말씀하신 금액을 맞추기도 빠듯해, 그 비용까지 마련하기는 힘들 것 같습니다."

"예, 추기경님. 어려운 부탁을 흔쾌히 들어주셔서 정말 감사합니다. 그럼 녹십자와 이야기한 후 계약서를 갖고 다시 찾아뵙겠습니다."

선우경식은 주교관을 나온 뒤 옆에 있는 명동성당으로 가서 두 손을 모으고 고개를 숙였다.

4월 2일, 김수환 추기경의 인감도장이 찍힌 영등포구 영등포동 3가 423의 57번지(현재 경인로100길 6)의 3층 건물을 12억 3500만 원에 구입한다는 계약서가 선우경식의 손에 들려 있었다. 그는 녹십자사 사무실에서 계약금을 건네며 계약을 마무리했다. 이 계약이 성사되다니 꿈만 같았다. 아니, 조금은 허탈하기도 했다. 이렇게 되는 게 주님의 뜻이란 걸 알지 못했던, 아니 주님을 믿지 못했던 자신에 대한 책망이었다.

그는 속으로 잠깐 기뻐했지만 현실은 여전히 녹록지 않았다. 추기경의 말씀대로 내부 공사 비용으로 5000만 원을 깎아보려고 했지만 그건 무리라며 1500만 원을 깎아준 금액이 12억 3500만 원이었다. 그는 중도금을 5월 20일, 잔금을 6월 30일에 지급하기로 약조하면서, 녹십자사 측으로부터 "다음 달부터 내부 공사를 해도 좋다"라는

왼쪽: 1997년 4월 29일 신림동 요셉의원 이삿짐.
오른쪽: 1997년 영등포 요셉의원 건물의 계약 8일 후인 4월 10일 모습. 내부 공사를 준비하고 있다.

양해를 받았다.

영등포 요셉의원의 내부 공사 준비는 계약 3일 후인 4월 5일부터 시작되었다. 때마침 식목일, 모두들 어린 묘목을 심는 마음으로 들떠 있었다. 적어도 선우경식의 눈에는 그렇게 보였다.

직원과 봉사자 들은 새로 이사할 영등포 요셉의원으로 가 쓰레기 배출 작업부터 시작했다. 말끔하게 정리를 하는 동안, 건물을 본격적으로 수리하기 위해서는 병원 내부를 효율적으로 채워나갈 설계도면이 우선 필요했다. 선우경식과 서울가톨릭사회복지회 그리고 병원 직원들과 봉사자들은 다시 주변을 둘러보며 도움을 청하기 시작했다. 다행히 각 층과 옥상을 어떻게 활용할지에 대한 설계도는 진원바로건축 오학선 사장과 문태길 상무가 무료로 만들어주기로 했다. 그리고 리모델링에 필요한 설비는 한성기업 김석근 사장, 보일러는 성일보일러의 김성휘 사장, 전기는 중앙전기의 한송운 사장, 천막과 칸막이는 금강건업 김정환 사장, 창문 제작은 문영공업사 윤남호 사장 등 각 분야 전문업체 사장들이 실비에 해당하는 비용만 받고 공사에 참여하기로 했다. 모두가 마음을 내준 덕분에 굵직한 얼개가 잡혀나갔다. 선우경식은 이렇게 또 한 발 내디딜 힘이 생겼음에 감사했다.

시간은 빠르게 흘러 어느새 4월 29일, 영등포의 내부 공사 전이지만 신림사거리 건물 2층에 있던 요셉의원 간판을 내리고 이사를 시작했다. 선우경식과 직원, 자원봉사자 들이 이사를 위해 모여들었다. 의사 60여 명과 간호사 약사, 진료보조원, 자원봉사자 등 400여 명의 식구들은 "10년이면 강산도 변한다"라는 말이 맞다며 신림동에서의 10년을 아쉬워했다. 그러나 슬픈 아쉬움은 아니었다. 영등포 요셉의원에서 다시 만난다는 걸 모르는 사람은 없었기 때문이다.

다시 팔을 걷어붙이고

17

"우리, 내일을 걱정하진 맙시다. 지금까지 어느 한순간도 돈을 미리 준비해놓고 일을 한 것은 아니지 않나요? 하느님께서 다 도와주실 겁니다."

1997년 5월 1일, 선우경식 원장은 신림동에서 요셉의원 간판과 이삿짐을 싣고 막 도착한 직원과 봉사자 들을 둘러보며 결연한 목소리로 말했다. 요셉의원이 구입한 녹십자 혈액원 건물은 영등포역 부근 쪽방촌에 사는 가난한 이들과 노숙자 등 삶의 궁지에 몰린 사람들이 피를 팔면 그 혈액을 보존, 관리, 가공하여 의료기관에게 공급하던 곳이었다. 이렇게 사용되던 건물을 병원으로 쓰려면 대대적인 내부 공사를 거쳐야 했다. 그런데 건물을 구입하느라 있는 돈 없는 돈 모두를 털어 써버렸으니 공사자금이 있을 리 없었다. 돌이켜보면,

여기까지 온 것만도 기적인데 어디에서부터 손을 대야 할지 막막하기만 했다. 그래도 선우경식과 직원, 봉사자 들은 이사를 가지 않아도 되는 자체 건물이 마련되었다는 생각에 안도했다. 처음 신림동에 문을 열 때처럼, 말 없는 가운데서도 모두들 팔을 걷어붙였다.

이때부터 전문가가 할 일을 제외하고는 거의 모두 직원과 봉사자 들의 몫이었다. 그리고 예기치 않은 도움도 이어졌다. 환자 중에 건강을 되찾은 사람들이 손을 걷어붙이고 나선 것이다. 7년 전 알코올 의존증 치료를 받았던 김 씨는 힘이 장사여서 무거운 짐을 도맡아 날랐고, 당뇨 환자였던 목수 출신 이 씨는 대패를 들고 나무를 깎았다. 요셉의원 현장 체험을 나와 있던 양현우 바오로, 강주석 베드로, 하정용 요셉 신학생(후에 모두 사제서품 받음), 그리고 예수의 작은 형제회 표희수 수사도 허드렛일을 마다하지 않으며 일손을 보탰다.

녹번동의 영낙교회 신도들은 공사 기간 내내 오전 10시부터 오후 6시까지 인력봉사를 했다. 영낙교회 신자들이 요셉의원을 도와준 데는 나름의 이유가 있었다. 영낙교회 박상모 목사는 노숙자 등 어려운 사람들에게 숙식을 제공하며 함께 살고 있었는데, 이들 중에 질병이 있는 사람을 요셉의원에 보내 치료받도록 주선해주었다. 이를 계기로 선우경식 원장과 박상모 목사가 교분을 나눈 지 오래였고, 마침 요셉의원 공사가 시작되자 돕겠다는 마음으로 영낙교회 교인들이 인력 지원에 선뜻 나서게 된 것이다. 박상모 목사도 자신이 돌보고 있던 10여 명의 신도들에게 요셉의원을 돕자는 제안을 해서 3개월 동안 땀을 흘리며 공사 뒷일을 도왔다. 이 정도면 천군만마였다. 일일이 고마움을 표시할 새도 없이 할 일은 태산이었다. 선우경식은 그들의 이름을 마음에 하나씩 새겨두었다.

공사비를 절약하기 위해 신림동 옛 병원에서 쓰던 문짝이나 집기 등 쓸 만한 것은 모조리 떼어다가 다시 사용했다. '아나바다(아껴 쓰고 나눠 쓰고 바꿔 쓰고 다시 쓰는)' 운동이 따로 없었다. 이보다 더 알뜰한 환경운동이 있을까 싶을 만큼, 규격이 맞지 않으면 자르고 붙이는 등 정상적으로 할 수 있는 일의 몇 배 이상 노력을 기울이며 새 병원 꾸미기에 정성을 쏟았다. 선우 원장의 부친 선우영원 옹은 수시로 찾아와 "의사로 공부시켜 놨더니 저렇게 고생하게 될 줄은 몰랐다"라며 마음 아파하면서도 잔일을 도왔고, 직원과 일꾼들에게 식사를 대접하며 격려해주는 것도 놓치지 않았다. 그런 와중에도 재료비가 모자라면 어디선가 독지가가 나타나 창틀값을 대고 커튼을 달아주었다.

그리고 공사를 시작한 지 두어 달을 맞은 6월 30일, 잔금 2억 8500만 원은 가톨릭 단체인 한마음한몸운동본부와 김남호복지재단의 후원, 최창무 주교가 교구의 각 성당과 관련 단체 등에 지원을 요청한 덕분에 잘 마무리하고 등기이전까지 마칠 수 있었다.

공사가 어느 정도 틀을 갖추자 선우경식은 찾아오는 환자들의 진료를 멈출 순 없다며 건물 한쪽에 임시진료실을 설치하여 환자를 맞이했다. 윤은숙, 이레지나, 김경자 등 여직원들과 메리놀수녀회 돌리스카 수녀는 매일 2교대로 식사를 준비해 사과 궤짝 두 개를 이어 붙인 임시 식탁에 차려냈다. 소음과 먼지 속에서 공사를 진행하면서 한쪽에서는 진료하고, 한쪽에서는 음식을 만들어 밥을 먹은 것이다. 직원들과 봉사자들은 그렇게 새 병원이 완성되어가는 모습을 지켜보며 서로를 격려했다. 공사 기간 내내 온갖 궂은일을 도맡아 하던 최동식 봉사자는 "평생 흘린 땀보다 더 많이 흘린 것 같다"면서 환하게 웃었다.

5개월의 고생 끝에 건물 내부 공사가 마무리되었다. 하느님이 각자에게 주신 달란트와 이웃을 섬기는 선한 마음들이 모여 이루어낸 결코 작지 않은 기적이었다. 그런 마음을 담아 선우경식은 병원 3층에 직원들과 원하는 환자들이 모여 미사나 기도를 드릴 수 있는 아담한 경당經堂, chapel을 만들었다. 1층에는 가난한 환자들을 보다 체계적으로 상담할 수 있는 사회사업과 사무실도 갖췄다. 이 모든 것이 1987년 8월 29일 신림사거리 2층에서 문을 연 후 10년 만의 일이었다.

재개발 이야기가 나온 후, 이사할 곳을 찾고 비용 마련을 위해 동분서주하며 수월치 않은 공사를 거쳐 완공에 이르기까지 봄과 여름이 훌쩍 지나갔다. 소풍 나서기에 딱 좋은 9월 27일 오후 2시 30분, 요셉의원의 개원 10주년과 영등포 이전 축하미사를 집전하기 위해 쪽방촌 골목으로 들어선 김수환 추기경을 향해 선우경식은 환한 미소를 지으며 고개를 숙였다.

"추기경님, 귀한 걸음 해주셔서 고맙습니다. 추기경님 덕분에 여기까지 왔습니다."

"고마운 사람은 전데, 요셉 형제님께서 왜 자꾸 고맙다고 그러세요. 지난 10년 동안 정말 큰 수고 하셨습니다. 서울대교구를 대표해 감사와 축하를 드립니다."

1997년 9월 27일, 개원 10주년과 영등포 이전 축하미사를 위해 요셉의원으로 들어서는 김수환 추기경과 선우경식 원장.

　　모든 고단함이, 때로 슬며시 무릎을 꺾던 좌절감이 오로지 감사의 마음으로만 차올랐다. 사람에 대한 하느님에 대한 믿음이 선우경식의 어깨 위로 축복처럼 내려앉았다.

김수환 추기경이 병원 쪽으로 발걸음을 옮기자 요셉의원 직원들과 봉사자들이 박수로 그를 맞이했다. 이날 요셉의원에는 신림동 요셉의원 설립 때부터 성원하며 도움을 준 후원자와 봉사자 그리고 영등포 관내 각 기관장 등 수백 명이 축하 인사를 하기 위해 찾아왔다. 병원 1층부터 3층, 옥상까지 발 디딜 틈이 없을 정도였다. 3층 경당에서 진행된 이전 축하와 개원 10주년을 기념하는 미사는 오후 3시에 김수환 추기경과 정민수 비서신부, 가톨릭사회복지회 박인선 신부, 영등포성당 정순오 신부의 공동집전으로 거행되었다. 경당이 좁아 들어가지 못한 사람들은 선 채로 각 층마다 설치된 모니터를 통해 미사 전례에 참여했다. 김수환 추기경은 "요셉의원의 이전을 축복하며 참으로 하느님의 사랑을 드러내는 봉사의 집이 될 수 있도록 기도하자"며 강론을 짧게 마친 후, 선우경식 원장을 제대 앞으로 불러 박수를 부탁했다. 선우경식이 쑥스러운 표정으로 인사한 뒤 자리로 돌아가려 하자 추기경이 그를 다시 불러 세웠다.

"원장님이 워낙 조용하신 분이라 나서기 싫어하시는 건 알지만, 그래도 오늘 같은 날엔 인사말을 해주시는 게 여기 오신 분들에 대한 예의입니다. 하하."

선우경식이 발그레해진 얼굴로 제대 앞으로 나오자 다시 한번 박수 소리가 1층부터 3층까지 울려 퍼졌다. 그는 먼저 김수환 추기경을 비롯한 참석한 내외 귀빈들, 봉사자, 후원자들에게 감사 인사를 했다. 그리고 감정이 복받치는 듯, 숨을 고른 후 말을 이었다.

"새로이 마련된 영등포로 이사를 하고 개원을 하면서, 지난 10년 동안 신림1동에 요셉의원 자리를 처음 마련하고 진료하면서 만났던 사람들과 사건들을 떠올려봅니다. 가난한 환자들에게 도움이 되고자 시작되었던 작은 일들 속에서 참으로 많은 사람들을 만나게 되었고, 저는 여러 가지로 많은 것을 보고 느끼고 배웠습니다. 그러나 저에게 누구보다도 많은 것을 가르쳐준 사람은 바로 환자들입니다. 그분들은 저와 봉사자, 직원 들의 마음을 변화시키고 성장시켜 주었고, 완고하고 욕심으로 가득하기 쉬운 우리 자신의 모습을 바라보고 고치는 스승과 같은 역할을 해주었습니다.

또한 봉사자들은 환자에게 도움을 주기 위해 자신의 시간과 재능을 아낌없이 내놓고 협력하는 모습을 보여, 우리에게 참된 봉사의 의미와 희생의 모습을 깨닫게 해주었습니다.

이제 우리는 새로운 제2의 요셉의원을 개원하게 되었습니다. 지난날의 경험을 통해 얻은 것과, 새로운 정신과 마음으로 우리의 가난한 형제자매들의 고통을 같이 나누며 함께 살아가는 요셉의원이 되도록 더욱 노력하겠습니다. 고맙습니다."*

그가 인사말을 마치자 다시 한번 박수 소리가 울려 퍼졌다. 개원 미사는 새 건물을 축복하는 축복식으로 마무리되었고, 이후 김수환 추기경과 선우경식은 참석자들과 기념촬영을 했다.

---

* 선우경식, 요셉의원 소식지 13호(1997년 9월), 1쪽.

멱살을 잡히며 얻은 깨달음

18

영등포역 옆 쪽방촌 골목, 그곳은 다름 아닌 밤의 골목이었다. 짙은 화장을 한 윤락가 여인들은 지나가는 남자들의 팔을 당기고, 술에 취한 노숙자들은 벽에 몸을 기댄 채 지나가는 사람들에게 돈 좀 주고 가라며 손을 내밀었다.

골목 입구에서 멀지 않은 곳에 위치한 요셉의원도 저녁 7시가 되면 바빠졌다. 진료는 오후 1시부터 시작되었지만, 낮에는 선우경식 원장이 담당하는 내과 진료만 가능하고, 다른 과 진료에선 다른 병원 근무를 마친 봉사자 의사들이 퇴근해 오는 7시부터 환자를 받았다. 비록 모든 진료실이 독립되어 있진 않아 요일별로 서로 다른 진료과목 의사들이 나눠 쓰는 식이었지만 환자대기실도 이전보다 더 넓어졌고, 진료실도 늘어 예전보다 원활한 진료가 가능해졌다.

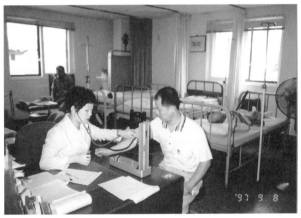

영등포로 이전한 요셉의원 내부.

　대부분이 자원봉사자들에 의해 운영된다는 점은 신림동과 별 차
이 없었다. 하지만 신림동에서는 방 한 개를 원장실과 진료실로 번
갈아 사용하는 불편함이 있었던 데 반해 이곳에선 다섯 개로 늘어
난 진료실 덕분에 환자들의 대기시간이 줄었고 과목별로 다양한 진
료를 받을 수 있었다. 게다가 물리치료실과 한방과를 별도로 만들어
진료 폭도 넓혔다.

영등포 요셉의원의 환자들은 신림동의 환자들과 조금 달랐다. 가난한 주민들이 대부분이었던 신림동과 달리 이곳은 병원 주변의 닭장처럼 만들어진 판잣집들에 주로 알코올의존증 환자, 마약중독자, 결핵과 간염환자, 교도소나 갱생원 출감자, 주민등록이 말소된 행려자 들이 살고 있었고, 이들은 곧 요셉의원의 '단골손님'이 되었다. 치과, 신경정신과, 이비인후과, 안과, 피부과, 비뇨기과, 한방과 등 열개 과의 진료는 저녁 7시부터였지만, 오후 3시쯤이면 동네 주민들이 병원 대기실 의자를 차지하고 앉아서 자기 집 안방처럼 누비고 다녔다. 그중 노숙자들은 며칠씩 씻지 않은 데다 옷도 갈아입지 못해 악취가 나는 경우가 많아, 치료를 제대로 받게 하려면 먼저 목욕부터 시켜야 했다. 그러나 바깥 생활에 익숙한 이들은 씻기 귀찮으니 진찰이나 해달라고 떼를 쓰는 경우가 허다했다. 개중에는 술에 잔뜩 취해 오는 이도 있었는데, 이런 경우에는 1층에서 제지할 수밖에 없었다.

"술을 마신 상태에서는 정상적인 진료가 불가능하니 술이 깨고 난 다음에 오세요."

"난 술 조금밖에 안 먹었어요. 왜 치료를 안 해주는 거예요."

그들은 앞뒤 없이 떼를 쓰거나 고성을 질러댔다. 차분히 타일러도 소용이 없었다.

"술 냄새가 많이 나요. 나중에 오세요."

이때부터 그들은 육두문자를 내뱉으며 순순히 물러나지 않았다. 직원들이 감당하지 못할 때는 선우경식이 내려와 술 취한 환자들을 직접 상대했고, 너무 막무가내인 경우를 당해 서로 밀고 밀치는 몸

의사 선우경식

싸움이 벌어지기도 했다. 대부분의 알코올의존증 환자는 술에 취하면 정상적인 사고가 불가능해진다는 사실을 알기에, 선우경식은 멱살을 잡혀도 참아가며 상황을 정리하는 것이 최선이라 여겼다. 사실 신림동 요셉의원 초창기 때는 갈등과 회의와 좌절이 몰려오기도 여러 번이었다. 그럴 때면 그는 기도실에 들어가 십자가를 바라보고 넋두리하며 그것들을 풀어냈다.

"주님, 제가 과연 이 일을 해낼 수 있을까요? 혹시 능력도 없으면서 이 길을 걷겠다고 욕심낸 건 아닐까요?"

그렇게 한참을 앉아 있다 보면 마음이 가라앉았고, 알코올의존증 환자 문제에 대해선 무엇보다 그들에 대한 연민의 정을 가져야한다는 걸 깨달았다. 그래서 그는 이전 해 8월 한 독지가의 도움으로 양천구 목동의 단독주택에 알코올의존증 환자들의 재활센터인 '목동의 집'을 개원했다.

선우경식은 신림동 시절 요셉의원에서 만났던 숱한 알코올의존증 환자들을 전문병원에서 치료를 받을 수 있도록 주선했다. 그러나 그들은 치료를 받고 퇴원해도 이미 가족들에게서 버림받아 갈 데가 없었고, 그러다 보니 길에서 생활하며 알코올에 다시 빠져드는 악순환에 빠졌다.

이것을 깨달은 선우경식이 시작하게 된 게 '거주치료 프로그램 Residential Therapeutic Community'이다. 그곳에 파리외방전교회의 매기석(피에르 메지니Pierre Mésini) 신부와 자원봉사자들이 교대로 상주하면서 알코올의존증에서 벗어나려는 의지를 지닌 사람들에게 3개월 동안 공동생활을 하게 하며 자립의 힘을 키워주었다. 퇴소 시에는 봉사활

1996년 8월 23일, 알코올의존증 환자를 위한 '목동의 집'을 개원했다.

동이나 파트타임으로 일을 하며 사회에 적응하도록 도왔다. 그러자 사람들이 변하기 시작했다. 모든 사람이 다 성공하는 것은 아니어도 술을 끊는 사람이 하나둘 나타나기 시작한 것이다.

선우경식은 술을 끊고 음식점 주방장이 된 사람, 경리가 된 사람, 작은 건물 경비 일을 맡게 된 사람이 얼굴에 웃음을 띠는 모습을 보며 '아, 우리가 제대로 못 도와주어서 그렇지, 제대로만 도와주면 극복하는구나'라고 생각했다. 그때부터 그는 "이 세상에 버릴 사람은 하나도 없다"라고 말하며, 단주斷酒한 사람들이 모여 다시 술에 빠지는 일이 없도록 서로 격려하고 의지하는 A.A.Alcoholics Anonymous 모임을 만드는 등 거주치료 프로그램을 더욱 구체화했다. 그러면서 그는 '언제까지 고치겠다'는 의사로서의 욕심을 버리고, 환자 자신이 노력한다면 수십 번 실패한다 하더라도 다시 받아주면서 환자와 함께하

의사 선우경식

겠다는 결심을 하기에 이른다. 그렇게 하는 것이 노숙자들의 건강과 사회적 부적응 문제를 근원적으로 해결하는 길이라 생각한 것이다.

물론 그도 인간이었기에, 치료가 잘되었다고 생각했던 사람이 다시 술에 취해 그 앞에 나타나 횡설수설하는 모습을 보면 회의가 들면서 힘들고 괴로웠다. 그는 그런 좌절이 올 때마다 3층 경당으로 올라가 십자가 앞에 무릎을 꿇으면서 자신의 연약한 마음을 신앙으로 담금질했다. 그들을 포기하지 않게 해달라며 오랫동안 기도드리는 과정을 통해 그는 의사에게 의술보다 더 중요하고 필요한 덕목은 환자를 사랑하는 마음, 환자를 포기하지 않는 마음이라며 지쳐 있는 자신을 추슬러냈다.

함께 웃고, 함께 울고

19

병원 공간이 넓어진 데다 진료과목도 다양해지고, 또 신림동에서 10년을 지내면서 가난한 환자들과 사회사업 종사자들에게 많이 알려진 덕에 요셉의원의 환자 수는 계속 늘어났다. 직원들을 비롯해 의료봉사자와 주방, 이발, 목욕, 청소, 빨래 등 병원 업무 봉사자들의 업무량도 늘어났지만, 다행히 새로운 봉사자들이 또 그만큼 들어와 병원에서 일어나는 기쁨과 슬픔을 함께 나눌 수 있었다.

하루는 1층에 있는 사회사업과 사무실로 안내를 받은 박 씨가 제발 진찰 좀 해달라며 선우경식을 찾아왔다. 계속 복통을 호소하는 환자였다.*

---

* 박 씨 이야기는 요셉의원 소식지 13호(1997년 9월) 7쪽과 14호(1998년 6월) 2쪽에 소개된 내용을 재구성했다.

"선생님, 제가 복통이 심해 오랫동안 고생했어요. 의료보험료 연체 때문에 병원에서 받아주지 않아 공공기관을 다니며 도움을 요청했는데 '결격사유가 있어서 안 된다, 멀쩡한 사람이 왜 도움을 받아 살려고만 하느냐'고 하면서 문전박대를 당해 자포자기에 빠졌었습니다. 그런데 제가 살고 있는 창신동(동대문구) 동사무소 사회복지과 직원 한 분이 영등포역 옆에 있는 요셉의원에 가보라고 해서 마지막이란 심정으로 이렇게 찾아왔습니다."

문진을 마친 선우경식이 청진기를 대며 진찰해보니 위암이 의심되었다. 그는 급히 여의도성모병원에 연락해 CT 촬영을 의뢰했다. 다음 날, 검사 결과 위암이 발견되었다는 연락이 왔다. 박 씨는 위암이라는 말에 낙담하며 물었다.

"원장님, 그럼 이제 저는 죽는 날만 기다려야 하는 겁니까?"

"아닙니다. 저희가 환자분을 수술할 수 있는 종합병원을 알아봐드리겠습니다. 아직 다른 곳으로 전이되지 않았으니, 수술받으면 충분히 회복하실 수 있으십니다."

그의 말에 박 씨는 고개를 저었다.

"원장님, 저는 친인척 하나 없이 빈 상자를 주워 팔며 혼자 살고 있어요. 오죽하면 의료보험료가 밀려서 병원을 못 갔겠습니까. 그런 제가 무슨 수로 수술을 받는단 말입니까…."

"그건 너무 걱정하지 마세요. 여의도성모병원, 강남성모병원, 대방동에 있는 보라매병원과 같은 종합병원에서는 가난한 환자를 위해 무료수술을 해주고 있습니다. 물론 가난한 환자를 위한 병실이 많지는 않지만 저희가 얼른 알아보고, 내일이라도 수술받으실 수 있도록 최선을 다하겠습니다."

"그게 정말이십니까? 그동안 하도 안 된다는 말만 들어서… 무료로 수술을 받게 해주신다니 정말 고맙습니다."

박 씨는 고개를 떨구며 흐느꼈다.

"일단 저희가 이 부근의 여관방을 잡아드릴 테니 오늘은 거기서 주무세요. 그리고 지금은 식사를 하실 몸 상태가 아닙니다. 주방에다 흰죽을 부탁할 테니 조금 드시고 가세요. 저희 봉사자가 구내식당과 여관을 안내해드릴 겁니다."

"원장님, 정말 고맙습니다…."

박 씨는 위암 선고에 절망하면서도 어디서도 받아보지 못한 환대에 목이 메었다.

그때부터 선우경식은 전화통을 붙잡고 여기저기 전화를 걸었다. 얼마 안 있어 여의도성모병원에서 수술해주겠단 소식을 전해 왔다. 다음 날, 요셉의원 봉사자와 함께 여의도성모병원으로 간 박 씨는 수술을 마쳤고, 경과가 좋아 며칠 후 퇴원이 결정되었다. 그는 퇴원 수속을 도와주러 갔던 봉사자를 따라 이내 요셉의원으로 왔다. 그 소식을 들은 선우경식과 봉사자들은 1층으로 내려와 박수를 치며 그를 맞았다. 박 씨는 연신 고개를 숙이며 고맙다는 말을 되풀이했다. 그때 선우경식이 물었다.

"환자분, 그럼 이제 창신동으로 가실 건가요?"

그의 물음에 박 씨는 우물쭈물하다가 작은 목소리로 대답했다.

"사실 창신동 방은 매일 돈을 내야 하는 방인데, 제가 요즘 일을 못해서… 돌아가봐야 들어갈 수가 없습니다."

무의탁 노인을 위해 만들어진 사도의 집.

선우경식은 그를 바라보며 잠시 생각에 잠겼다. 위암 수술을 받았으니 당분간 요양이 필요하고 음식도 조심해서 먹어야 했다. 그는 관악구 신림10동 언덕에 있는 서울가톨릭사회복지회 소속 기관인 '사도의 집'을 떠올리며 박 씨에게 재차 물었다.

"그럼 신림동에 무의탁 노인들을 위한 집이 있는데, 회복기간 동안 거기서 지내시겠습니까? 저희 병원과 서로 협력하는 곳이라, 그곳에 계시다 혹시 몸이 불편하시면 저희가 가서 모셔올 수 있습니다. 그곳에서는 식사도 제공되니, 부담 없이 계시다가 회복되면 그때 다시 창신동으로 돌아가는 게 어떨지요?"

'사도의 집'은 가톨릭 신자인 박군자 원장이 대부분 자기 한 몸 건사하기 힘든 무의탁 노인 20명과 함께 생활하는 곳이었다. 박 원장은 새벽 4시부터 6시까지 우유배달을 마치고 돌아와, 환자 중 거동

가능한 몇 명과 봉사자들의 도움으로 노인들의 식사와 목욕은 물론이고 세탁과 청소까지 도와줬다. 박 원장은 자신이 어렵고 병들었을 때 요셉의원의 도움을 받아 치료를 했기에, 함께 사는 노인 중 아픈 사람이 생기면 요셉의원에 연락해서 치료받게 해주었다. 선우경식은 요셉의원에 들어오는 먹을거리나 의류 등을 사도의 집으로 보내주면서 후원 물품을 나누었고, 오갈 데 없는 환자가 치료를 마치면 사도의 집으로 연락했다. 이렇게 박군자 원장과 선우경식은 서로 도움을 주고받는 사이였다.

"원장님, 수술까지 받게 해주시고, 이번에는 오갈 데 없어진 걸 아시고 숙식 제공과 더불어 쉴 수 있는 곳까지 소개해주시니 이 은혜를 어떻게 갚아야 할지 모르겠습니다."

박 씨는 두 손으로 눈물을 훔쳤다. 선우경식은 마음이 짠하면서도 이만하길 다행이라 여겼다. 이후 사도의 집에서 생활하던 박 씨는 다시 건강을 되찾아 창신동의 쪽방으로 돌아갔다.

이렇게 수술 후 회복기간 동안 사도의 집을 거친 환자는 적지 않았고, 그들 중에는 건강을 되찾은 후 사도의 집에 계속 남아 박 원장 밑에서 크고 작은 심부름을 하며 지내거나 거동이 불편한 다른 환자들을 도우며 건강한 생활을 이어가는 이들도 있었다.

그러나 박 씨는 몇 달 후 허리와 어깨뼈가 아프다며 다시 요셉의원을 찾아왔다. 진료한 결과 암세포가 뼈로 전이된 것으로 판명되어 선우경식은 박 씨가 성가복지병원 호스피스 병동에 입원하도록 도왔다. 더불어 본인 스스로가 죽음을 맞이할 수 있도록 병세에 대해서도 박 씨에게 차분히 설명해주었다. 그러나 박 씨는 의외의 반응으로 모두를 놀라게 했다.

그는 "원장님, 저는 퇴원해서 어떻게든 요셉의원에 빚진 은혜를 갚고 싶습니다"라며 삶의 의지를 나타냈다. 죽음을 준비하라는 선우경식의 제안을 받아들이지 않은 것이다. 그러나 박 씨는 입원 한 달 후 결국 세상을 뜨고 말았다. 이 소식이 전해지자 선우경식과 요셉의원 식구들은 예상보다 빨랐던 그의 죽음에 가슴 아파하며 3층 경당에서 박 씨의 영원한 안식을 기원하는 미사를 봉헌했다.

선우경식뿐 아니라 봉사자들에게 가장 큰 기쁨을 주는 경우는 알코올의존증 환자들이 환한 모습으로 나타날 때였다. 하루는 신림동 요셉의원의 '단골손님'이던 행려자 안근수가 멀쩡한 모습으로 병원에 나타났다. 1층 접수처의 직원이 그를 알아보며 놀란 표정을 짓자, 그가 꾸뻑 인사를 했다.

"헤헤, 오늘은 어디 아픈 데가 있어서가 아니라 원장님께 인사하러 왔습니다."

직원이 고개를 갸우뚱하며 코를 벌름거려봤지만 술 냄새는 나지 않아, 그를 2층으로 올려보내면서 선우경식에게 연락을 했다. 안근수는 네 살 때 부모와 헤어져 고아원에서 어린 시절을 보냈다. 고아원 시절에 공고를 다니다 중퇴하고 이후엔 신림동 다리 밑에서 24시간 술에 절어 살며 온갖 사고를 도맡아 저지르곤 했다. 신림동 요셉의원에 거의 매일 나타나 행패를 부렸지만 선우경식은 그가 술에 취해 교통사고를 당해도, 신림동 다리 위에서 떨어져 다리가 부러져도, 싸움을 하다가 칼에 찔리고 온몸이 상처투성이가 되어도 치료를 해줬다. 뿐만 아니라 알코올의존증이 심한 그를 구하기 위해 아홉 번이나 정신병원에 입원시켜 치료를 받게 했다.

"오랜만이군요. 근수 씨, 병원에서 퇴원했어요?"

"예, 원장님. 원장님께서 주선해주신 덕분에 서울 시립병원인 은평병원에 입원해서 알코올의존증 환자를 위한 교육을 3개월 동안 받고 나왔어요. 저 이제, 정말 술 안 마실 겁니다."

"근수 씨, 결심 잘하셨습니다. 석 달 동안 쉽지 않았을 텐데 축하합니다. 그러면 앞으로 지낼 데는 있어요?"

선우경식이 묻자 준비라도 한 듯 대답이 바로 돌아왔다.

"여기 쪽방촌 방값은 얼마 안 하니까 볼펜 장사라도 해서 방값을 벌려고 합니다."

선우경식은 그럴 줄 알았다는 듯 고개를 끄덕였다. 하지만 쪽방촌으로 들어가면 며칠 못 가 다시 술을 마시게 될 게 빤했다.

"근수 씨, 그러지 말고 목동에 술을 끊은 사람들이 모여 사는 집이 있는데, 거기에서 살면서 정말 끊었다고 생각되면 여기 병원에 나와 봉사하는 건 어때요?"

알코올의존증은 선진국에서도 환자 재활률이 10여 퍼센트밖에 되지 않는 고질적 질환으로 분류된다. 알코올의존증 환자들은 의료기관에서 치료를 마친 뒤에도 며칠 후면 또 재발해서 만취 상태로 다시 요셉의원을 찾곤 했다. 안근수도 그동안 여러 번 정신병원으로 보내져 치료를 받았지만, 정상적인 삶을 살아갈 것 같다가도 다시 술을 마셨던 걸 선우경식은 알기에 '목동의 집'을 추천한 것이다. 그동안 목동의 집에서는 세 명의 환자가 알코올의존증에서 벗어나 사회로 복귀했다. 그들은 단주에 대한 열망이 강할 뿐 아니라, 요셉의 원에서 봉사하는 유태혁 신경정신과 전문의가 목동의 집으로 가서 단주 프로그램을 진행하며 재활을 도운 덕에 성공할 수 있었다. 그러나 알코올의존증은 치료가 좀처럼 쉽지 않았다. 목동의 집에서 생활을 잘하다가도 몰래 나가 술을 마시다 쓰러져 다시 노숙자 생활로 돌아가는 경우가 많았다. 누구보다 그 사실을 꿰뚫고 있는 선우경식으로선 안근수가 옛날로 되돌아갈까 염려스러웠다.

"원장님, 거기는 어떤 곳인데요?"

안근수가 진지한 눈빛으로 물었다.

"목동의 집에는 근수 씨 같은 사람들이 모여 삽니다. 서로 의지하고 술 마시지 말자고 다짐하고 격려하면서 식사 준비, 방 청소, 거실 청소, 마당 청소 등 일상생활에 필요한 모든 일을 다 같이 하죠. 저녁에는 단주 모임을 진행하며 정신과 선생님 이야기도 듣고요. 그곳에서 술을 끊겠다는 각오가 단단히 서면 근수 씨도 우리 병원에 나와서 봉사하라는 거예요."

"알겠습니다. 그럼 제가 거기 가서 잘 생활하다가 여기서 봉사활동도 하겠습니다."

"근수 씨, 잘 생각했어요. 여기 와서 봉사활동 하다가 술을 완전히 끊게 되면 일자리도 마련해줄게요."

선우경식은 내친김에 일자리까지 제안했다. 그의 결심이 반드시 성공하길 바라는 마음이 간절했던 까닭이다.

"원장님, 정말이세요?"

"그럼요. 그러니 술만 완전히 끊어봐요. 하하."

재활에 성공한 안근수는 2000년 12월 25일 성탄을 맞아 안드레아라는 세례명으로 영등포성당에서 세례를 받았다. 가운데 꽃다발을 든 이가 안근수 씨. 뒤에 초록색 원이 선우경식 원장이다.
안근수는 선우경식 원장 장례미사에서, 살아계실 때 원장님을 아버지라고 불러보고 싶었는데 그렇게 하지 못했다며 "아버지, 그동안 감사했습니다. 이젠 저 속 안 썩이며 열심히 살게요. 아버지도 하느님 곁에서 편히 쉬세요. 아버지…"라고 흐느꼈다.

　꼭 단주에 성공하겠다며 목동의 집으로 들어간 안근수는 술을 끊고 재활에 전념했다. 선우경식은 그가 술의 유혹을 끊고 몸을 추스르자 요셉의원 1층 현관에서 봉사할 수 있는 기회를 만들어주었고, 마침내 결혼해서 가정도 이루도록 도와주었다. 병원 봉사자들은 재활에 성공한 그와 마주칠 때마다 격려했고, 선우경식은 그의 성공에 보람을 느꼈다.

의사 선우경식

IMF와 함께 찾아온 위기

20

1997년 12월 4일 오전, 선우경식은 심각한 표정으로 신문 1면을 읽어 내려갔다. 우리나라가 국가부도 사태를 피하기 위해 IMF_{국제통화}기금로부터 195억 달러의 구제금융을 받기로 했다는 기사였다. 일본으로부터 들어오는 차입액은 무려 300억 달러에 달했다. 우리나라 경제의 주도권을 IMF로 넘겨줄 수밖에 없는 현실 앞에서 환율과 은행 금리는 폭등했다.

선우경식은 신문을 덮으며 나지막이 한숨을 내쉬었다. 이제부터 시작될 대규모 구조조정과 연쇄부도 사태의 여파가 요셉의원의 운영을 어렵게 할지도 모르겠다는 불길한 예감이 들었다. 영등포로 이전한 지 불과 8개월 만의 일이었다.

다행히 1년은 그럭저럭 버텨나갔지만, 1999년부터는 우려가 현실이 되었다. 한 계좌당 월 1만 원씩 들어오던 정기후원금이 줄어들기 시작했고, 단체와 기관에서의 지원 액수도 큰 폭으로 감소했다. 선우경식은 내색하지 않고 의연하게 환자와 직원 그리고 봉사자들을 대했지만, 신림동 시절부터 가깝게 지내온 지인들이 그 사정을 모를 리 없었다. 1월 중순, 신림10동 사랑의 집 시절부터 함께했던 대학교 3년 선배인 고용복 외과 전문의가 원장실로 찾아왔다.

"선우 원장, 요즘 많이 힘들지?"

"선배님, 언제 힘들지 않았던 적이 있었나요. 하하."

"이 사람 참…. 내 생각에 지금은 그렇게 혼자 걱정하고 혼자 뛰어다니면서 해결할 수 있는 단계가 아닌 것 같아."

강남성모병원에서 근무하는 고용복 전문의에게 제자 수련의들이 붙여준 별명은 '못 먹어도 고'였다. 보통은 '고 교수님', '닥터 고'로 불리지만, 수술실에 들어가서 상태가 심각한 환자를 만나면 새벽까지 집도해서라도 완벽하게 수술을 마치는 근성 때문에 붙은 별칭이었다. 그는 그만큼 환자를 사랑하는 집념이 있었고, 선우경식은 '의사를 직업으로서 생각하는 것이 아니라 천직이자 사명이라고 생각하는 분이기에, 환자들을 대하는 태도나 의사로서의 자세 등이 어느 누구보다 훌륭한 선배님'으로 그를 존경했다. 고용복 전문의가 말을 계속 이었다.

"물론 선우 원장이 '오른손이 한 일을 왼손이 모르게 하라'는 예수님 말씀을 따르느라 후원 관련 일을 요란하지 않게 하려는 생각은 존중해. 그렇지만 우리 집사람 얘기를 들어보면 후원이 많이 줄고 있다하니, 방법을 찾아보자는 말을 하려고 온 거네. 선우 원장 고집을 꺾을 사람이 나 말고 누가 있겠어."

고용복 전문의의 아내 김영남은 신림10동 사랑의 집에서 봉사활동을 하다가, 급한 산모가 있다며 왕진을 부탁한 인연으로 선우경식이 신림사거리에서 무료병원을 시작하게 만든 당사자 중 한 명이기도 했다. 요셉의원이 영등포로 이전한 뒤에는 1층 사회사업과의 주봉사자로 근무하는 중이었다.

"예, 선배님. 무슨 말씀인지 알겠습니다. 병원이 유지되어야 환자도 치료할 수 있는데, 말씀하신 대로 요즘 형편이 꽤 어렵네요. 선배님께 무슨 좋은 아이디어가 있으신지요?"

선우경식은 누군가에게 폐 끼치는 게 싫었다. 좋은 일에 쓴다는 명분으로 여기저기 알리는 것이 마치 선행을 자랑하는 것처럼 보일 수 있는 데다 기부를 강요하는 것도 같아 내키지 않았다. 그러나 IMF 이후부터 갈수록 병원이 어려워지는 형편이라 고용복의 말은 설득력을 가졌다. 아무리 고지식한 선우경식이라도 현실을 외면할 도리는 없었다. 고용복은 차분히 말을 이어갔다.

"선우 원장, 이번 기회에 장기적으로 안정적 운영을 할 수 있는 방법을 찾아야 할 것 같아. 그런데 지금은 여기저기 기웃거려야 소용없는 상황이니, 가까운 데서 방법을 찾는 게 좋을 듯해. 그동안 자발적으로 모여 비공식 활동을 하던 후원회를 이참에 병원 운영의 안정을 위해 공식적인 조직으로 활성화하는 게 어떨까 싶은데…."

그동안에도 후원회는 있었다. 선우원장과 함께 예수의 작은 형제회 재속회 활동을 하는 오덕영을 중심으로 김영남, 김정자, 박성희 등 열두 명 정도가 참여했다. 그러나 요란하게 하지 않기를 바라는 선우경식의 의견을 존중해 비공개로 활동 중이었다.

"글쎄요…. 솔직히 이제까지 지켜온 원칙을 바꾼다는 게 내키지 않긴 하네요. 그렇지만 경제 상황이 워낙 안 좋으니 병원을 유지할 수 있다면 그렇게라도 해야겠지요."

선우경식은 마지못해 받아들이는 듯 보였다. 그것이 지금으로선 최선이란 걸 그도 알았다.

"알았네, 그럼 내가 집사람뿐 아니라 몇 사람과 상의해서 구체적인 방법을 마련해보겠네."

"고맙습니다, 선배님. 제가 무능해서 여러 사람 고생시키는 것 같아 송구한 마음 가득합니다."

"아닐세. 선우 원장은 이 병원의 선장 역할을 하는 걸로 충분하니, 이제는 그 어깨의 무거운 짐을 나눠서 이 위기를 헤쳐 나가보세."

선우경식은 고용복의 제안을 듣자 현실이 보였고, 다가올 불안을 조금은 덜어낼 수 있겠다는 안도감도 들었다. 요셉의원의 앞날을 내다보고 먼저 고민해준 선배가 고맙고도 든든하게 여겨졌고, 고용복은 고집을 내려놓고 설득당해준 선우경식이 오히려 고마웠다.

이때부터 고용복 전문의와 부인 김영남은 후원회 활성화 계획에 동참할 수 있는 사람들을 찾아다녔다. 둘이 발품을 팔며 사람을 모은 지 얼마 지난 2월 6일, 그동안 비공개 후원회에서 활동하던 10여 명이 모여 1차 모임을 가질 수 있었다. 이들은 긴 논의 끝에, 병원 운영의 재정안정과 후원회 활성화를 목적으로 하는 '요셉의원 후원회'를 정식 출범하기로 결정했다. 이 회의에서 후원회 활동에 중심이

의사 선우경식

후원회에서는 1999년 10월 발행된 요셉의원 소식지에 후원회원 모집을 크게 알리기 시작했고, 은행계
좌도 추가로 개설했다.

되는 이사회를 조직하고 물심양면으로 지속적인 도움이 될 외부인
사들도 적극 영입하자는 데 동의하면서 1차 모임이 끝났다.

4월 21일 저녁 7시, 요셉의원 회의실에는 선우경식을 비롯해 오
덕주, 한종오, 김영남, 김이주, 신봉애, 김정자, 오광수, 이정희, 박철
제, 이아종, 김정숙, 신수희, 이건호 등 요셉의원 후원회에서 활동할
이사들이 모여 회의를 했다. 먼저 선우경식이 근자 들어 달라진 요
셉의원의 현황에 대해 설명했다.

"외환위기 이후 요셉의원은 지금까지와는 또 다른 형태의 환자를
맞게 되었습니다. 단순한 가난 때문에 밥과 옷과 약을 필요로 했던
과거의 환자들과 달리, 이제는 경제적 파산 때문에 행려와 노숙으로
떠밀린 환자가 몰려들기 시작했습니다. 육체적 질병에 더해 마음과
영혼까지 죽음으로 몰고 가는 절망이라는 질병까지 짊어진 환자들
입니다. 이들에게는 전인적이고 통합적인 새로운 차원의 치료가 필
요한데, 환자들의 질병 수준과 양적 폭발은 이미 요셉의원의 한계를

넘었습니다. 그 환자들에게 요셉의원은 단순한 자선병원이 아니라 사회의 최후 안전망입니다. 따라서 그들의 몸과 마음과 영혼을 치료하고 제 몫을 감당하는 건강한 사람으로 사회에 돌아가게 하는 것이 저희에게 맡겨진 새로운 임무입니다.

그러나 2월에 3250만 원이던 후원금이 3월에는 1380만 원으로 줄었고, 올해 신규 정기후원회원은 열 명뿐입니다. 병원에서 필요한 예산의 3분의 1을 충당하기도 힘든 상황이라 부족한 금액은 각 기업 복지재단의 후원금과 비정기적인 후원금으로 채워야 하는데, 지금의 경제 상황에서는 이 또한 쉬운 일이 아닙니다. 그래서 몇몇 뜻 있는 분들과 상의해서 '요셉의원 후원회'를 보다 체계적으로 조직하기 위해 이 자리를 만들었습니다."

병원이 처한 상황이 얼마나 절박한지는 선우 원장의 설명에서 그대로 드러났다. 이미 마음을 나눌 준비가 되어 있고 조금도 지체할 시간이 없다는 데 공감한 참석자들의 표정은 결연했다.

바로 회의가 시작되었다. 후원회 이사진 구성과 후원회원 확대 방안, 회원 관리에 대한 의견을 주고받은 결과, 이사진은 이날 참석자 전원을 선임하고, 후원회를 대표할 회장으로는 여성 가톨릭인 단체에서 활발히 활동해 발이 넓은 오덕주 여사를 추대하기로 합의했다. 이때부터 회의는 오덕주 회장이 주도해나갔다.

우선 후원회 확대 목표를 '신규 회원 500명'으로 잡고 목표 달성 방안을 위한 구체적 토의에 들어갔다. 병원 관계자들과 후원회원들이 적극 참여하는 작은 바자회, 자선전시회 등의 이벤트를 기획하고, 후원회에 대한 홍보 계획도 면밀히 짰다. 기존 회원 관리에 좀 더 신

의사 선우경식

경을 쓰고, 특별후원회원 명단을 정리해 이사회에서 감사 인사를 전하기로 했다. 이외에도 당장 급한 운영 자금은 이사들이 십시일반 갹출하여 병원 운영의 어려움을 덜고, 앞으로도 부족한 자금 지원 역할을 담당하기로 결정했다.

아, 아버지!

21

"아버지, 어디 다녀오실 일 있으세요?"

11월 8일, 출근 준비를 하던 선우경식은 외출하려는 아버지를 향해 물었다.

"요새 자꾸 옆구리가 결려서 물리치료를 받고 오려고."

"그럼 저에게 말씀을 하셨어야지요. 잠깐 침대에 누워보세요."

그는 아버지의 복부 부근을 누르며 촉진觸診(환자의 몸을 손으로 만져서 진단하는 진찰법)을 했다. 간이 크게 만져졌다. 선우경식은 가슴이 덜컥 내려앉았다. 얼마 전 아버지의 체중이 3킬로그램 줄어들고 옆구리가 아프다고 하셨지만, 늘 여기저기 담이 결리시곤 했기 때문에 이번에도 그러신가 하고 대수롭지 않게 흘려들었던 일이 마음에 걸렸다. 그는 어두운 표정으로 요셉의원에 전화해 출근이 늦겠다고

의사 선우경식

알렸다. 좀처럼 있지 않은 일이라 병원에서 걱정할 걸 알았지만 자세히 설명할 여유는 없었다. 그 길로 어머니와 함께 아버지를 모시고 친구들이 일하는 강남성모병원으로 갔다. 병원에 도착하자마자 그는 아버지의 CT 촬영부터 진행했고, 몇 가지 검사를 더 받도록 조치한 뒤 병원 의자에 앉아 초조하게 결과를 기다렸다. 말없이 앉은 어머니는 고개를 숙이고 기도를 하셨다. 그도 옆에서 주님께 매달렸다. 달리 할 수 있는 일이 없었다. 두 시간쯤 지났을까, 친구가 그를 불렀다.

"경식아, 아버님이 HCC간세포암인데 심하셔…."

그는 아무런 대답도 하지 못한 채 눈을 감았다. 자식이 의사인데 아버지께 너무 무심했다는 자책이 몰려오면서 눈앞이 캄캄해졌다.

"경식아, 충격이 크겠지만 입원장을 써줄 테니 입원수속부터 해."

선우경식은 알았다고 고개를 끄덕이며 대기실에 계신 어머니께로 갔다. 어머니는 걱정이 가득한 표정으로 그의 얼굴만 바라봤다. 그는 심호흡을 한 후 어머니 손을 잡았다.

"어머니, 이 일을 어쩌죠. 아버지가 간암이시랍니다…. 아들이 의사인데 아버지께 너무 무심했네요…. 죄송합니다."

차마 용서해달라는 말은 나오지 않았다. 아버지는 물론 어머니께도 죄송한 마음만 가득 차올랐다. 어머니는 고개를 떨구며 눈물을 흘리셨다.

"요사이 아버지께서 입맛이 없다고 하시길래 또 밥투정을 하신다며 타박을 한 게 후회가 되는구나. 나라도 좀 더 세심하게 신경 썼어야 했는데…."

"어머니, 일단 입원을 하라니 제가 가서 수속하고 오겠습니다."

그는 잡고 있던 어머니의 손을 놓고 일어섰다. 그런데 막상 가보
니 입원실이 없었다. 그는 대기자 명단에 아버지 이름을 올려놓고,
입원실이 마련되는 대로 연락해달라고 부탁했다. 그러나 한참을 기
다려도 입원실은 나오지 않았다. 하는 수 없이 부모님을 미아리 집
에 모셔다 드린 뒤 요셉의원으로 늦은 출근을 했다. 원장실로 들어
온 선우경식은 몸이 무겁고 머리는 멍한 느낌이었다. 80이면 아직
더 사실 수 있는 나이인데, 얼마 후 아버님이 돌아가실 것이라 생각
하니 가슴이 메어왔다. 그는 몸과 마음을 진정시키기 위해 펜을 들
어 자신의 심정을 써내려갔다.

왜 아버님께 친구처럼 대해 드리지 못했나? 얼마나 외로우셨을까?
또 평양에서 피란 내려와 2남 3녀의 다섯 자식들을 키우기 위해 얼마
나 힘드셨을까? 아버님과 주말에는 식사를 함께했으면 했는데 그것도
바쁘다는 핑계로 변변히 해드리지 못했다. 등산도 내가 같이 가드리지
않으니 요 근년에는 늘 혼자 가시곤 했는데 맘에 걸린다. 아버님 친구
들 모시고 식사도 대접해드리고 싶었는데 그것도 마음대로 안 될 것 같
다. 집에서 부모님과 기도를 함께했으면 싶었는데 한 번도 같이하지 못
했다. 언제가 아버님과 마지막 이별이 될 날인가도 생각해보았고, 무슨
병으로 돌아가실 것인가, 어느 병원 어느 영안실 아니면 집에 모실 것
인가도 생각했었는데, 오늘 아버님께서 간암 진단을 받으니 곧 돌아가
실 것 같은 예감이 들어 안타깝다.

— 1999년 11월 8일 일기에서

　　　　　　　　　　　　　　의사 선우경식

그가 병원에서 몇 가지 서류를 살펴본 후 일찍 퇴근해서 집으로 가려고 일어서던 참에 전화벨이 울렸다. 뜻밖에도 어머니였다.

"저녁이 되니까 아버지가 낮에 보다 통증이 심해진다고 하시는데, 아무래도 통증약을 갖고 와야 할 것 같다."

축 처져 있던 선우경식은 어머니의 말에 몸을 벌떡 일으켰다.

"예, 어머니. 지금 챙겨서 바로 갖고 가겠습니다."

그리고 1층 약국에 들러 몇 가지 통증약을 챙긴 후 병원을 나섰다. 집에 도착한 그는 하트 문양과 함께 'I Love Uncle'이라고 쓰인 자신의 컵에 찬물과 더운물을 섞어 마시기 좋게 하고선 약과 함께 아버지께 건네 드렸다. 아버지는 항상 유리컵으로 물을 마셨지만, 선우경식은 머지않아 떠나실 아버지에게 사랑의 표시로 하트 문양이 있는 자신의 컵에 물을 담아 드린 것이다. 그게 지금 자신이 할 수 있는 일의 전부라도 되는 듯. 그때부터 그는 아버지 곁에서 통증의 상태를 지켜봤다. 그러나 아버지는 계속 통증을 호소하셔서 다시 한번 통증약을 드려야 했다. 애를 쓰던 얼마 후 아버지는 잠이 드셨다.

물끄러미 잠든 아버지를 내려다보던 선우경식은 불현듯 놀랐다. 아버지가 중학생 정도의 몸피를 가진 소년처럼 작아 보였기 때문이다. 지금까지 곁에 있었으면서 뭘 했던가 싶은 자책이 깊은 한숨으로 몰려왔다. 아냐, 내가 이러고 있을 때가 아니지.

그는 미국에 있는 누나와 동생들에게 전화를 걸었다. 아버지가 간암 말기라고 느닷없이 알리는 일은 쉽지 않았다. 그러나 떨리는 목소리를 가다듬어 차분히 설명하는 것 외엔 다른 도리가 없었다. 가능하면 며칠 내에 한국으로 나오는 게 좋겠다고 당부했다. 청천벽력의 소식에 누님도 울고 남동생과 여동생들 모두 울먹이며 준비가 되는 대로 나오겠다 했다. 전화를 마친 그는 아버지가 계속 잘 주무시는지 1시간마다 부모님 방문 앞에서 귀를 쫑긋했고, 아버지는 조용히 잘 주무시는 것 같았다.

다음 날 아침, 서둘러 강남성모병원에 입원 가능 여부를 물었다. 오전에는 여전히 입원실이 없겠으나 오후 2시쯤이면 1인실이 준비될 것 같다는 답변이 전화기 너머에서 들려왔다. 상황은 그가 해결할 수 있는 선을 이미 넘어서 있었다. 예감이 좋지 않았다. 아버지의 마지막 식사가 될 것 같으니 평소 가깝게 지내던 몇 분과 점심을 함께하실 수 있게 준비해달라고 어머니께 부탁드렸다. 아들의 설명을 들은 어머니는 상황의 위중함을 금방 알아차리고 그의 손을 꼭 잡아주었다. 부엌으로 들어가는 어머니의 작은 등을 지켜본 그는 아버지 친구분들에게 연락을 드렸다.

점심상에는 수저가 여섯 벌 놓였고 아버지 어머니는 나란히, 그는 좀 떨어져 앉았다. 선우경식은 도저히 밥을 먹을 수가 없었다. 억지로 한 숟가락 떠 넣어봤지만 목에서 넘어가질 않았다. 머릿속에는 자식이 의사인데 아버지가 이 지경이 되도록 무심했다는 자책뿐이었다. 그러나 자책의 시간조차 여의찮았다. 12월이 다가오면서 요셉의원에는 한 해를 마무리하는 행사들이 많아 아버지 병실에만 있을 수 없었던 것이다. 그는 이때부터 요셉의원과 아버지의 입원실을 오가며 분주히 한 해를 마무리했다.

2000년 1월 1일. 세상은 처음 맞는 새천년이 시작되었다고 들떠 있었다. 이른바 밀레니엄millennium이라는 새로운 천 년의 첫날이었다.

의사 선우경식

한쪽에선 1000 단위를 읽지 못하는 컴퓨터의 오류로 종말이 올지도 모른다는 불안을 제기하기도 했다.

하지만 선우경식의 귀에는 그런 소란이 들리지 않았다. 그는 기운을 잃어가면서 의식이 흐릿해지는 아버지 곁을 지킬 뿐이었다. 새천년이 시작되었다는 걸 아버지는 아셨을까. 결국 아버지는 1월 14일 가족들이 지켜보는 가운데 조용히 눈을 감으셨다.

내 아버지, 선우영원.

나는 그를 얼마나 알고 있었을까. 나는 당신에게 어떤 자식이었을까. 남들처럼 결혼해 일가를 이루는 모습을 보여드리지도 못했고 그에 대한 미안함을 가져본 적이나 있었던가. 그럼에도 그는 단 한 번 어떤 바람도 나무람도 내게 비치는 법이 없었다. 하는 일이 바쁘다고 하숙생처럼 오가며 나는 그가 그 자리에 당산나무처럼 언제까지고 서 계실 줄 알았던 걸까. 어려움에 부닥칠 때마다 처진 어깨를 다독여 용기를 주셨고, 언젠가 이루어지길 바라 모아두었던 결혼자금까지 아낌없이 내어주신 아버지였다.

돌이켜보니 아버지에게 늘 받기만 했다. 여행은 고사하고 등산이라도 함께 좀 더 자주 갔더라면 지금의 자신에게 위로가 되었을까. 두 분을 한 자리에 모시고 변변한 외식 한 번 못 시켜드린 것도 아쉬웠다. 해외로 나간 형제들의 빈자리까지 채우진 못하더라도 조금 더 곁을 지켜드렸어야 했다. 다 차치하고, 한집에 살면서 위중한 병환을 눈치조차 채지 못한 나는 아들 이전에 부끄러운 의사였다. 이제 와 마음에 있었다 한들 무슨 해명이 될까.

선우경식의 회한은 그만큼 깊었다. 그는 아버지의 주검 앞에서 자신의 무심함을 통탄하며 고개를 숙였다. 다음 날부터 많은 이들의 조문 행렬이 이어졌다. 오랫동안 염색공장을 경영하신 아버지가 살아생전 이웃의 가난한 노동자들을 음으로 양으로 도와주셨다는 이야기를, 아버지의 친구들을 통해 들을 수 있었다. 그 이야기를 듣자 선우경식의 가슴이 아려왔다. 자신이 오늘의 삶을 살게 된 데는 주님이 주신 사명뿐 아니라 아버지의 내면도 있었음을 깨달았기 때문이다. 선우경식은 다시 한번 아버지의 부재를 슬퍼했다.

그렇게 며칠간의 장례식이 끝났다. 부의금으로 들어온 3000만 원은 요셉의원에서 추모 미사를 드릴 때 가난한 이들의 진료를 위해 봉헌했다. 선우경식은 그 또한 아버지의 뜻이라 여겼다.

노래의 날개 위에

22

IMF 사태로 인해 온 나라가 흔들렸다. 비교적 탄탄한 대기업들조차 서둘러 긴축정책과 구조조정에 들어갔고 부실한 중소기업들의 도산이 이어졌다. 거리에 내몰리는 실업자가 급증해 가정이 붕괴되거나 자살자도 속출했다. 뒤숭숭한 정국에서 요셉의원은 개원 13주년을 맞았다.

요셉의원 역시 IMF의 파고를 힘들게 넘기면서 여전히 하루에 120~150명의 환자들을 진료했다. 그러나 봉사자들의 헌신에도 불구하고 진료 시 필요한 약품비, 의료소모품비, 인건비 등에 들어가는 한 달 예산은 4800만 원에 육박했다. 재정이 적자를 벗어나지 못하자 오덕주 후원회장이 선우경식을 찾아왔다.

"원장님, 저희 이사회가 지난달 후원 수입을 살펴보니 아직도 정기후원자보다는 비정기후원자의 비중이 높습니다. 원장님께서도 정기후원자가 3000명이 되면 좋겠다는 말씀을 여러 번 하셨고, 저나 이사진의 생각도 마찬가지입니다. 그래서 이사진과 논의 끝에 제가 아는 유명 성악가들에게 부탁해 자선음악회를 열어보자는 쪽으로 의견을 모았는데, 원장님 생각은 어떠신지요?"

"오 회장님, 병원 형편이 어려우니 궁극적으로는 정기후원자 수가 늘어나는 게 맞다고 생각합니다. 그런데 설사 봉사의 개념으로 참가해주신다 해도 유명하신 성악가들께서 음악회를 하려면 장소도 명성에 걸맞은 곳으로 정해야 하지 않을까요? 그러면 모금한 돈이 대관료로 다 들어갈 텐데요…."

"맞는 말씀입니다. 그래서 공연 장소를 명동성당으로 하면 좋을 것 같은데 어떻게 생각하시는지요?"

"아, 그런 방법이 있군요. 괜찮은 생각입니다. 다만 그렇게 되면 명동성당에서 미사를 드리는 제단에 올라가 노래를 불러야 할 텐데, 성당 측에서 성가가 아닌 일반 노래 부르는 걸 허락할지 모르겠네요. 그걸 한번 알아봐야 할 것 같습니다."

"원장님, 다행히 지금 명동성당 주임신부로 계시는 백남용 신부님께서는 교회음악을 전공하셔서 음악에 대한 이해가 높고, 유학 후 돌아와 가톨릭합창단 지휘자도 하신 분입니다. 그리고 요셉의원은 서울가톨릭사회복지회 부설기관인 데다 가난한 이들을 위한 병원이니 원장님께서 부탁하시면 명동성당에서 자선음악회를 열 수 있도록 도와주시리라 생각됩니다."

"백남용 신부님이 그런 분이셨군요. 잘 알겠습니다. 그러면 제가

의사 선우경식

조만간 명동성당에 가서 백 신부님을 만나 뵙겠습니다."

이때부터 선우경식과 이사진은 개원 13년 만에 처음으로 갖는 공식 후원행사의 성공을 위해 동분서주했다. 이들의 적극적인 노력에 가톨릭 언론뿐 아니라 일반 언론에서도 관심을 갖고 비중 있게 보도했다.

〈조선일보〉에는 다음과 같은 기사가 올라왔다. "27일 오후 7시 30분 명동성당에서는 요셉의원을 위한 자선음악회 '노래의 날개 위에'가 열린다. 후원회가 올 초부터 준비를 도맡았다. 후원회원인 피아니스트 신수정(경원대 음대학장) 씨가 국내 정상급 음악가 6명을 섭외했다. 소프라노 송광선, 메조소프라노 김청자, 테너 강무림, 바이올리니스트 송재광, 첼리스트 양성원, 피아니스트 서계령 씨 등이 흔쾌히 무료 출연키로 했다. 2500장의 유료 입장권은 벌써 동났고 2500장의 무료 초대권은 병원을 거쳐 간 자원봉사자들과 후원회원, 도움을 받았던 병원 관계자들에게 전해졌다."

〈가톨릭신문〉은 "지난 1987년 신림동에서 개원한 요셉의원은 그동안 23만 명의 가난하고 의지할 데 없는 환자들의 무료진료와 자립을 도와왔다. 12명의 직원과 총 450여 명의 봉사자들이 나눔의 정신 하나로 요셉의원을 찾는 하루 150여 명의 무의탁 행려환자, 노숙자, 영세자, 외국인 근로자들을 돌보고 있으며 이들의 의식주와 자활을 위해 총체적인 진료를 실시하고 있기도 하다. 알코올의존증 환자 재활센터 목동의 집 운영과 1997년 영등포로 병원을 이전한 이후 환자 수는 계속 늘어가지만 IMF 이후 후원금은 점점 줄어 정부나 교회지원 없이 후원금만으로 운영예산을 충당하고 있는 요셉의원의

왼쪽 사진의 맨 왼쪽이 명동성당 입구에 서 있는 선우경식 원장. 오른쪽 사진에서 소프라노 송광선 교수, 메조소프라노 김청자 교수가 관객들을 향해 인사하고 있다.

살림은 어렵기만 하다"라고 보도하며 "비정기적인 후원금에 의존하고 있는 요셉의원의 운영에 뜻있는 많은 이들의 동참이 절실히 필요한 실정"임을 알렸다.

가능하지 않을 것 같은 일도 때로는 노력에 따라 현실이 된다. 그동안 요셉의원이 걸어왔던 길이 그걸 증명하고, 이는 오늘도 다르지 않다.

4월 27일 오후 6시경, 명동성당으로 향하는 언덕길에는 사람들의 발길이 이어졌다. 요셉의원 후원을 위한 자선음악회 '노래의 날개 위에'를 보러 온 이들이었다. 후원회에서 너나없이 나선 덕에 유료입장권 2500장은 조기에 매진되는 성과를 올렸다. 그러나 아무리 모금이 목적이라 해도 이대로 받기만 할 수는 없었다. 고민 끝에 선우경식은 유료입장권과 똑같은 양의 무료초대권 2500장을 따로 만들었다.

무료초대권은 지난 13년 동안 병원을 거쳐 간 자원봉사자들과 후원회원, 도움을 받았던 병원 관계자들 몫이었다. 선우경식을 비롯한 후원회 이사들 그리고 봉사자들은 오후 6시부터 성당 입구에서 낯

의사 선우경식

익은 얼굴들과 반가운 인사를 나눴다. 무료초대권이 아니었다면 이 순간은 없었을 것이다. 맞잡은 손에서, 포옹과 함박웃음에서 감사의 마음이 서로에게 고스란히 전달되었다.

그러나 반가움도 잠시, 선우경식은 시작 30분 전에야 명동성당 안이 발 디딜 틈 없이 꽉 찼다는 걸 알았다. 1200명이 앉을 수 있는 곳에 5000여 명을 예약한 셈이었음을 뒤늦게 깨달은 것이다. 입구에서 계속 올라오는 인파를 바라보며 한숨이 절로 나왔다. 사태를 파악한 명동성당 백남용 주임신부는 앞마당에 옥외 스피커를 설치하자는 아이디어를 냈다. 그제야 선우경식은 가슴을 쓸어내렸다. 앞마당엔 성당에 들어가지 못한 이들과 명동거리를 지나가던 일반인들이 한가득 자리했다.

저녁 7시, 명동성당 제대 앞으로 강우일 주교가 나와 음악회 시작을 알리는 예식을 진행했다. 시작 예식이 끝나자 선우경식은 마이크 앞으로 나와 숨을 들이켰다. 그는 먼저 이 음악회를 위해 성당 사용을 허락해준 백남용 신부와 서울대교구 측에 고마움을 전했다. 이어 서울가톨릭사회복지회와 준비 과정을 도맡아 추진한 오덕주 후원회장에게, 다음으로 자선음악회의 취지에 공감하면서 흔쾌히 출연을 결정한 신수정 교수, 신봉애 교수를 비롯한 음악회 참가자들 그리고 음악회에 찾아와준 모든 이들에게 감사의 인사를 전하고 나니 그간의 회한이 밀려왔다.

"그동안 저희 요셉의원에서는 '왼손이 하는 일을 오른손이 모르게 하라'는 성경 말씀을 지키려고 노력해왔습니다. 그러나 IMF 이후 운영이 힘들어지다 보니 이렇게 도움을 요청하는 자리를 준비하게 되어 송구한 마음입니다. 그러나 이번 음악회는 기금 마련뿐 아니라 꾸준히 관심과 사랑으로 요셉의원을 보살펴준 은인들에 대한 감사의 자리이기도 합니다. 요셉의원이 나눔의 장으로 성장해오기까지 사랑으로 보탬을 주신 모든 분들께 감사드리며, 앞으로도 많은 분들이 저희 요셉의원뿐 아니라 가난한 이웃들과 함께해주시면 좋겠습니다. 다시 한번 깊은 감사를 드립니다."

선우경식은 목이 메어 서둘러 인사말을 마쳤다.

함께한 청중들은 그를 향해 뜨거운 박수를 보냈다. 그가 제대 옆으로 내려가자 소프라노 송광선 교수가 〈성모송〉〈하느님의 어린양〉을, 이어 메조 소프라노 김청자 교수가 〈주님은 나의 목자〉를 불렀다. 송재광 교수의 바이올린과 신수정 교수의 피아노 연주로 세자르 프랑크César Franck의 〈바이올린과 피아노를 위한 소나타 A장조Sonata for Violin and Piano in A Major〉가 연주되었고, 테너 강무림 교수가 〈주님의 기도〉를 부르자 참석자들은 힘찬 박수로 화답했다. 이어서 요셉의원의 오덕주 후원회장이 제대 앞으로 나와 감사 인사를 했고, 명동성당 주임인 백남용 신부의 마침기도로 요셉의원 후원 음악회는 성황리에 마무리되었다.

선우경식과 후원회 이사들은 명동성당 문 앞으로 나와 참석자들을 배웅했다. 다시 한번 마음 깊은 고마움을 전했고, 참석자들은 내년에도 또 하라며 요셉의원을 응원했다. 사위가 조용해지자 오덕주 회장이 선우경식에게 다가왔다.

"원장님, 이번 음악회를 통해 정기후원회원을 많이 모았고 성금도 적잖이 들어왔네요. 향후 몇 달 동안 적자 걱정은 하지 않아도 될 것 같습니다."

"이게 모두 후원회장님과 후원회 이사님들 덕분입니다. 다시 한번 감사드립니다."

그는 일행들과 함께 명동성당 언덕을 내려가다 잠시 걸음을 멈추고 명동성당 첨탑 위의 십자가를 바라보았다.

"주님, 아직은 미약하고 갈 길이 멀기에 저 혼자서는 갈 수 없습니다. 그러나 저는 나자렛 예수님처럼 가난하고 병들고 소외된 이웃을 사랑하고 싶습니다. 고통받는 이웃, 절망하는 이웃, 또한 하루하루 무력감과 막막함에 좌절하는 약자의 편에 서서 그들의 아픔을 치료하고 그들의 존엄을 지켜주는 길을 향해 쉼 없이 가고 싶습니다. 물론 턱없이 부족합니다. 그러나 주님께서 오늘처럼 이 길에 함께해주시리라 믿어 의심치 않습니다. 앞으로도 주님의 이끄심으로 용기 낼 수 있기를 간절히 기도드립니다."

달빛이 명동성당 언덕을 환히 비추는 2000년 4월 27일이었다.

무의탁환자를 위한 '성모자헌의 집'

요셉의원 환자 중에는 치료받은 후 오갈 곳이 없거나 가족이나 보호자가 없어 홀로 질병과 싸워야 하는 사람이 허다했다. 이런 환자는 요셉의원을 돕고 있는 큰 병원에 도움을 요청해 입원시켜주곤 했지만, 때로는 당일로 처리되지 않고 며칠씩 기다리는 경우도 많았다. 그는 몸이 성하지 않은 환자를 대책 없이 돌려보낼 수 없어 인근 여관에서 하루 이틀 묵게 해보았지만, 고민은 또 있었다. 밤낮 가리지 않고 고통을 호소하는 환자 옆에 간병인이 없는 것이 무엇보다 큰 문제였다. 그는 할 수 없이 직원이나 봉사자 중 희망자를 찾아 각자 집으로 데려가는 방법도 써보았다. 그러나 환자 대부분이 행려자, 노숙자들이라 자꾸 부탁할 일은 못 되었다.

그의 고심은 깊었다. 어느 정도 치료를 마칠 때까지만이라도 이런 환자들을 보호해줄 방법을 찾아야 했다. 여러 논의 끝에 2000년 10월, 영등포시장 부근의 단독주택을 임대할 수 있었다. 자선음악회 '노래의 날개 위에' 이후 정기후원자가 1000명을 넘어섰고, 비정기후원금도 계속 들어왔기에 가능한 일이었다. 그 집은 50평 크기에 방이 여섯 개가 있어, 딱한 처지에 있는 사람 열다섯 명의 임시 숙소이자 쉼터로 활용하기에 안성맞춤이었다. 알코올 환자 치료 쉼터인 '목동의 집'에 이어 요셉의원이 마련한 두 번째 쉼터였다.

2000년 10월 21일 개원한
두 번째 쉼터 '성모자헌의 집'.

어렵사리 쉼터는 마련했지만 여기서도 간병이 문제였다. 처음에는 환자들을 위해 성당의 봉사자들이 간병을 했지만, 야근까지는 할 수 없었다. 선우경식은 임시방편으로 요셉의원으로 현장체험을 하러 온 신학생 중 희망자를 찾아 머물게 하면서 간병 인력을 채워나갔다.

선우경식은 환자들이 이곳에서 육체적 안정을 되찾은 후에는 정신적 안정과 자활 능력까지 키워나가기를 바랐다. 그뿐 아니라 사회사업과 복지사들을 통해 환자들이 국민기초생활보장법에 따르는 혜택을 받을 수 있도록 주선했다. 장애인의 경우에는 장애인으로 정식 등록되어 국가에서 제공하는 보호조치를 받을 수 있도록 연계했다.

4부

착한 이웃이
되기 위하여

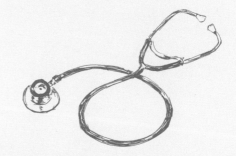

임종을 앞둔 환자에 대한 예의

23

지구온난화 탓인지 해가 거듭될수록 여름이 빨라지고 있다는 소식이 곳곳에서 들려왔다. 아직은 봄의 끝자락이자 여름 초입인 5월인데 삼복더위 같은 날씨가 이어졌다.

2001년 5월 중순, 이른 더위에도 늘 그래왔듯 선우경식은 진료실을 찾아온 환자와 함께하고 있었다. 익숙한 손놀림으로 얼굴에 황달기가 있는 60세 노숙인 환자 서○민 씨의 불룩한 배를 짚자 간이 크게 만져졌다. 아버지를 촉진했을 때 느껴졌던 서늘함이 그를 에워쌌다. 서둘러 여의도성모병원에 연락해 정밀 검사를 부탁한 후에야 선우경식은 그의 나이와 현재 거주환경에 대해 물을 수 있었다.

"어디 사세요?"

"영등포역 부근에서 노숙합니다."

"가족은 있으세요?"

"어머니와 헤어진 후 50년 동안 소식을 모릅니다…."

이야기를 들어보니 서 씨는 대구 사람이었다. 일찍이 아버지가 세상을 떠난 후 어머니와도 헤어지는 바람에 보육원에서 자랐다고 했다. 초등학교를 마친 그는 대구 서문시장에서 막노동을 하며 하루 벌어 하루 사는 생활을 이어오다, 서울이 대구보다 벌이가 좋다는 말을 듣고 무작정 상경했다. 영등포역에 내렸지만 할 줄 아는 건 막노동뿐이라 결국 시장에서 막노동을 하다가 교통사고를 당했다. 그때부터 제대로 일을 할 수 없어 영등포역 부근에서 노숙을 한 지 5년이 넘었다고 했다.

여느 노숙자와 다를 바 없는 딱한 사정이었다. 서 씨의 이야기를 들은 선우경식은 다 안다는 듯 물었다.

"술을 많이 드시겠네요."

"많이는 아닙니다. 그저 저녁에 잠 좀 푹 자려고 소주 한 병 정도 마시죠. 그동안 가끔 여기 와서 밥도 얻어먹고 옷도 얻어 입은 덕분에 겨울에 얼어 죽지 않을 수 있었습니다…."

세상에 거리의 삶이 좋아 그 길을 가는 이가 단 한 명이라도 있을까. 고맙다 인사치레하는 그가 안쓰러웠다.

선우경식은 요셉의원에서 봉사활동 중인 신학생을 불러, 여의도 성모병원으로 그를 데리고 가서 검사받는 걸 도와주도록 했다. 진료가 끝나는 대로 요셉의원에서 세운 환자 쉼터인 성모자헌의 집으로 가달라고도 부탁했다.

다음 날 오전 검사 결과지가 나왔다. 이미 간암이 많이 진행되어 황달에 복수 증상, 위출혈에 빈혈까지 진행되어 요셉의원에서 감당할 수 있는 단계가 아니었다. 선우경식은 깊은 한숨을 내쉬었지만, 낙담할 새도 없이 전화를 여기저기 돌려 그를 받아줄 병원을 찾는 게 우선이었다. 다행히 은평구에 있는 도티기념병원에서 나서주었다.

도티기념병원은 "세상에서 가장 가난한 이들을 위해 살겠다"라며 1957년 한국에 온 미국인 사제인 알로이시오 슈월츠Aloysius Schwartz(한국 이름 소재건, 1930~1992) 신부(훗날 몬시뇰로 임명)가 미국 후원자들의 도움으로 세운 자선병원이었다. 부산에서 고아원 사업을 했던 알로이시오 신부는 이태석 신부가 어린 시절 부산 송도성당에 다닐 때 주임신부로 세례를 줬고, 훗날 이 신부가 "세상에서 가장 낮은 곳"이라며 남수단 톤즈로 가겠다고 결심하는 데 많은 영향을 끼쳤다.

선우경식도 강원도 정선의 성프란치스코의원으로 진료봉사를 떠날 무렵 알로이시오 신부가 서울로 올라와 자선병원을 세운다는 소식에 관심을 가졌다. 그러나 그때는 도티기념병원이 완공되기 전이었고, 그 후에는 서울시와의 협약으로 시립아동보호소의 환자들만을 치료하는 병원으로 출발해 함께하지는 못했다. 하지만 꾸준히 관심을 갖고 협력을 주고받는 관계가 되었기에 서 씨의 입원이 가능해진 것이다. 다만 그에겐 연락이 두절되어 소식을 모르는 어머니 외에는 가족이 없어 간병이 문제였는데, 다행히 요셉의원에 봉사활동을 나오는 예비신학생이 간병을 하겠다고 자원해 그를 간병인으로 따라 보냈다.

예비신학생은 24시간 서 씨의 곁을 지키면서 피도 닦아주고 기저귀도 갈아주며 정성을 다해 보살폈다. 그 사이에 요셉의원에서는 영등포경찰서에 서 씨의 사정을 설명하며, 그가 세상을 떠나기 전에 어머니를 만날 수 있게 해달라고 도움을 요청했다. 그러나 서 씨의 상태는 빠르게 악화되었고, 도티기념병원에서는 긴급 수혈과 응급조치에도 그의 생명이 위태로워지자 응급의학과 전문의가 상주하고 있는 서울동부 시립병원으로 재이송을 할 수밖에 없었다. 서 씨는 그곳 의료진들의 헌신적인 치료에도 상태가 호전되지 않았고, 주치의는 서 씨의 간암이 너무 진행되어 1개월 이상 생존하기 힘들다고 선우경식에게 알려주었다.

선우경식은 성모자헌의 집에서 임종을 맞기에는 서 씨의 상태가 너무 안 좋다고 판단해 호스피스 봉사를 받을 수 있는 성가복지병원에 연락했다. 성가복지병원은 정부의 보조 없이 가톨릭 수녀회인 성가소비녀회 수녀들의 지원과 후원자, 자원봉사자 들의 도움으로 가난과 질병으로 고통당하는 무의무탁한 이들을 치료하고 간호하는 자선병원으로, 요셉의원과 협력 관계이자 '최후의 보루' 역할을 하고 있었다.

성가복지병원으로 이송된 서 씨는 의료진 및 호스피스 담당 수녀들의 정성 어린 보살핌으로 병세가 약간 호전되어 가벼운 운동을 할 정도가 되었다는 소식이 전해졌다. 그러나 선우경식은 그의 임종이 얼마 남지 않았음을 알고 있었고, 인생의 마지막 순간에 그의 마음 속 응어리를 풀어주고 싶다는 생각이 들었다. 그는 영등포경찰서를 찾아가 서 씨의 상황을 설명하고 어머니의 생사 여부 확인을 다시 한번 부탁했다.

의사 선우경식

그 사이 서 씨는 수녀님들의 사랑에 감동해 세례를 받고 생의 마지막을 준비하고 있었다. 그 소식을 들은 선우경식이 성가복지병원으로 가서 그를 만났다. 환자를 병원으로 보내는 일은 의료적 절차일 수 있지만, 병문안은 인간적인 사랑이라는 게 평소 선우경식의 생각이었다. 무료진료를 하는 자선병원이기에 환자들의 자존심이 다치지 않도록 더욱 정성을 다해야 하고, 특히 임종을 앞둔 환자에게 따뜻한 인사를 건네는 것이 의사로서 할 수 있는 마지막 책무라 생각하며 그는 서 씨의 손을 잡았다.

"서○민 선생님, 좀 어떠세요? 저희가 좀 빨리 만났더라면 더 잘 치료해드렸을 텐데, 죄송합니다."

"아닙니다, 원장님. 제 인생에서 이렇게 따뜻한 보살핌을 받아본 건 처음입니다. 저 같은 사람이 뭐라고…. 이 은혜를 어떻게 갚아야 할지 모르겠습니다. 그래서 저도 이 세상에 무언가 보답하고 싶다는 생각에 수녀님들께 한 가지 부탁을 드렸습니다. 제가 세상을 떠나면 제 시신이라도 꼭 필요한 데 쓰이게 해달라고요. 그랬더니 수녀님들께서 대학병원에 시신을 기증하는 방법이 있다고 하셔서 그렇게 해달라고 말씀드렸습니다."

"힘든 결정을 하셨습니다. 저희 의료진들에게 도움을 주신다니 고맙습니다. 그리고 저희가 영등포경찰서에 50년 전에 헤어진 어머님이 살아계시다면 만날 수 있도록 알아봐달라는 부탁도 해놨습니다."

"고맙습니다. 어머니가 살아계시면 80세이십니다. 제가 세상을 떠나기 전에 만날 수 있다면 좋겠지만 만약 그럴 수 없다면 부탁드리고 싶은 게 하나 있습니다."

"예, 말씀하세요."

"예전에 일을 할 때 제가 안 쓰고 안 먹고 모아둔 돈이 있습니다. 그게 300만 원쯤 되는데, 바지 허리춤에 주머니를 만들어 늘 갖고 다닌 제 인생의 마지막 비상금입니다. 그 바지를 수녀님들께 맡겨놨으니, 제가 어머니를 만나지 못하고 떠나더라도 어머니가 살아계시다면 그 돈을 제 대신 전해주시면 고맙겠습니다⋯."

서 씨는 더 이상 말을 잇지 못하고 흐느꼈다.

"예, 걱정하지 마세요. 이제부터 모든 걱정은 저와 여기 수녀님들에게 맡기시고 마음을 편하게 가지세요."

서 씨는 선우경식의 손을 잡으며 고맙다는 말을 몇 번이나 되뇌었고, 옆에 있던 수녀들도 눈물을 훔쳤다. 그리고 며칠 후 서○민 씨는 숨을 거두었다. 그는 결국 어머니를 만나지 못했지만, 얼마 후 어머니의 생존과 주소지가 확인되었다. 요셉의원 봉사자와 성가소비녀회 수녀들은 서 씨의 당부대로 그가 남긴 전 재산 300만 원을 그의 어머니에게 전달했다. 선우경식은 그렇게 환자의 마지막을 배웅했고, 서○민 씨는 생의 마지막 효도를 했다.

'자랑스러운 가톨릭의대인'

24

혼신의 힘을 다한다고 했지만 때로 죽음으로 이어지는 환자와의 인연은 거듭 겪어도 익숙해지지 않는 일이었다. 그만큼 돌본 사람의 회한도 깊었다.

스산한 바람이 몸과 마음을 움츠리게 하는 2001년 11월 초, 선우경식은 가톨릭대학교 의과대학 동창회가 처음 제정한 '2001년도 올해의 자랑스러운 가톨릭의대인'상 봉사 부문 수상자로 선정되었다는 소식을 들었다. 웬만한 사람이라면 다시 힘을 얻어 또 한 발 내디딜 지지대로 여길 반가운 소식이었다. 그러나 이 뜻밖의 소식은, 사용처와 목적이 분명한 기부금을 받는 것조차 죄스러워하는 선우경식을 당연히 불편하게 만들었다. 그는 동창회장을 맡고 있는 선배에게 지체 없이 연락해 손사래를 쳤다.

"선배님, 제가 주제넘게 이 상을 받을 수는 없습니다. 무엇보다도 부끄러움이 앞섭니다. 그동안 동창회에 나가면, 동창들은 동창회비도 받지 않고 오히려 저를 돕기 위해 돈을 모아 주곤 했습니다. 요셉의원에서 치료할 수 없는 환자가 오면 저는 그저 사람을 살려야 한다는 생각에 염치불고하고 가까운 동창들이 운영하는 병원에 죽어가는 환자를 떠맡겼습니다. 뿐만 아니라 의료장비에 의약품까지 얻어 왔고요. 이것만으로도 부끄럽고 체면이 말이 아닌데, 제가 무슨 얼굴로 '자랑스러운 가톨릭의대인'상을 받겠습니까. 저는 도저히 받을 수 없으니, 다른 동문들 중에서 찾아 다시 결정해주세요. 부탁드립니다."

선우경식의 하소연을 다 듣고 난 선배가 느긋하면서도 단호하게 말을 이었다.

"선우 원장, 우리 가톨릭대 의대 동문 중에서 선우 원장 사정을 모르는 사람이 누가 있겠습니까. 그런 사정을 알고 있기에, 지금까지 15년에 가까운 세월 동안 가난한 환자들을 위해 헌신한 선우 원장이야말로 이 상을 받을 자격이 충분하다고 판단한 겁니다. 그리고 이 상에는 봉사상과 학술상이 있는데, 선우 원장은 봉사상을 받게 됩니다. 많지는 않지만 500만 원의 상금도 있으니 더 이상 사양하지 말아주세요."

상금 500만 원을 요셉의원 운영비에 보태기 위해서였을까, 아니면 이 기회를 통해 요셉의원을 더 많은 동문들에게 알리기 위해서였을까? 선우경식은 망설이다 결국 수상을 수락했다. 개인의 영달을 생각하면 거절해야 마땅했지만, 선배의 말처럼 이 상은 불우한 환자

의사 선우경식

들을 위해 앞으로 더 노력하라는 격려이기도 했기 때문이다.

2001년 11월 24일 오후 6시 30분, 가톨릭대학교 의과대학 동창회는 서울 그랜드하얏트호텔에서 제42차 정기총회를 개최했다. '자랑스러운 가톨릭의대인' 수상자 발표순서가 되자 사회자는 봉사상 수상자로 제10회 졸업생 선우경식 요셉의원 원장을 선정했다고 발표했다.

"선우경식 동문은 가톨릭대학교 의과대학을 졸업한 뒤 뉴욕의 킹스브룩 유대인 메디컬 센터에서 전문의(레지던트) 과정을 마치고 같은 병원에서 일반내과의사로 근무하다 귀국했습니다. 귀국 후 그는 안정된 의사로 사는 삶 대신 가난하고 소외된 이들과 함께하는 길을 택했습니다. 선우경식 동문은 서울의 한 종합병원에서 근무하며 강원도 정선의 성프란치스코의원과 달동네였던 신림동에서 의료봉사를 하다가, 1987년 신림사거리에 자선병원인 요셉의원을 설립하고 노숙인과 행려자, 쪽방촌 주민을 무료로 진료했습니다. 그리고 10년 후인 1997년에는 영등포역 옆 쪽방촌 부근으로 병원을 옮겨 지금까지 가난한 환자들을 헌신적으로 돌보는 봉사의 삶을 살아가고 있기에 '제1회 자랑스러운 가톨릭의대인' 봉사상 수상자로 선정했습니다."

선우경식은 자신에 대한 이력을 남 일인 듯 들었다. 거의 사실에 준한 내용이었음에도 '자랑스러운'이란 형용사는 거슬렸다. 거슬리는 만큼 회환과 아쉬움이 없지 않았다. 그간 제대로 치료하지 못한 환자들의 얼굴도 스쳐 지나갔다. 그중엔 아버지 선우영원의 얼굴도 있었다. 좀 더 부지런하고 세심하고 낮은 자세여야 했다는 자책도

'자랑스러운 가톨릭의대인'상의 수상소감을 발표하는 선우경식.

들었다. 그러나 계속 이 길을 가야 할 이유도 바로 그 아쉬움에 있다는 걸 그는 잘 알고 있었다.

사회자의 선정 이유 발표가 끝나자 선우경식은 단상으로 올라왔다. 그는 먼저 허리를 숙여 인사를 한 후, 부끄럽다는 말로 시작했다. 그리고 힘들 때 무조건 찾아가 도움을 청하고 매달릴 때 뿌리치지 않고 도와준 선배님과 동기, 후배 들에게 마음으로부터의 감사 인사를 드린다는 대목에서 목이 메는 듯 잠시 말을 멈추기도 했다. 그는 마지막으로 바쁜 시간을 쪼개어 요셉의원에서 봉사활동을 해주고 있는 많은 동문들 덕분에 오늘까지 올 수 있었다는 이야기로 수상소감을 마무리했다. 상패와 상금증서를 받은 그는 다시 한번 허리 숙여 인사한 후 단상에서 내려왔다. 부끄럽다는 그의 겸손은 참석자들로부터 많은 박수를 받았다. 의료장비와 의약품은 물론 퇴근 후에도

의사 선우경식

달려와 진료를 맡아준 동문들에게 공을 돌리며 그간의 활동을 고마워한 마음도 널리 호응받았음은 물론이다.

집으로 돌아오는 길, 선우경식은 차 안에서 밤하늘을 올려다보았다. 깜깜한 하늘에 별이 하나둘 돋아나고 있었다. 늘 생각해왔던 일인데 처음인 듯 깨달았다. 자신의 오늘엔 단 한 순간도 혼자 이루어낸 것이 없었음을 말이다. 엄두를 낼 수 없을 때에는 수많은 봉사자들이 곁에 있어주었고, 무릎이 꺾일 만큼 힘들 때에는 동문들이 달려와주었고, 외로울 때에도 주님은 늘 함께 계셔주었다. 다음 날, 그는 상금 500만 원을 요셉의원에 전액 기증했다.

개원 15주년과 동반자들

25

    42세의 나이에 요셉의원을 시작한 선우경식은 이제 57세가 되었다. 외모에 신경을 쓰거나 누군가의 살가운 내조가 있는 것도 아니니 그가 거울 속 자신을 볼 때라곤 세수 뒤 버릇처럼 잠시 비춰 보는 게 전부였다. 여느 날과 다를 것 없는 아침이었지만 오늘따라 그는 거울 앞에 오래 머물렀다. 어느덧 머리가 희끗희끗한 거울 속 중년의 사내가 자신을 멀뚱히 보고 있었다.

    오늘은 요셉의원 개원 15주년 기념 미사가 예정된 2002년 10월 26일이었다. 날마다 환자마다 최선을 다한 것 같았는데 지난 시간들이 한순간처럼 다가오는가 하면 오래전 기억처럼 아득하기도 했다. 옷매무새를 가다듬은 선우경식은 마당으로 나갔다. 청량한 가을 하늘이 드높았다. 신선한 바람이 희끗희끗한 머리카락을 간질이자 두 손을 모은 그가 북한산 봉우리를 바라보며 낮은 목소리로 아침 기도를 올렸다.

"주님, 요셉의원을 시작한 지 벌써 15년의 세월이 흘렀습니다. 당시를 되돌아보면 준비된 것 하나 없이 가난한 환자를 도와야 한다는 생각 하나로 시작한 일이었습니다. 사전에 치밀한 계획을 세운 것도 아니었고, 돈이 있어 시작한 일도 아니었기에 현실은 그만큼 녹록지 않았습니다. 환자는 몰려들고 필요한 의약품을 구비할 은행 잔고가 없어 막막할 때가 한두 번이 아니었습니다.

주님, 처음에는 '이 일을 내가 과연 해낼 수 있을까' 하는 의심과 갈등으로 괴로웠고, 신앙적으로도 인간적으로도 충분한 준비를 못한 채 일을 벌인 제 자신을 자책했습니다. 그러나 주님께서는 제가 어려울 때마다 일으켜 세우셨기에 15년이라는 세월을 버틸 수 있었습니다. 이런 주님의 크신 사랑 아래 많은 후원자들과 봉사자들이 달려와주었고 그분들의 헌신적인 봉사 덕분에 요셉의원은 문을 닫지 않고 여기까지 왔습니다. 주님을 믿고 그 힘으로 또 한 걸음씩 앞으로 나가고 싶습니다. 이 어려운 길에 주님께서 요셉의원과 늘 함께해주시기를 간절함을 담아 기도드립니다."

오후가 되자 요셉의원으로 향하는 골목에는 사람들로 북적였다. 1층 입구에는 롯데복지재단, 한국타이어복지재단, 명지성모병원, 다일천사병원, 영등포 진단방사선과의원, 한국가톨릭결핵연합회, 꽃동네 오웅진 신부, 마리아의 작은수녀회, 오덕주 요셉의원 후원회장 등 여러 복지재단과 수녀회, 개인들이 보낸 화환이 줄지어 놓이기 시작했다. 그 사이로 개원 15주년을 축하하고 기쁨과 감사를 나누기 위

구 분	요 일	시 간	비 고
일반내과	월~금요일	오후 1~5시	
	월~금요일	오후 7~9시	
호흡기내과	월요일	오후 7~9시	2, 4주
위장내과	금요일	오후 7~9시	2, 4주
소화기내과	수요일	오후 7~9시	1주
내분비내과	수요일	오후 7~9시	2, 4주
심장내과	수요일	오후 1~9시	1, 3, 5주
	수요일	오후 1~9시	2, 4주
일반외과	수요일	오후 2~5시	
정형외과	월, 수요일	오후 7~9시	
	금요일	오후 7~9시	2, 4주
흉부외과	화요일	오후 7~9시	2, 4주
성형외과			상담 후 결정
산부인과	월요일	오후 1~4, 7~9시	
	수요일	오후 7~9시	
신경정신과	화요일	오후 7~9시	
	목, 금요일	오후 7~9시	(금요일은 1, 3주)
신경외과	수요일	오후 7~9시	
신경내과	화요일	오후 7~9시	
이비인후과	월, 화요일	오후 7~9시	(화요일은 2, 4주)
	목요일	오후 7~9시	2, 4주
	금요일	오후 7~9시	1, 3, 5주
안 과	화요일	오후 7~9시	
	목요일	오후 7~9시	
	금요일	오후 7~9시	1, 3, 5주
피부과	월요일	오후 7~9시	1, 3, 5주
비뇨기과	목요일	오후 7~9시	
한방재활의학과	목요일	오후 7~9시	
위내시경	금요일	오후 7~9시	2, 4주
초음파	수요일	오후 7~9시	
물리치료	화, 금요일	오후 1~6시	
전자침	수요일	오후 1~5시	
치 과	월~금요일	오후 7~9시	예약 후 진료 가능
	화, 수, 목, 금요일	오후 2~4시	(방문당일 진료 불가)

이·미용 서비스

* 요일: 매주 화요일
* 시간: 오후 1시~4시
        오후 5시~8시
* 장소: 1층 사회사업과 앞

목욕서비스

* 요일: 매주 목요일
* 시간: 오후 2시~5시
* 장소: 1층 목욕실

당뇨교육

요 일	시 간	장 소
2, 4주 수요일	오후 7시~8시	제3진료실

알코올 프로그램

구 분	요 일	시 간	장 소
A.A. 낮모임	매주 화요일	오후 4:30~5:30	회의실(옥상)
A.A. 저녁모임 (Alcoholics Anonymous)	매주 금요일	오후 7:30~8:30	회의실(옥상)

개원 15주년 당시 요셉의원의 진료 및 봉사 시간표.

해 발걸음을 한 약 300여 명의 봉사자와 후원자들이 3층 경당은 물론 1층과 2층을 가득 메웠다. 3시가 되자 3층 경당에서는 당시 서울 가톨릭사회복지회 이사장인 염수정 주교(훗날 추기경)와 신부 일곱 명의 공동 집전으로 요셉의원 개원 15주년 기념 미사가 봉헌되었다. 염 주교는 강론을 통해 "그동안 요셉의원을 이끌어온 선우경식 원장과 개원 이래 끊임없는 사랑과 관심으로 함께하신 봉사자와 후원자 여러분이 힘을 모았기에, 요셉의원은 어려운 처지에 있는 사람들에게 인간다운 삶을 살도록 문턱 낮은 병원으로 가장 불우한 이웃들의 벗이 되어주고 있다"고 격려했다. 그리고 "내가 진실로 너희에게 말한다. 너희가 내 형제들인 이 가장 작은 이들 가운데 한 사람에게 해준 것이 바로 나에게 해준 것이다"(마태오 복음 25장 40절)라는 성경 구절을 인용하며 "사랑을 실천하는 자리에 요셉의원이 있고, 봉사자 여러분이 있습니다. 여러분이 사랑을 실천하는 자리에 허름하게 오시는 예수님께서 기다리고 계십니다. 사랑 자체이신 예수님과 일치할 수 있는 방법은 사랑의 실천이기 때문입니다"라고 봉사자들에게 다시 한번 감사와 당부의 메시지를 전했다.

선우경식은 이날 행사를, 누구보다 먼저 요셉의원 15년 걸음에 묵묵히 함께한 봉사자들에 대한 감사의 자리로 만들고 싶었다. 개원 때부터 15년 동안 무료로 사랑의 인술을 펼친 유태혁, 고영초, 김정식, 김평일, 박철제, 오수만 의료봉사자와 초음파검사 담당 김영화, 방사선과 최동식 봉사자가 그들이다. 또한 직원과 봉사자 들의 식사 및 매주 한 번씩 환자들의 배식을 책임져온 주방봉사자들, 환자들의 빨래를 자원해서 맡아온 신림동성당의 여러 평신도 단체들 역시 오늘의 요셉의원이 있게 한 굳건한 버팀목이었다. 이에 못지않게 10년 넘는 세월을 요셉의원 봉사자로서 함께한 이들도 있다. 강용구, 박찬, 이화식, 조삼현, 이충규 의료봉사자는 바쁜 시간을 쪼개 환자들을 진료했고, 약국봉사자 고효석, 이아종, 방사선과 김명균, 신태욱, 간호팀의 박성환과 접수실의 장미숙 봉사자가 그들이었다. 그리고 보이지 않는 곳에서 묵묵히 청소봉사를 담당한 조영금, 최인실 요안

개원 15주년 기념 미사를 주례한 염수정 당시 주교는 미사가 끝난 후 15년 동안 근무한 봉사자들에게
감사장을 수여했다.

나, 정영숙 엘리사벳, 주방을 담당한 방배동성당과 봉천동성당의 평
신도 단체들, 이성례, 허경자 봉사자도 요셉의원에서 빼놓을 수 없는
소중한 분들이었다. 또한 15년 동안 한 번도 빠지지 않고 매달 후원
금을 보내준 26명의 정기후원자와 현재 1200명이 넘는 정기후원회
원 같은 개인후원자들 외에도 롯데복지재단, ㈜신도리코상영재단,
정인욱복지재단, 한국타이어복지재단, SK텔레콤주식회사, 영등포
소방서, 영등포경찰서 역전파출소 등이 그동안 요셉의원을 위해 꾸
준히 지원해왔음을 상기했다.

선우경식은 염수정 주교가 15년 동안 수고한 봉사자들과 후원 단
체에 감사장을 수여하는 모습을 바라보며 몇 번이나 콧등이 시큰거
렸다. 염 주교의 감사장 수여 순서가 끝나자 이번에는 선우경식이
요셉의원을 대표해 10년 동안 수고해준 봉사자와 여러 성당의 단체
들에 감사장을 전달한 후 마이크 앞에 섰다.

"돌이켜보면 15년이라는 세월이 어떻게 지금에 이르렀는지 믿기
지 않을 정도입니다. 그러나 요셉의원이 오늘까지 올 수 있었던 건
봉사자님과 후원자님, 후원단체 들의 덕분이라고 해도 과언이 아닙

니다. 오늘 감사장을 드린 여러분 외에도 일일이 열거하기 힘들 정도로 많은 개인과 기관이 후원에 동참해 쌀을 비롯한 각종 식품과 의류, 가구 집기, 의약품 및 의료소모품, 의료장비를 지원해주셨습니다. 입원과 수술이 필요한 환자들을 받아준 많은 전문병원과 의료진의 도움도 컸고요."

그는 여기서 목이 메는 듯 잠시 말을 멈췄다가 다시 이었다.

"15년 전 신림사거리 상가 2층에서 요셉의원을 시작했을 때, 주위에서는 석 달도 버티지 못할 거라며 코웃음을 쳤습니다. 그러나 요셉의원이 주위의 그런 냉소를 딛고 개원 10주년 때 이곳에 자체 건물을 마련해 확장 이전할 수 있었던 건 바로 여기 계신 여러분들 덕분이었습니다. 이 자리에 함께하지 못한 수많은 봉사자님들의 손길과, 서울가톨릭사회복지회와 여러 복지재단, 기업의 후원이 있었기에 가능한 일이었음을 저는 한시도 잊은 적이 없습니다. 그리고 여러분과 같은 든든한 요셉의원의 동반자들이 있었기에 매일 절망에 가득한 표정으로 병원 문을 열고 들어오는 노숙자와 극빈자, 외국인근로자들이 진료를 받고 약을 받아 가는 문턱 낮은 병원이 될 수 있었습니다. 오늘 요셉의원 개원 15주년 미사와 행사에 참석해주신 모든 분들에게 이 자리를 빌어 다시 한번 깊이 감사드립니다."

선우경식의 감사 인사가 끝나자 참석자 모두는 박수를 보내며 그의 노고를 치하했다. 공식행사 뒤엔 식당과 임시로 마련된 방에서 저녁식사 자리가 이어졌다. 참석자들은 그동안의 소회와 못다 한 이야기로 웃음꽃을 피웠다. 그런 화기애애한 모습을 보니 선우경식도 모처럼 마음이 따뜻해졌다. 이렇게 아무 조건 없이 시간과 사랑을 나누는 동반자들이 있어, 환자에게 욕먹고 멱살 잡히고 심지어는 술 취해서 온 환자와 드잡이를 하다가 폭행죄로 고소까지 당하면서도 버틸 수 있었구나 싶었다. 어디선가 들려오는 자신의 속엣말을 곱씹으며 그는 병원 입구에서 참석자들을 배웅했다.

15주년 행사가 끝난 한 달 후쯤, 선우경식은 한 통의 전화를 받았다.

"선우 원장님, 안녕하세요? 저 한광수입니다."

그의 가톨릭대학교 의과대학 5년 선배인 한광수는 당시 서울시의사회 회장으로 있었다.

"예, 선배님. 작년 그랜드하얏트호텔 동창회 때 뵙고 못 뵈었는데 그동안 안녕하셨습니까? 서울시의사회 회장에 취임하신 이후 바쁘시다고 들었습니다."

"그러게 말입니다. 의사가 환자를 봐야 하는데 감투를 쓰니까 내가 의사인지 행정가인지 모를 정도네요. 암튼 내가 선우 원장에게 전화한 이유는 이번에 서울시의사회와 한미약품에서 '한미 참의료인상'이라는 걸 만들었어요. 그래서 심사위원 일곱 명을 선정해 누가 '참의사'인지 논의했는데, 비밀투표 결과 일곱 명 전원이 만장일치로 선우 원장을 제1회 수상자로 선정했어요. 축하해요."

그는 당혹한 나머지 말을 잇지 못했다. 작년에도 동창회에서 주는 상을 받았는데 또 상을 받으라니…. 자꾸 언론에 오르내리는 게 부담스러웠다. 머뭇거리는 선우경식의 속내를 다 안다는 듯 한광수가 빠르게 말을 이었다.

"선우 원장이 15년 동안 사회에서 버림받고 소외된 환자들을 위

의사 선우경식

해서 헌신적으로 의술을 베푼 점을 심사위원들이 높이 평가해서 결정한 일이니 사양하지 말아요. 그리고 이번에 한미약품에서 상금으로 2000만 원을 내놨어요. 이 상금도 요셉의원에 도움이 될 테니 사양치 마시고 12월 2일 저녁 7시에 롯데호텔로 와서 상을 받으세요."

그는 잠시 생각을 하다가 말했다.

"선배님, 그러면 수상자를 제 개인이 아닌 요셉의원으로 바꿔주시면 안 될까요? 요셉의원이 지금까지 올 수 있었던 건 지난 15년 동안 무료로 봉사해주신 의료진, 일반 봉사자 그리고 후원자 들 덕분이니, 저 개인보다는 요셉의원의 모든 분들이 함께 받는다는 의미로요. 심사위원들께 제 생각을 말씀드려주시기를 부탁드립니다."

"허허. 이거 참. 선우 원장이 무슨 말 하는지는 알겠는데, 상 이름이 '참의료인상'인데 수상자를 개인이 아니라 병원으로 해달라고 하시니 좀 난감하네…. 하여튼 내가 심사위원들에게 선우 원장의 뜻은 전달하겠지만 결과는 장담 못해요."

"예, 선배님. 그래도 꼭 그렇게 되도록 부탁드립니다."

선우경식은 전화기를 내려놓은 후 잠시 눈을 감았다. 2000만 원이라는 상금을 생각하면 덥석 받는 게 맞을 수도 있다. 하지만 자꾸 자신의 이름이 거론되는 것보다는 힘들더라도 지금처럼 조용히 가는 길을 택하는 게 맞겠다고 생각하며, 그는 자리에서 일어나 다시 환자들이 기다리는 진료실로 향했다.

며칠 후 한광수 서울시의사회 회장으로부터 연락이 왔다. 심사위원들이 그의 의견을 존중해 수상자를 요셉의원으로 변경하기로 했다는 소식이었다. 한 회장은 "그래도 수상소감만큼은 선우경식 원장이 발표해야 한다"며 12월 2일 오후 7시 소공동 롯데호텔 3층으로 오라고 했다. 선우경식은 한숨 아닌 한숨을 조용히 뱉어냈다.

12월 2일, 서울시의사회는 창립 87주년 기념행사장에서 '제1회 한미 참의료인상' 수상자로 요셉의원을 선정했다고 발표했다. 심사위원장이 선우경식에게 상장과 상금을 전달하자 그는 "이 상은 제가 아니라 15년 동안 요셉의원을 위해 봉사해주신 의료진, 일반 봉사자 그리고 후원자 들이 받는 상"이라면서 "그동안 도와주신 모든 분들께, 또 서울특별시 의사회장님과 한미약품 사장님, 그리고 심사위원 여러분께 감사드린다"라며 고개를 숙였다. 작년에 이은 두 번째 수상이었지만 익숙한 자리가 아님은 분명했다. 그러나 어색함만 있는 것은 아니었다. 쑥스럽기만 하던 그때와 달리 덜 불편한 기분이랄까, 조금은 더 뿌듯한 느낌이 없지 않았던 것이다. 선우경식 개인이 아닌 요셉의원 식구들 모두에게 주는 상, 나 혼자 해낸 일이 아닌 만큼 당연히 함께 받아야 하는 상이라고 그는 생각했다.

히포크라테스 선서를 지키는
의사가 되려고

26

세상이 온통 초록으로 물든 2003년 5월 말, 〈경향신문〉의 김윤숙 기자가 선우경식을 인터뷰하기 위해 요셉의원으로 찾아왔다. 얼마 전 그가 제13회 호암상(현재는 삼성 호암상) 사회봉사상 수상자로 선정되었다는 소식을 듣고, 6월 3일이 시상식이라 그 전에 인터뷰를 하러 온 것이다. 선우경식은 쑥스러운 표정으로 김 기자를 맞았다.

"저는 이런 인터뷰가 부담스럽습니다. 제가 뭘 한 게 있다고⋯."

어렵게 이루어진 인터뷰에서도 그는 쉽게 입을 열지 않았다. "하느님은 왼손이 하는 일을 오른손이 모르게 하라고 하셨다"라며 자신을 드러내놓기를 꺼리자 김윤숙 기자가 웃으며 말했다.

"원장님, 이미 오른손이 알아버렸습니다."

김 기자의 재치 있는 한마디에 선우경식의 얼굴도 조금은 풀린 것 같았다.

"요셉의원 형편이 어려워 자꾸 세상에 손을 벌리다 보니 그렇게 된 것 같아 부끄럽기만 합니다."

선우경식의 고백성사 같은 말을 김 기자가 담담히 받았다.

"요셉의원은 이제 열일곱 개 진료과목에 600여 명의 자원봉사자들과 의료진, 1200여 명의 후원회원을 갖춘 사회봉사 공동체로 성장했습니다. 병원을 거쳐 간 환자도 32만여 명에 이른다고요."

"이미 기록을 보셨을 테니 맞을 겁니다."

"올해가 개원 16주년인데, 그 긴 세월을 어떻게 버티며 오셨는지 궁금합니다."

선우경식은 잠시 생각에 잠겼다가 대답했다.

"자선병원이란 게 마음만으로 되는 게 아니더군요. 진료만 잘한다고 되는 것도 아니었고요. 환자만 보면 되는 줄 알았지, 밥 먹이고 목욕시키고 옷 입히는 것까지 하게 될 줄 알았나요? 그러다 보니 처음에는 알코올의존증 환자에게 멱살 잡히기도 다반사요, 필요한 돈이며 쌀이며 물자를 꾸러 다니기도 여러 날이었습니다. 6개월 할부로 들인 약은 떨어져가고, 김수환 추기경님이 대표로 되어 있어 제약회사로부터 '도대체 김수환이 누군데 돈을 안 갚냐'라고 독촉을 받는 바람에 본의 아니게 추기경님께 누를 끼치기도 했지요. 아무것도 모르고 용기 하나로 뛰어들었으니 때로는 지치기도 했고 도망가고 싶다는 생각도 여러 번 했습니다. 그러나 내가 여기서 도망가면 누가 하겠나 싶어 '까짓것, 하는 데까지 해보자' 하고 마음을 돌려먹으면서 오늘까지 온 겁니다."

의사 선우경식

"여기까지 오시면서 느끼신 감회가 남다르실 것 같은데, 자선병원을 계속하시는 힘은 어디서 나오는지 궁금합니다."

"누구나 의대 졸업할 때 '나는 환자의 건강과 생명을 첫째로 생각하겠노라'라는 히포크라테스 선서를 하잖습니까. 저는 그저 그걸 지키는 의사가 되려고 노력했습니다. 의사는 아무리 여건이 어려워도 의술을 베풀어야 하거든요. 진료비를 한 푼도 낼 수 없는, 말하자면 의사에게 아무것도 해줄 게 없는 무능력한 환자야말로 진정 의사가 필요한 환자가 아닌가요? 그들이야말로 내 인생에 고귀한 보물임을 발견한 것이 이 진료실이고, 그렇기 때문에 저는 이곳을 떠날 수 없었습니다. 심지어 환자들을 통해 약간 완고하고 이기적인 나 자신의 모습을 돌아보기도 했어요. 저로 하여금 그렇게 많은 것을 배우게 해주신 그분들이 오히려 고마울 따름입니다."

그는 말을 마치고 물을 한 컵 마시더니 이제 그만하자며 손사래를 쳤다. 그러자 김 기자가 조심스럽게 물었다.

"그럼 마지막으로 원장님에 대한 개인적인 질문을 하나 드리겠습니다. 지금까지 독신이시라고 들었는데 특별한 이유가 있으신지요?"

"결혼을 꼭 젊을 때 하란 법 있나요?"

58세인 그가 웃으며 대답하자 김 기자가 반색하며 되물었다.

"그럼 누가 있으신가요? 호호."

이번에는 그가 웃으며 말했다.

"아직 인연을 만나지 못했습니다. 하하."

"혹시 외롭지 않으세요?"

김 기자가 단도직입적으로 묻자 그가 담담한 목소리로 대답했다.

"어디 외로울 시간이 있어야지요. 하루 종일 환자들에 둘러싸여 바짝 긴장하고 있다 보면 힘들어도 감기 한 번 안 걸렸는걸요. 하지만 요셉의원이 있다곤 해도 우리 주변엔 아파도 병원을 가지 못하는 어려운 이웃이 여전히 많다는 점에서, 그러니 보다 많은 사람들이 이들에게 관심을 가져줬으면 하는 점에서 외롭긴 하지요."

다시 한번 시계를 쳐다본 그는 이제 진료시간이라 환자를 보러 가야 한다며 자리에서 일어섰다. 그리고 김윤숙 기자에게 당부를 했다.

"인터뷰를 수락할 때도 말씀드렸지만, 제 사진은 싣지 말아주세요. 얼굴이 알려지는 게 부끄럽습니다."

"예, 원장님. 그 약속은 꼭 지키겠습니다."

이렇게 인터뷰는 끝났고, 며칠 뒤인 6월 3일자 〈경향신문〉에 '낮은 곳 보듬는 빈자貧者의 아버지'라는 제목으로 기사가 실렸다.

상금 1억 원과 순금메달이 부상으로 주어지는 호암상 수상식은 6월 3일 오후 3시 서울 시청 인근 순화동 호암아트홀에서 열렸다. 호암상은 삼성의 창립자인 이병철 회장의 아호를 따서 만든 상으로 한국에서 가장 권위 있는 상 중 하나로 인정받는다. 사회자가 제13회 호암상 사회봉사상 수상자로 선정된 선우경식을 호명하자 그가 단상으로 올라갔다. 당시 호암재단 이현재 이사장이 그에게 상장과 상금, 순금메달을 수여하자 호암아트홀에는 우렁찬 박수 소리가 울려 퍼졌다. 상을 받은 선우경식은 단상 위에 있는 탁자 앞으로 나가 수상소감을 밝혔다.

"먼저, 호암재단과 호암상을 심사하신 심사위원 여러분께 진심으

호암상 수상소감을 발표하는 선우경식 원장과 그의 수상을 축하하기 위해 참석한 김수환 추기경.

로 감사드립니다. 또한 요셉의원 설립 초기부터 지금까지 깊은 관심을 가지고 물심으로 도와주신 김수환 추기경님께도 깊이 감사드립니다."

김수환 추기경은 5년 전인 1998년 6월 서울대교구장에서 퇴임하고 혜화동 주교관에 머물며 조용히 지내고 있었으나 선우경식의 수상을 축하하기 위해 참석한 것이었다. 선우경식은 김 추기경을 향해 목례를 하고 계속 수상소감을 이어갔다. 그는 다른 수상식 때처럼 봉사자와 후원자들 외에 기도와 격려를 해준 분들에게 감사의 인사를 전했다.

"그리고 요셉의원의 진료를 통해서 회복하신 환자분들께도 감사드립니다. 그러나 지금도 질병의 고통으로 신음하고 계신 많은 환자분과, 회복하지 못한 채 이 세상을 떠나신 모든 환자들에게…."

그가 목이 메는 듯 말을 잇지 못하면서 잠시 숙연한 침묵이 흘렀다. 그러자 사회자가 나와 격려의 말로 분위기를 돋우었다. 선우경식은 호암상 수상에 감사드린다며 수상소감을 마쳤다.

계속되는 수상은 선우경식에게 감사하면서도 부담스러운 일이었다. 하지만 그는 이 길을 계속 이어가라는 격려로 생각하고, 요셉의원에서의 업무에 집중했다.

쪽방촌 실상에 눈물을 삼킨
삼성전자 이재용 상무

27

선우경식이 호암상을 받고 며칠이 지난 후였다. 삼성전자 경영기획실에서 선우경식을 찾는 전화가 걸려왔다. 이재용 당시 상무가 앞으로 요셉의원을 후원할 생각을 갖고 있어 방문하고 싶다는 내용이었다. 1991년 삼성전자에 입사해 근무하던 이재용 상무는 이후 일본에서 석사과정을 마친 후 미국 하버드대학교 경영대학원에서 경영학 박사과정을 수료했다. 2001년 귀국한 뒤엔 삼성전자 경영기획실 상무보로 복귀해 본격적인 경영수업을 받다가 2003년에 상무로 승진했다. 이때부터 국내외 현장을 누비던 그는 사회공헌에 관심을 갖게 되었고, 마침 그해 호암상을 받은 요셉의원을 방문해보려 한 것이다. 선우경식은 이재용 상무가 어떤 생각을 갖고 있는지 들어보기 위해 약속을 잡았다. 그리고 삼성전자 측에선 언론에 이 소식이

이재용 상무는 첫날 방문 때 선우경식 원장의 안내로 주방과 목욕실, 세탁실, 이발실을 둘러보며 병원 안에 이런 시설이 있다는 걸 신기한 눈으로 바라봤다. 요셉의원과 쪽방촌을 둘러본 후 두 번째 방문부터 그는 검소한 티셔츠 차림으로 왔다.

알려지지 않기를 원했고, 그것은 선우경식도 같은 생각이었다.

더위가 한창인 6월 27일 오후 4시, 이재용 상무가 회사 관계자들과 함께 요셉의원을 방문했다. 선우경식은 그를 원장실로 안내해 차를 마시며 요셉의원의 발자취와 현황에 대해 설명했다. 그 후 1층부터 4층까지 안내했고, 이재용 상무는 직원과 봉사자, 환자 들에게 격려를 전했다. 병원을 둘러본 후 선우경식은 이재용 상무에게 물었다.

"이 상무님, 혹시 쪽방촌이라는 데 가보셨습니까?"

"제가 사회경험이 많지 않고 회사에 주로 있다 보니 쪽방촌에는 아직 가보지 못했습니다."

"그러실 것 같아 여쭤본 겁니다. 그러면 이왕 여기까지 오셨으니 이 골목에 있는 쪽방촌을 한번 둘러보시겠습니까? 그분들이 어떻게 사는지를 보시면 저희 병원의 존재 이유와, 방금 보신 주방과 빨래 시설 등의 부대시설이 왜 필요한지 이해하실 수 있으실 겁니다."

"예, 원장님. 쪽방촌이라는 데를 볼 수 있는 기회를 주시면 살펴보고 많이 배우겠습니다."

선우경식은 아무런 사전 준비 없이 이재용 상무와 회사 관계자들을 요셉의원 주변의 쪽방촌으로 안내했다. 오후인데도 여기저기 굴러다니는 술병에 오줌 지린내가 진동했고, 노숙자들 몇몇은 이미 담벼락에 기대어 소주를 마시고 있었다. 선우경식은 요셉의원에 단골로 오는 환자의 집으로 가서 문을 두드렸다. 세 평이나 될까 하는 단칸방 안에는 술에 취해 잠든 남자와 얼마 전 요셉의원의 도움으로 맹장 수술을 받은 아주머니가 아이 둘을 데리고 누워 있었다. 선우경식이 예사로운 병문안이라도 온 듯 물었다.

"아주머니, 수술한 데는 좀 어떠세요?"

그녀는 견딜 만하다며 수줍게 웃었다.

그때 선우경식 어깨 너머로 방 안을 살펴본 이재용 상무가 작은 신음 소리를 내며 손으로 입을 가렸다. 이렇게 열악한 환경에서 사람이 사는 모습을 처음 봤기에 자신도 모르게 터져 나오려는 눈물을 참은 것이었다.* 선우경식은 그와 함께 쪽방골목을 돌아본 뒤 작은자매관상선교수녀회에서 운영하는 '영등포 공부방'까지 둘러보고 다시 요셉의원으로 돌아왔다.

"이 상무님, 빈곤과 고통으로 가득한 삶의 현장을 보셨는데, 어떤 생각이 드셨습니까?"

이재용 상무의 얼굴은 잔뜩 굳어 있었고, 처음에 병원 시설을 둘러볼 때의 신기하다는 듯한 표정도 어느새 사라져 있었다.

"원장님, 솔직히 저는 이렇게 사는 분들을 처음 본 터라 충격이 커

---

* 이재용 상무 관련 내용은 당시 동행했던 윤은숙 직원의 증언.

서 지금도 머릿속이 하얗기만 합니다….”

"그러실 겁니다. 저도 20년 전 신림동 산꼭대기 판잣집을 처음 방문했을 때, 아직도 이렇게 가난한 사람들이 있다는 걸 목격하고 큰 충격을 받았습니다. 그리고 그때부터 가난한 환자들을 살려보겠다며 지금까지 왔습니다."

"원장님, 당장은 제가 무엇을 어떻게 도와드려야 할지 생각이 정리되지 않습니다. 죄송하지만 한 달 후쯤에 연락을 드리겠습니다."

"예, 먼저 놀란 가슴을 가라앉히시고 천천히 생각하신 후에 편하게 연락 주셔도 됩니다. 이렇게 방문해 신경 써주신 것만 해도 큰 힘이 됩니다."

이재용 상무는 일어나며 양복 안주머니에서 준비해온 봉투를 그에게 건넸다.

"이건 약소하지만 병원 운영에 도움이 되기를 바라는 마음에서 준비한 제 성의입니다. 회사 공금이 아닌 제 사비私費로 준비한 거니 부담 갖지 않으셔도 됩니다."

"고맙습니다. 꼭 필요한 곳에 요긴하게 쓰겠습니다."

이재용 상무가 건넨 봉투에는 1000만 원이 들어 있었고, 그는 다음 달부터 매달 월급의 일정액을 기부하기 시작했다.

이날 이후에도 이 상무는 편안한 옷차림으로 몇 번 더 요셉의원을 방문했고, 한 달에 한 번 정도 태평로에 있는 자신의 집무실에서 선우경식 원장을 만나 노숙자들의 생활상을 전해 들으며 본격적인 사회공헌 사업을 논의했다. 그때 선우경식은 노숙인과 가난한 이들을 위한 밥집을 운영할 수 있는 건물을 삼성전자가 지어주면 좋겠다고 이 상무에게 요청했다. 이재용 상무는 그 취지에 흔쾌히 공감하며, 몇 년에 걸쳐 밥집 프로젝트를 추진했다. 삼성전자에서는 이 상무의 지시에 따라 요셉의원 부근 철도청 소유 공유지에 들어설 밥집 건물 설계도까지 준비했다. 그러나 삼성전자가 쪽방촌에 밥집 건물을 지어준다는 소문을 들은 영등포초등학교 학부모들이 삼성전자 본관까지 찾아가 시위를 벌였다. 왜 밥집을 지어 노숙인을 끌어들이냐고 반대한 것이다. 이재용 상무는 곤경에 처했고, 선우경식도 그즈음 건강이 안 좋아지기 시작해 밥집 프로젝트는 안타깝게도 없던 일이 되고 말았다.

이재용 상무가 요셉의원을 다녀간 며칠 후, 선우경식은 혜화동 주교관에 머물고 있는 김수환 추기경을 방문했다. 호암상 수상식 때 참석해줘서 고맙다는 인사를 전하며 요셉의원 16주기가 되는 8월 29일 기념미사의 주례를 부탁하기 위해서였다. 그런데 반갑게 수락할 거란 예상과 달리 김수환 추기경은 잠시 생각에 잠겼다.

"요셉 형제님, 저는 서울대교구장에서 은퇴한 후 신임 교구장에게 부담을 주지 않기 위해 명동을 떠나 혜화동으로 왔고, 제가 나타나야 할 자리와 나타나지 말아야 할 자리를 나름대로 구분하며 지내고 있습니다. 기자들이 찾아와도 가능한 한 만나지 않고, 어쩔 수 없이 만나게 되면 '80이 되니까 70대하고 다릅니다. 이제 갈 날이 멀지 않았구나 하는 생각을 하며 지금은 잘 죽을 수 있도록 준비를 잘하는 것이 소망입니다'라는 말로 인터뷰를 사양하고요. 교회 조직인 서울가톨릭사회복지회의 부설기관인 요셉의원 개원 16주년 기넘 미사의 주례는 제가 아닌 사회복지회 담당 주교나 담당 사제가 해야 하는 일이니, 요셉 형제님의 이해를 부탁드립니다."

빼고 더할 것 없는 추기경의 말은 선우경식을 오히려 당황스럽게 만들었다.

"죄송합니다. 제가 생각이 짧았습니다. 저는 추기경님께서 개원 때부터 지금까지 물심양면으로 도와주셨고, 서울대교구장 직분에서 은퇴하셔서 오히려 시간에 여유가 있으실 것 같아 부탁드렸는데, 그런 부분이 있을 줄은 미처 생각하지 못했습니다."

선우경식이 아쉽다는 표정을 지으며 고개를 숙였다. 잠시 어색해진 침묵을 깬 건 김수환 추기경이었다.

"요셉 형제님, 마음은 충분히 이해합니다. 저 또한 요셉의원에 애착이 많으니까요. 그러니 이렇게 하면 어떻겠습니까? 개원 16주년 기념 미사 전에 제가 요셉의원의 봉사자와 후원자, 환자 들을 위한 미사를 주례하는 겁니다."

그의 말이 끝나자 선우경식은 밝은 표정으로 얼른 대답했다.

"추기경님, 고맙습니다. 그렇게 배려해주시면 저희로서야 감사할 뿐입니다."

김 추기경은 일정 수첩을 펼치며 날짜를 확인했다.

"그러면 개원 날짜에서 좀 멀리 떨어진 날이 좋은데…. 저는 7월 7일이 괜찮은데 어떠세요?"

선우경식은 무조건 좋다고 대답했다. 혹 다른 일정이 있어도 변경하리라 마음먹었다.

약조한 대로 7월 7일 오전 11시 30분, 김수환 추기경은 요셉의원

의사 선우경식

김수환 추기경은 이날 강론에서 "요셉의원이 봉사자와 후원자 들의 사랑이 모여 계속해서 가난한 이들의 벗이 되기를 바란다"라고 말했다.

3층 경당에서 직원, 봉사자, 환자 들을 격려하고 선우경식 원장의 호암상 수상을 축하하는 미사를 주례했다. 강론의 주제는 봉사와 사랑의 의미에 초점을 맞췄다.

"오늘 요셉의원에서 직원과 봉사자, 후원자 들과 함께 미사를 올리게 되어 감사하는 마음과 은혜로운 마음이 가득합니다. 의사, 간호사는 물론이고 청소도 해주고 빨래도 해주고 늘 요셉의원에 와서 의지가지 없는 분들을 도와주는 봉사자 등 사랑을 베풀 줄 아는 여러분과 함께 있다는 게 너무나도 흐뭇합니다. 남을 생각하는 마음이 부족하고 오직 나만을 생각하는 이기주의가 팽배한 사회가 멸망하지 않고 견디어내는 것은 하느님께서 돌보아주시는 이유도 물론 있지만, 남을 생각할 줄 알고 사랑을 베풀 줄 아는 여러분 같은 분들이 계신 덕분이기도 하다고 저는 생각합니다. '고통은 나눌수록 적어지고 사랑은 나눌수록 커진다'는 말이 있지요. 여러분의 사랑이 조금 조금씩 모여 요셉의원이 가난하고 소외된 이웃들에게 사랑의 빛을 발하는 등대가 되기를 기도합니다."

김수환 추기경은 봉사자 및 후원자 들의 봉사와 희생을 격려했고 "내가 이곳에 오니 다들 고맙다고 하는데 오히려 내가 여러분을 뵙게 되어 감사하다"라면서 강론을 마쳤다. 그리고 미사 후에는 식사를 하며 직원, 봉사자, 후원자 들과 오랫동안 환담을 나눴다. 김 추기경은 어느덧 81세가 된 자신이 건강하게 움직일 수 있는 시간이 그리 많지 않음을 알고 선우경식에게 오랫동안 요셉의원을 잘 지켜달라며 금일봉을 건넨 후 병원 문을 나섰다.

곧 또 찾아뵙겠단 마음으로 추기경을 배웅했지만 이날이 김수환 추기경의 마지막 요셉의원 방문이었음을 누가 알았으랴.

7년 후인 2010년 2월, 선우경식은 이미 세상을 떠난 후였지만 요셉의원 앞으로 '주님 부활의 기쁨이 가득하기를… 천국에서 김수환 추기경'이라고 쓰인 봉투가 기탁되었다. 김 추기경의 1주기 추모행사를 마치고 남은 돈 200만 원이었다. 비서수녀였던 노율리안나 수녀가 김 추기경이 생전에 부탁했던 일이라며 보내온 마지막 금일봉이었다.

의사 선우경식

환자가 더 어려운 환자를
간병하는 병원

28

2003년 7월 중순, 30대 중반의 행려자가 비틀거리며 요셉의원의 문을 열더니 어눌한 말투로 힘겹게 입을 열었다.

"저 좀 도와주세요. 머리가 터질 것처럼 아파요. 제발 도와주세요."

접수하는 직원이 살펴보니 행색은 남루했지만 술 냄새는 나지 않았다. 상태가 심각한 것 같아 선우경식에게 연락을 취했다. 급히 1층으로 내려온 선우경식은 환자를 살펴보더니 봉사자들에게 얼른 진료실로 옮기게 했다. 그는 이날 마침 병원에 봉사하러 온 고영초 신경외과 전문의를 불렀다. 고 전문의가 환자를 눕혀놓고 얼굴부터 살펴보았다. 왼쪽 얼굴이 마비됐고, 눈과 귀는 제 기능을 잃었다. 평형 감각에도 이상이 생겨 휘청거리는 걸음걸이가 전형적인 뇌종양, 그것도 상태가 심각한 소뇌종양인 것 같았다. 과거의 병력을 물어보니 수년 전에 소뇌종양을 수술한 적이 있었고, 그것이 재발한 것으로 진단됐다. 고영초 전문의는 깊은 한숨을 내쉬며 일단 머리의 통증을 완화시킬 수 있는 약을 투약했다. 그다음에는 선우경식이 환자에게 이름과 나이, 거주지와 가족관계를 물었다.

이재강 씨는 36세로 젊은 나이였으나, 어릴 때 부모님과 누이가 모두 뇌종양으로 세상을 떠난 가족력이 있는 환자였다. 대장간 일을 하던 형과 함께 살던 그는 4년 전부터 머리가 심하게 아파 병원에 갔다가 소뇌혈관종을 진단받고 지방 대학병원에서 수술을 했다. 소뇌혈관종은 양성종양이라 수술로 완전히 제거하면 완치가 가능하지만, 수술 난이도가 매우 높고 종양의 위치가 뇌간에 붙어 있어 완전 제거는 어려운 경우가 많다. 언젠가는 재발할 것을 알고 있던 이 씨는 점차 어지럽고 보행이 곤란해지자 재수술 비용 마련을 위해 고향인 경남 김해를 등지고 무작정 서울로 상경했다. 하지만 몸이 따라주지 않아 마땅한 직업을 구하지도 못한 상태에서 머리에 종양을 키워 '행려환자'가 되어버렸다.

고영초 전문의는 일단 이재강 씨가 강남 시립병원에 입원할 수 있게 조치를 취했다. 이때부터 선우경식은 뇌종양 수술을 해줄 수 있는 병원을 찾아 나섰다. 자원봉사 의료진들도 백방으로 수소문을 했음은 물론이다. 그러나 이 씨의 상태는 손쓰기에 너무 늦었다는 진단결과만 되돌아왔고, 만만찮은 수술비도 문제였다. 더구나 이 씨에겐 의료보험증이 없어 수술비와 병원비 등에 총 1억 원 정도가 필요했다. 난감한 상황이었다.

그러나 간절하면 하늘이 돕는다고 했던가. 요셉의원에 매주 수요일마다 의료봉사를 나오는 일산백병원의 이응수 부원장이 이 씨의 딱한 사정을 알게 되었다. 일산백병원에서는 전 직원들이 2002년 부터 외국인 노동자들과 독거노인들을 돕기 위해 급여의 일부를 떼어 기금을 마련해놓고 있었다. 이응수 부원장은 이재강 씨 사정을 듣는 순간 '그동안 모은 기금을 쓸 때다'라는 생각이 들었고, 기금에서 수술비를 사용해도 좋다는 허락을 받았다. 이응수 부원장은 같은 병원에서 근무하는 뇌수술 권위자 황충진 전문의에게 이 씨의 상태를 살펴보게 했다. 검사 결과 이 씨의 왼쪽 뒷머리에는 혈관덩어리 종양이 여러 뇌신경들과 단단히 붙어 있어 수술이 매우 어렵고, 수술 후에도 뇌신경마비와 뇌간 손상이 상당히 우려되는 상황이었다.

수술 전 황충진 교수는 깊은 고민에 빠졌다. 수술 성공 확률이 10퍼센트도 될까 말까 한 환자를 어렵게 모은 기금으로 수술하는 게 옳은 걸까? 수술 중 잘못되면 이제까지 쌓아온 자신의 평판에도 흠이 나고 기금도 보람 없이 사용했다는 소리를 들을 위험이 있었다. 그러나 "한 번이라도 제대로 살다가 죽고 싶다"는 환자의 절규 그리고 수술 중 환자가 사망해도 그로 인한 책임과 비난은 자신이 감당하겠다는 이응수 부원장의 격려에 한번 해보겠다고 결심했다.

여름 한복판인 7월 31일이었다. 이재강 씨는 강남 시립병원에서 일산백병원까지 동행하던 요셉의원 봉사자에게 "이제 수술실에 들어가면 살아서 나오게 될지 식물인간이 되어서 나올지 모르겠다"라며 "몸이 불편하더라도 살 수만 있으면 좋겠다"는 말을 남기고 수술

실로 들어갔다. 요셉의원 봉사자인 고영초 전문의는 황충진 교수의
제1조수로 수술에 참여했다. 두개골을 절개해 의료진이 뇌를 볼 수
있게 꺼내는 데만 무려 4시간이 걸렸다. 그다음엔 지난 10년간 종양
과 촘촘히 엉겨 붙은 수많은 혈관을 현미경으로 살펴보며 하나씩 떼
어내야 했다. 고영초 전문의는 8시간가량 함께 수술을 하고, 나머지
수술은 일산백병원 스태프들과 이채혁 교수 등에게 맡겼다. 이날 수
술에는 장장 37시간이 걸렸고 수혈팩은 60개가 사용됐다. 황 교수
는 "수술 내내 몇백 번을 죽었다 살아난 것 같은 기분으로 집도했다"
며 "신경외과의사 40년 세월에 가장 오래 걸린 수술이었다"고 당시
를 회고했다.*

　이재강 씨는 일산백병원 개원 이래 전무후무한, 37시간이라는 장
시간의 수술 끝에 목숨을 건졌다. 의료진들의 한결같은 헌신 덕분이
었다. 그러나 워낙 병세가 악화되어 있었기 때문에 수술 후에도 몇
개월간 입원실에서 치료를 계속 이어가야 했다.

　입원비는 일산백병원의 기금에서 해결되지만, 간병인이 필요했
다. 가족이라고는 시골에 있는 형 한 사람뿐이었고, 요셉의원에서도
몇 달 동안 간병할 수 있는 봉사자를 구하는 것은 쉽지 않은 일이었
다. 딱한 사정에 운이 따랐던가. 그때 강○ 씨가 나섰다. 이재강 씨와
강남 시립병원에서 같은 방에 입원해 있다 퇴원할 때 요셉의원 직원
의 권유로 성모자헌의 집에서 머물고 있던 이였다. 강○ 씨는 자신이

＊ 이재강 씨 내용은 고영초 전문의의 진료기록과 요셉의원 소식지 28호(2003년 10월),
〈조선일보〉 2003년 10월 13일 김남인 기자의 '사랑이 만들어낸 기적' 기사를 참조해서
재구성했다.

　　　　　　　　　　　　　　　　　　　의사 선우경식

일산백병원에 가서 간병하겠다했고, 성모자헌의 집과 목동의 집에서 생활하던 다른 사람들 또한 이 소식을 듣고 교대로 간병에 동참했다. 한때 행려자이고 노숙자였던 그들은 요셉의원 자원봉사자들과 함께 이 씨의 곁을 지켰다. 어느 정도 회복이 되자 이 씨는 성모자헌의 집으로 옮겨왔다. 이곳에서도 그들은 교대로 간병하며 그의 대소변을 받아냈고, 등에 욕창이라도 생길까 매일 밤낮으로 마사지를 해주었다. 이런 지극한 간병 덕분에 이재강 씨는 조금씩 건강을 회복했다. 선우경식은 환자가 더 어려운 환자를 보듬어주는 모습을 지켜보며, 아무리 힘들어도 목동의 집과 성모자헌의 집을 더욱 잘 운영해야겠다고 마음을 다잡았다.

가을이 본격적으로 시작되는 9월 말, 서울고등학교 15회 동기회장이 요셉의원으로 선우경식을 찾아왔다.

"이 친구야, 아무리 바빠도 졸업 40주년 홈커밍데이에는 참석했어야지."

홈커밍데이에 참석하지 않았다고 바쁜 동기회장이 병원까지 찾아오다니, 의아했지만 일단 반가웠고 참석 못 한 것이 미안하기도 해 선우경식은 일단 사과부터 했다.

"미안해. 환절기가 되니까 환자가 많아져 자리를 비울 수가 없었어. 자네가 이해해줘."

"아무튼 그날 동기들이 요셉의원 운영비에 보태자고 모금을 했는데, 2000만 원이 모였어. 여기 갖고 왔으니 요긴하게 써."

동기회장의 말에 선우경식은 얼굴이 벌게졌다. 의대 동기들도 아닌 고교동창들이 마음을 모아준 게 고마우면서도 민망했다.

"내가 이래서 동기들 모임에 안 나가는 건데…. 이거 참, 민망해 얼굴을 들 수가 없구만…."

"이건 사실 돈 많이 버는 동기들이 자신들은 직접 하기 힘든 좋은 일을 이렇게 자네를 통해서 하고 천국 가겠다는 심보로 낸 돈이야. 그러니 부담 갖지 말고 편하게 받아. 내가 동기들에게 그랬어. 죄 많이 지은 놈일수록 많이 내라고. 하하."

동기회장은 미안해하는 선우경식을 의식해서인지 별일 아니라는 듯 시종일관 유쾌했다.

"사람 참…. 우리 모두 죄인인데 뭐 그런 소리를 해. 암튼 좋은 데 쓰겠다고 전해줘."

"알았어. 그리고 총동문회에서 자네를 '올해의 서울인상' 수상자로 결정했어. 12월 9일 7시에 인터콘티넨탈호텔에서 하니까 그렇게 알고 메모 잘 해놔."

"이거 정말 미치겠네…. 이렇게 자꾸 뭘 주면 창피해서 어떻게 얼굴을 들겠어."

"이 사람아, 이런 기회에 보다 많은 동문들이 소외된 사람들에게 관심을 갖게끔 해봐. 돈 벌었으면 이런 데도 좀 쓰십시오, 하면서 말이야. 하하. 자네가 호암상을 받고 난 후 언론에 자주 소개되니까 점점 관심을 갖는 동문들이 많아. 그러니 두말 말고 받으면서 굵직한 선배들에게 후원 좀 하라고 해. 맨날 혼자 힘들어하지 말고."

동기회장의 말에 선우경식은 뭔가 들켜버린 것 같았지만, 그럼에도 그들의 마음 씀씀이가 고마웠다. 넉넉한 친구들이라 해도 각자

의사 선우경식

선우경식의 정신을 전하는 학교

서울중학교와 서울고등학교를 졸업한 선우경식은 2003년 '올해의 서울인상'을 수상했다. 그가 세상을 떠난 5년 후인 2013년 11월 25일, 서울고등학교의 교정에는 그의 흉상이 세워졌다. 선우경식의 고교 동기동창 100명이 십시일반 기금을 모아, 가난한 사람들을 위한 의료봉사 활동에 평생을 바친 그의 숭고한 사랑과 헌신적인 봉사 정신을 후배들에게 전하기 위해 제작한 흉상이었다.

사정이 있기 마련일 텐데, 서울고등학교 교복을 입은 친구들의 얼굴이 영화의 한 장면처럼 지나갔다. 푸른 시절이었는데 어느새 40년이 흘렀다니, 문득 그들이 그리웠다.

"자네도 내 성격 알잖아. 난 그렇게 넉살 좋게 못 해…."

"암튼 이제 자네는 우리 동기들의 자랑이고, 서울고등학교 전체의 자랑이야. 바쁜 것 같으니 그만 일어날게. 12월 7일에 꼭 만나자고."

"알았어. 그리고 동기들에게 후원금 고맙다고 전해줘."

그는 동기회장을 배웅한 후 사무실로 가서 동기회에서 보내온 후원금을 건네며 나지막이 한숨을 내쉬었다. 여기저기 다니며 손을 벌린다는 소문이 얼마나 났기에 동기들이 이렇게 큰돈을 모아 주었단 말인가…. 그러나 병원을 운영하려면 어쩔 수 없었다. 그는 이런 게 자선병원의 운명, 아니 그 병원을 운영하는 자신의 운명인지도 모르겠다고 생각하며 다시 진료실로 향했다.

12월 23일 오후, 영등포역 백화점과 거리에서는 크리스마스 장식 사이로 경쾌한 음악이 흐르고 있었다. 그때 바랑을 짊어진 스님 한 분이 목탁을 두드리며 요셉의원으로 들어섰다. 한눈에 봐도 시주를 청하러 온 스님이었다. 그러나 병원에 들어선 스님은 일반 병원과 분위기가 다르다는 걸 느꼈는지 현관 앞 안내 직원에게 물었다.

"거사님, 여기가 병원 맞습니까?"

"예, 스님. 병원 맞습니다. 그런데 저희 병원은 일반 병원과 좀 다릅니다."

"아, 그렇군요. 일반 병원과 다르다면 어떤 병원인지 궁금합니다.

　　　　　　　　　　　의사 선우경식

이렇게 입구에 신체 건장한 거사님이 버티고 계신 걸 보니 혹시 정신병원인가요?"

"아닙니다, 스님. 저희는 가난하고 형편이 어려운 환자들을 위한 무료 자선병원입니다. 그렇다 보니 시도 때도 없이 술을 마시고 들어오는 행려자들이나 노숙인들이 있어 제가 여기 서 있는 겁니다."

"그럼 이 병원은 술을 마시면 못 오는 곳인가요?"

"예, 스님. 술에 취해 오면 정상적인 진료를 할 수 없기 때문에 술이 깬 후에 오라고 돌려보냅니다."

"그런데 가난하고 돈이 없는 환자들이 오면 정말 돈을 안 받습니까?"

"예, 그렇습니다."

"아니, 그럼 운영은 어떻게 하나요? 나라에서 지원을 해주나요?"

"아닙니다. 저희는 나라의 지원은 한 푼도 안 받고, 자원봉사 의료진과 일반 봉사자 들의 자발적 참여 그리고 후원자들의 후원금으로 운영하고 있습니다."

"여기 계시는 의사 선생님들은 월급을 안 받고 근무하신다는 말씀이신가요?"

"예, 스님."

"설마 약값도 안 받나요?"

"예, 후원자님들의 후원금으로 약도 무료로 드리고 있습니다."

스님은 놀랍다는 표정이었다. 그는 이내 고개를 숙여 주섬주섬 바랑을 뒤적이더니 얼마간의 돈을 꺼내 직원에게 건넸다.

"거사님, 이거 적은 돈이지만 어려운 사람들을 위해 써주십시오."

스님의 진심을 읽은 직원은 사양하지 않고 공손히 받았다.

"예, 스님. 고맙습니다. 어려운 환자들을 위해 쓰겠습니다."

스님은 다시 바랑을 메고 조용히 문을 닫았다. 그러고는 목탁을 두드리며 큰길을 향해 발걸음을 옮겼다. 이 이야기를 들은 직원들과 봉사자들은 시주를 청하러 왔다가 후원금 내고 가셨으니 진짜 훌륭한 스님이라며 박수를 쳤다.

2003년이 저물어가는 12월 27일 오전 9시 30분, SBS서울방송 TV에서는 '노숙자 17년간 무료진료, 선우경식 원장'이라는 타이틀로 요셉의원에 대한 프로그램이 1시간 동안 방영되었다. 지난 11월 중순 SBS에서 섭외가 왔을 때 선우경식은 여지없이 손사래를 치며 거절했다. 그러나 전부터 요셉의원을 후원하던 SBS 서울문화재단 관계자의 간청에 마지못해 수락하면서, 자신보다는 병원과 봉사자들에게 초점을 맞춰야 한다는 조건을 달았다.

실제로 프로그램에서 그는 "나는 그저 평범한 사람 중 하나일 뿐입니다. 이 병원을 이끌어온 것은 나 혼자의 힘이 아니라 수많은 봉사자와 후원자, 후원기관 그리고 뒤에서 격려해주고 기도해준 분들이 계셨기 때문에 가능했습니다"라며 그분들에 대한 고마움을 밝혔다. 이어서 출연한 봉사자들은 "봉사를 하면 남에게 주는 것보다 내가 얻는 게 더 많습니다", "저는 환자들이 먹는 김치를 담가주는 봉사를 하는데, 김치가 맛있다고 하니까 힘든 줄을 모르겠어요", "제가 나눈 것보다 훨씬 더 많은 것을 얻었기에 나눔의 의미가 뭔지 깨닫게 되었어요"라며 이구동성으로 봉사에서 얻는 기쁨이 바로 선물이

의사 선우경식

라고들 했다. 프로그램이 끝날 무렵, 선우경식은 "저 밝은 사회에서 사는 사람 못지않게, 이 어두운 곳에서 힘들게 사는 사람들도 밝게 사는 세상이 하루빨리 왔으면 좋겠다"고 평소의 바람을 밝혔다.

선우경식은 집에서 이 프로그램을 봤다. 자신의 모습이 나올 때는 부끄럽다는 생각에 얼굴이 화끈거렸다. 그러나 다음 날 요셉의원에 출근하자 직원들과 봉사자들은 "요셉의원이 잘 소개되었다", "말씀을 잘하셨다"며 박수로 그를 맞았다. 그는 격려라고 생각한다면서 쑥스러운 표정을 짓더니 3층에 있는 경당으로 올라가 십자가 앞에서 무릎을 꿇었다.

"주님, 주님께서 베풀어주신 사랑 덕분에 올해는 풍성했습니다. 그러나 주님, 저는 한없이 연약한 인간입니다. 이렇게 세상에 얼굴을 내밀다가 저도 모르게 우쭐해질까 두렵습니다. 주님, 제가 허명虛名에 취해 쓰러지지 않도록, 당신께서 제 손을 잡아주시기를 간절히 기도합니다."

그는 오랫동안 십자가 앞에서 기도하며 2003년을 마무리했다.

가난한 환자는 의사에게
소중하고 고귀한 꽃봉오리

29

한 해를 마무리하는 소회를 돌아볼 새 없이 세월은 빠르게 흘러갔다. 해가 바뀌어 2004년이 되자 기업과 단체뿐 아니라 개인들의 후원이 눈에 띄게 늘어나기 시작했다. 2003년의 호암상 수상 이후 우리 사회에서 소외된 가난한 환자들을 무료로 진료해주는 요셉의원과 선우경식 원장 그리고 봉사자들의 선행이 여러 언론을 통해 세상에 알려진 덕분이었다.

새해 시무식을 마치고 며칠이 지났을 때였다. 김인수 전무 등 삼성전자의 간부진 여덟 명이 요셉의원을 방문해 최신형 업무용 컴퓨터를 기증하고 병원 내 시설과 근처 쪽방촌을 둘러봤다. 컴퓨터를 선물받은 직원과 봉사자들은 "그동안 구형 컴퓨터로 작업하느라 애먹었으니 앞으로 더 열심히 일하라는 뜻으로 알겠다"며 고맙다는 인

'인터내셔널 에이드 코리아' 당시 이사던 윤형주 가수가 요셉의원을 방문해 의약품을 전달했다. 선우경식 원장의 오른쪽 첫 번째가 대표인 김치운 당시 계명대 교수다.

사를 전했다. 2월 4일에는 어느 30대 젊은 여성이 SBS TV에서 방영된 요셉의원 프로그램을 보고 "너무 감동스러워 가슴이 뭉클했다" 라면서 1000만 원을 넣은 후원금 봉투를 들고 찾아왔다. 그녀는 "오랫동안 조금씩 모은 돈인데 요셉의원을 위해 쓸 수 있게 되어 기쁘다"며 끝내 이름을 밝히지 않고 떠났다. 이후에도 여러 단체 및 개인들의 관심과 후원이 이어졌다.

3월 4일에는 사회봉사단체인 인터내셔널 에이드 코리아(약칭 IAK)에서 방문했다. 전 세계의 가난한 지역과 불우시설 등에 지속적으로 구호활동을 펼치고 있는 미국의 기독교 자선구호기관 킹 베네벌런트King Benevolent 재단으로부터 기증받은 의약품을 전달하기 위해 찾아온 것이다. IAK는 요셉의원을 비롯해 무의촌 순회병원선, 성가

병원 등의 무료병원과 치매병원, 장애인 시설 등에 약 22만 점의 의약품을 무료 지원하는 프로그램을 운영하고 있었다. 그래서 요셉의원에서 필요로 하는 안약, 항생제, 위장약, 수술 장비, 근육경련 치료제, 영양제 등을 포함, 모두 78종의 의약품도 이날 큰 규모로 지원했다. 선우경식은 "무료진료 활동을 하다 보면 많은 의약품이 필요한데 IAK가 이렇게 도와주셔서 큰 힘이 된다"며 감사 인사를 전했다. 이날 방문에는 의사의 꿈을 접고 가수로 활동했던 윤형주 IAK 이사(현재는 봉사단체인 한국해비타트 이사장)가 동행해 직원들과 봉사자들의 큰 박수와 환영을 받았다.

이어 4월 7일에는 서울 잠원동성당의 양홍 주임신부와 사목회부회장 등이 지난 3년간 모은 5000만 원을 가난한 환자들의 치료를 위해 써달라며 찾아왔다. 이외에도 작은 액수, 큰 액수를 가리지 않고 후원금이 들어왔고, 각종 후원 물품도 답지했다. 이런 후원 덕분에 요셉의원은 8월 29일, 개원 17주년을 맞을 수 있었다.

기온이 뚝 떨어진 12월 초 늦은 오후, 한복을 수수하게 차려입은 할머니가 며느리와 중학교에 다니는 손자를 데리고 요셉의원 문을 열고 들어섰다.

"어르신, 어떤 일로 오셨는지요?"

입구에서 안내하는 직원이 물었다.

"원장님을 뵙고 싶어서 왔습니다."

"혹 저희 원장님과 아시는 관계실까요?"

"아니요, 모릅니다. 그러나 그분이 가난한 사람들을 위해 헌신적으로 봉사하고 있다는 소식을 듣고 꼭 뵙고 싶어 이렇게 찾아왔습니다."

"예, 그러시군요. 그럼 저를 따라 오시죠. 원장님 방으로 모시겠습니다."

"고맙습니다."

할머니는 며느리와 손자를 데리고 직원을 따라 2층 원장실로 올라갔다.

"제가 요셉의원 원장 선우경식입니다. 이렇게 누추한 병원까지 걸음해주셔서 고맙습니다."

그가 정중하게 인사를 하자, 할머니는 하나뿐인 의자에 앉으며 며느리와 손자에게 잠시 밖에서 기다리라고 했다.

"저는 서울에 사는 안정자라고 합니다. 그동안 텔레비전과 신문을 통해 원장님께서 가난한 사람들을 위해 큰일을 하신다는 걸 알고선, 언젠가는 한번 요셉의원을 돕고 싶다는 생각을 하고 있었습니다. 그런데 얼마 전에 애들이 칠순 잔치를 해주겠다고 이야기하길래, 잔치할 비용을 돈으로 주면 요셉의원을 돕는 데 쓰겠다고 했지요. 다행히 애들이 어머니 하시고 싶은 대로 하라고 해서 찾아오게 되었습니다."

"안 여사님, 고맙습니다. 그런데 자식들 입장에서는 칠순 잔치를 못 해드리는 게 섭섭할 수도 있지 않겠는지요?"

"아닙니다, 원장님. 애들도 제 뜻을 따라주기로 했습니다. 많은 돈은 아니지만 환자들을 치료하는 데 보태 쓰세요."

할머니는 준비해 온 봉투를 가방에서 꺼내 선우경식에게 건넸다. 그는 의자에서 일어나 두 손으로 봉투를 받으며 봉투 뒤에 할머니의 이름을 적은 후 물었다.

"안 여사님, 저희 병원에서 발행하는 소식지가 있습니다. 실례가 아니라면 보내드리고 싶은데 주소와 연락처를 알려주실 수 있으신지요?"

"제가 큰아들 집에서 함께 살고 있어 주소를 알려드리기가 좀 민망하네요. 그 대신 부탁이 있습니다."

"예, 안 여사님. 말씀하시지요."

"사실은 며느리와 손자에게 요셉의원이 어떤 곳인지를 보여주기 위해 함께 왔습니다. 누가 안내를 해주시면 잘 둘러보고 가겠습니다."

"잘 알겠습니다. 다시 한번 깊은 감사를 드립니다. 제가 봉사자를 불러 요셉의원이 어떤 곳인지 잘보여드리라고 부탁하겠습니다."

"고맙습니다, 원장님."

그는 안 여사와 함께 원장실을 나와 봉사자에게 병원 안내를 부탁했다. 그리고 후원금 봉투를 회계 담당 직원에게 건넸는데, 봉투를 열어 본 담당자가 깜짝 놀라 선우경식을 쳐다보았다.

"원장님, 후원금이 1000만 원짜리 수표인데 아셨어요?"

선우경식도 놀라 며느리, 손자와 함께 병원을 둘러보는 안 여사에게 다가갔다. 그러나 안 여사는 빙그레 웃으며 목례한 후 봉사자를 따라 계속해서 병원 시설을 둘러볼 뿐이었다.

며칠 후 아침, 요셉의원 직원이 병원 현관문을 열다가 1만 원짜리 지폐 다섯 장이 바닥에 떨어져 있는 것을 발견했다. 깜짝 놀라 주위를 둘러봤지만 아무도 없었다. 정황으로 미루어볼 때 쪽방촌에 사는 환자가 요셉의원에서 치료받고 얼마 뒤에 돈이 생겨서 문틈으로 밀어 넣은 듯했다.

익명의 후원자가 요셉의원 현관 문틈으로 밀어 넣은 5만 원.

또 한번은 현관 문틈으로 만 원짜리 한 장과 천 원짜리 한 장이 가지런히 놓여 있기도 했다. 현관 담당자는 이날 현관 데스크에서 컴퓨터로 작업을 하고 있었고, 쪽방촌 사람 몇 명이 병원 1층에 사람이 있는 것을 알고 찾아와 이런저런 얘기를 나누다 조금 전에 나간 참이었다. 돈이 놓여 있는 모양을 보니 잘못하여 주머니에서 흘린 것은 아니었다. 현관 담당자는 "평소 병원에서 도움을 받던 사람이 기부는 하고 싶은데 차마 내놓기가 민망했던지 그냥 문틈에 밀어놓고 간 것 같네요. 만천 원을 거꾸로 하면 천만 원이잖아요? 액수는 만천 원이지만 마음 씀씀이는 천만 원 이상 가는 사랑의 표시예요"라며 반가워했다.

누군가 이렇게 꼬깃꼬깃하게 접은 돈을 문틈으로 밀어 넣는 일은 종종 있었고, 여러 후원의 손길 중에서도 쪽방촌 주민이나 노숙인이 전해주는 후원금은 선우경식과 직원들의 가슴을 적셨다. 그때마다 이들은 한 푼의 후원금이라도 허투루 쓰면 안 되겠다고 다시 한번 마음을 다잡았다.

후원의 손길은 외부에서뿐 아니라 시간을 쪼개서 도와주는 봉사자들에게서도 왔다. 17년째 요셉의원에서 초음파 검사 관련 진료 봉사를 해주는 김영화 선생은 그동안 검사용 프린터 종이를 자비로 구입해서 선우경식의 마음을 뭉클하게 했다. 경당에서의 미사 때 오르간 반주 봉사를 하는 이혜훤 자매는 오르간이 너무 낡은 걸 알고 얼마 전에 야마하 전자 오르간 한 대를 구입해서 기증해주었다. 시간을 쪼개서 반주 봉사를 해주는 것만으로도 고마운데 새 오르간까지 마련해주는 마음을 무엇에 비길 수 있으랴. 그저 고마울 따름이었다. 그는 다시 한번 봉사자들에 대한 감사의 마음을 되새겼다.

병원 운영은 어느 정도 자리가 잡혀갔지만, 요셉의원에 오는 환자들의 형편은 나아지지 않았다. 술 마시고 인사불성이 된 채 병원 문을 발로 차며 행패를 부리는 알코올의존증 환자들 중에는 폐암이나 간암 환자가 많았다. 이 병원 저 병원으로 전화를 해서 겨우 입원을 시키면 의사와 싸우고 퇴원조치를 당하는 환자, 목동의 집에 머물면서 술을 끊었다가 어느 날 저녁 갑자기 사라지는 환자 등 그를 허탈하게 하는 일은 계속되었다. 그래도 그는 알코올의존증 환자들을 다독이고, 환자를 퇴원 조치한 병원에 사정사정해서 다시 입원시키기를 포기하지 않았다. 하루에도 몇 번씩 보람과 낙담이 오갔지만 여전히 보람이 낙담보다 컸다.

환자와 씨름하다 보니 어느새 한 해가 저물어가고 있었다. 선우경식은 2004년을 마무리하면서 이제까지 자신이 해온 무료 자선병원에 대한 심정을 밝히는 글 한 편을 썼다. 요셉의원 후원회 이사인 해누리 기획의 이동진 대표가 요셉의원을 홍보하고 그 수익금을 후원

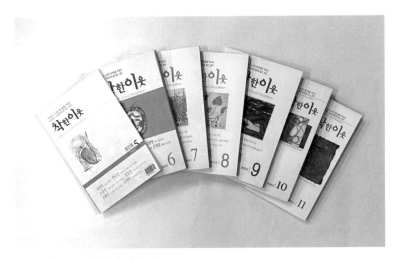
2003년 5월에 창간된 월간 〈착한이웃〉.

한다는 취지로 2003년 5월에 창간한 월간 〈착한이웃〉에 싣기 위한
원고였다.

　　지난 18년 동안 '의사로서 왜 이런 종류의 진료를 시작했느냐?'는
질문을 수없이 받아왔습니다. 가장 정확한 대답은 "필요에 의해서였다"
일 것입니다. 의사에게 있어 떼려야 뗄 수 없는 인연이라면 환자일 것
이고, 나아가서 심각한 질환을 중심으로 의사와 환자가 특별히 맺어지
는 것이 인연의 고리라면, 수많은 환자들 중 요셉의원의 환자들과 저는
평범치 않은 인연의 고리로 엮여 있는 것이 사실입니다.
　　의사와 환자 사이에 있는 인연의 고리 가운데 요셉의원이라는 작은
자선 의료기관에서 제가 택한 환자는 노숙자, 행려자라는 신분의 환자
들이었습니다.
　　(중략)

1998년 외환위기 이후 영등포역에서 요셉의원은 또 다른 형태의 새로운 환자를 맞게 되었습니다. 단순한 가난 때문에 밥과 옷과 약을 필요로 했던 과거의 환자들과는 달리, 이제는 경제적 파산 때문에 가정과 사회의 낙오자가 되어 행려와 노숙으로 떠밀려난 가난한 환자가 몰려들기 시작했습니다. 육체적 질병과 더불어, 마음과 영혼까지 죽음으로 몰고 가는 절망이라는 질병까지 덤으로 짊어진 환자들을 맡게 된 것입니다. 전인적이고 통합적인 치료는 새로운 차원의 치료를 필요로 했고, 환자들의 질병 수준과 양적인 폭발은 요셉의원의 한계를 넘어서는 것이었습니다.

이들에게 요셉의원은 단순한 자선병원이 아니라 사회의 최후 안전망으로서 밑바닥 빈곤층인 노숙자, 행려자들이 필요로 하는 것을 제공해야 했습니다. 그들의 몸과 마음과 영혼을 치료하고, 온전한 인격으로서 제 몫을 감당하는 건강한 사람으로 사회로 돌아가는 치료를 하는 것이 요셉의원의 할 일이었습니다.

(중략)

노숙과 행려에서 오는 몸과 마음과 영혼의 질병을 전인적으로 치료하기 위해서는 요셉의원과 교회의 연대와 협조가 반드시 필요하다는 것을 확신합니다. 의학적 한계 때문이 아니라 가난 때문에 죽는 환자 앞에서는 어떤 변명도 설득력이 없다는 의사로서의 양심과, 모든 생명은 하느님 앞에서 평등하다는 가톨릭 신앙인으로서의 소박한 고백은 지난 18년 동안 가난한 환자들과 함께해올 수 있었던 보이지 않는 힘이었습니다.

무엇보다 가난의 현실이 각성케 해준 선물이라면 환자 중의 환자,

의사 선우경식

의사에게 더할 수 없이 소중하고 고귀한 꽃봉오리 같은 환자는 가난한 사람들이라는 깨달음이었습니다. 바로 이들이 저를 필요로 했고 요셉의원의 이 자리에 저를 불러주었습니다.

그러나 이 축복은 가난의 현장에서 동시에 교회를 중심으로 요셉의원이 있었다는 사실 때문에 가능했습니다. 교회 안에서 형제로서 가족으로서 함께 협조하고 연대해온 병원들과 후원자들의 나눔과 관심과 배려는 18년 동안 요셉의원이 만났던 가난한 환자들의 삶에 동참해올 수 있었던 용기와 격려였습니다.*

원고를 쓰는 동안 그의 머릿속에서는 강원도 정선의 성프란치스코의원을 시작으로 신림10동 사랑의 집, 신림동 요셉의원, 지금의 영등포역 옆 요셉의원에서 겪었던 지난 시간들이 주마등처럼 스쳐 지나갔다. 기자 앞에서 하는 인터뷰와 달리 글을 쓰는 시간엔 차분히 자신을 돌아볼 수 있었다. 아쉽고 안타까웠던 순간도 많았지만 보람으로 남은 기억도 없지 않았다. 그는 이제는 큰 어려움 없이 병원을 운영할 수 있는 단계에 왔다고 여겼다. 그러나 여기서 안주하면 '가난한 환자와 함께한다'는 요셉의원의 정신을 더 확장시킬 수 없을지도 모른다고 생각하며, 60세가 되는 새해에는 또 하나의 새로운 도전을 해보겠다는 각오를 다졌다.

---

* 〈착한이웃〉, 2005년 1월호.

5부

생의
마지막까지

멈추지 않는 열정

30

2005년, 요셉의원이 개원한 지 18년이 되었다. 해는 길고 더위는 갈수록 기승을 부리던 7월 29일, 요셉의원에서는 선우경식의 60세 생일을 축하하는 조촐한 잔치가 열렸다. 실제 생일은 7월 31일이었지만, 봉사자들이 많이 참여하는 금요일 정례 미사 후에 진행한 것이다.

"언제 이렇게 세월이 흘렀는지 모르겠군요. 먼저 이 더운 날 저를 낳아주시고 키워주신 어머니께 감사드립니다. 지금까지 열심히 살아왔다고 생각했는데, 오늘 60회 생일을 맞고 보니 아쉬운 점도 많이 떠오릅니다. 제가 오늘 이 자리에 있는 것은 그동안 요셉의원을 도와주신 의료진과 각 분야의 봉사자와 후원자 들 덕분이라고 생각합니다."

그의 인사말이 끝나자 참석자들은 박수를 치며 호응했고, 요셉의원 여직원들이 합창으로 '축복송'을 부르자 축하 분위기가 무르익어 갔다. 그때 병원 안이 별안간 시끄러워졌다.

"나 술 안 취했어요. 왜 치료를 안 해주는 거예요."

선우경식과 직원들이 1층으로 내려가 보니 병원에 자주 들르는 고○○ 씨가 술에 잔뜩 취해 윗옷을 벗어 던지고 고래고래 소리를 지르고 있었다. 요셉의원에서는 술에 취해 오는 환자는 정상적인 진료가 불가능하고 다른 환자들에게 불안감을 주기 때문에 출입을 시키지 않은 지 오래였는데, 이 때문에 자주 실랑이가 벌어지곤 했다. 고 씨 역시 출입을 제지당하자 정문을 박차고 2층 진료실로 올라와 아무한테나 시비를 걸고 있었다. 환자대기실에 앉아 있던 사람들은 언제 자신에게 불똥이 튈지 몰라 슬금슬금 자리를 피했다. 고 씨를 자주 대하던 직원과 봉사자들이 그에게 옷을 입히고 밖으로 데리고 나가려 했지만 그는 막무가내였다. 선우경식이 직원에게 물었다.

"오늘은 왜 저런답니까?"

"밖에서 누군가와 시비가 붙어서 들고 있던 소주병으로 상대방의 머리를 내리쳤는데, 피가 흐르는 걸 보고선 놀라서 엉겁결에 우리 병원으로 온 것 같다고 합니다. 술을 안 마시고 올 때는 그렇게 조용한 분이 술만 마시면 완전히 다른 사람이 되네요."

선우경식이 가만히 생각해보니 어린아이들이 친구들과 싸우다가 상대방이 코피라도 흘리면 겁이 나서 집으로 도망치는 모습을 보는 것 같았다. 그때 요셉의원에서 오랫동안 봉사하며 고 씨를 지켜봐온 봉사자가 혀를 차며 말했다.

"저분은 조금 나아지는 듯싶었는데, 다시 밑바닥으로 떨어지는 것 같아 마음이 우울하네요."

저런 사람들에게 지쳤다면 선우경식만 한 사람이 있을까만 한마디 거들지 않을 수 없었다.

"그래도 낙담하지 말고 우리가 최선을 다해 치료해줘야지 어떻게 하겠어요."

"원장님은 저런 알코올의존증 환자가 지겹지도 않으세요?"

"저는 저런 환자들하고 18년을 지내왔어요. 병원에 입원시키면 얼마 후 나와서 다시 행패를 부리고, 찾아와서 자기를 정신병원에 보냈다고 멱살을 잡고…. 그래도 어떻게 하겠어요. 알코올의존증도 병이고 그들도 환자인데요."

선우경식은 이제 어느 정도 진정된 고 씨를 바라보며 알코올의존증 환자 치료와 재활프로그램을 더욱 열심히 준비해야겠다고 마음을 다잡았다.

아침저녁으로 제법 선선해진 9월 10일, 요셉의원 필동 재활센터에서 도자기 제작 교육을 위한 물레실습장을 개설했다. 선우경식은 올해 봄부터 오덕주 후원회장의 호의로 필동에 있는 가톨릭여성연합회 건물에서 알코올의존증 환자들의 단주 모임을 하면서 이곳의 이름을 '요셉의원 필동 재활센터'라고 지었다. 그러다 가을이 되면서 목동의 집과 성모자헌의 집에 머물고 있던 환자들 중 단주에 성공한 이들과 사회에서 소외된 이들의 사회 복귀를 돕기 위한 프로그램을 시작한 것이다.

요셉의원 필동 재활센터에서 당시 한양여자대학교 도예과 한영선 강사로부터 도자기 제작을 배우고 있는 모습.

가톨릭 미술가회 회원인 한양여자대학교 신승우 교수의 도움으로 전기물레 두 대와 손물레 열 대를 설치하고, 매주 화요일과 금요일 2회씩 도자기 제작 교육을 하기로 했다. 직접 도자기를 빚으며 성취감을 맛보고, 판매를 통한 수익금으로 스스로 생활을 영위할 수 있도록 자활 의지를 높여 새로운 삶에 대한 동기부여를 하자는 취지였다. 이날 필동 재활센터에는 선우경식과 오덕주 후원회장, 요셉의원 봉사자들이 모두 와서 물레실습장 개설을 축하했다.

"아픈 사람은 우선 병을 낫게 해주어야지요. 하지만 치료가 끝난 사람은 재활할 수 있도록 도와주는 것도 그에 못지않게 중요합니다. 이분들의 사회복귀를 돕는 게 요셉의원의 최종목표입니다."

선우경식 원장은 인사말을 하며 물레실습장 개설을 헌신적으로 도와준 신승우 교수와 지도교사인 도예과 한영선 강사, 조용현 강사에게도 감사의 뜻을 전했다. 실습생으로 선발된 환자들도 열심히 해보겠다며 의욕을 보였다. 선우경식은 그런 실습생들을 보며 물레실습장을 개설하길 잘했다는 생각이 들었다. 그때부터 그는 시간이 날 때면 필동 재활센터를 방문해 실습생들을 격려했다.

"원장님, 작업 중에는 잡념이 하나도 안 들어 너무 좋아요. 게다가 도자기가 내 마음대로 잘 만들어진 날엔 기숙사에서도 온통 그 생각뿐이에요."

실습생 정○○ 씨가 밝은 표정을 지으며 작업의 기쁨을 표현했다. 그러나 또 다른 실습생은 물레 작업을 하다 형태가 잘 나오지 않자 실망한 표정을 지으며 한숨을 내쉬었다. 실습생들의 이야기를 듣고 있던 선우경식이 한영선 강사에게 물었다.

"한 선생님, 저희 학생들을 가르치시는 데 큰 어려움은 없으신지요?"

"네, 없습니다. 재활을 위해 애쓰는 분들에게 작은 힘이라도 된다는 게 저에게는 큰 보람이니까요. 다만 아직 건강이 다 회복되지 않은 분이 힘에 부쳐 작업 과정을 잘 따라오지 못하는 걸 볼 때 안타까운 마음이 듭니다."

아직 건강이 완전하지 않은 상태에서 생전 처음으로 도자기 빚는 법을 배우는 게 쉽지 않은 건 당연했다. 그는 실습생들에게 포기하지 말고 재미를 붙여보라고 격려하며, 어쩌면 그들이 사회에서 했던 일을 찾아주는 편이 더 나을지 모르겠다는 생각이 들었다.

선우경식은 곰곰이 생각하다 목동의 집에 있는 환자 중에 중국집에서 일한 경험이 있는 사람이 있다는 걸 떠올렸다. 알아보니 김○○ 씨(55세)가 조리사 자격증을 갖고 중국집에서 주방장으로 일한 적이 있었고, 53세의 이○○ 씨는 주방장 보조, 35세의 김○○ 씨는 배달 경험이 있었다.

필동 재활센터 1층에 문을 연 중국음식점 '너와나' 개업식에 참석한 선우경식 원장.

12월 초, 선우경식은 필동 재활센터 1층에 '너와나'라는 간판을 걸고 좌석이 열여섯 석인 조그마한 중국음식점을 열었다. 중국집 주방장 경험이 있는 김 씨가 주방을 맡고, 남은 두 명이 포장과 배달을 해주는 식으로 방침을 짰다. 이 식당은 일하고자 하는 세 사람의 강한 의지와 주변의 따뜻한 관심 속에 순조롭게 운영되었다. 협소한 공간 탓에 좌석이 열여섯 석밖에 되지 않아 매상이 많이 오르진 않았지만, 하루 40~50명의 손님이 찾아오고 배달 요청도 늘어 자리를 잡아 가는 듯했다.

"내 기술을 다시 써먹게 되어 기쁩니다."

"손님들이 맛있게 잡숫고 가니까 고맙지요."

"이렇게 일을 시작할 수 있도록 원장님이 애써주셔서 너무 고맙습니다."

그들은 직접 일하며 느낀 감정을 이구동성으로 쏟아냈다.

선우경식은 이마의 땀을 닦으며 환한 표정을 짓는 그들의 모습에 가슴이 뿌듯했다. 그의 마음을 알아서일까. 요셉의원에도 크고 작은 후원이 답지했다.

의사 선우경식

날씨가 유난히도 춥던 12월 말, 초등학생 한 명이 추운 날씨에 얼굴이 발갛게 상기된 채 엄마와 함께 요셉의원을 찾아왔다. 1층에서는 초등학생이 후원을 하기 위해 찾아왔다는 말에 모자를 원장실로 안내했다. 학생이 먼저 인사를 했다.

"원장님, 저는 경인초등학교 3학년에 재학 중인 정해승 대건 안드레아입니다."

어머니를 따라 목5동성당에 나가면서 세례를 받은 학생이었다.

"원장님, 불쑥 찾아왔는데도 시간을 내주셔서 고맙습니다. 며칠 전 크리스마스를 앞두고 해승이가 성탄 선물을 돈으로 달라고 하더라고요. 왜 그러느냐고 물었더니 선물을 사는 대신 그 돈으로 요셉의원을 돕겠다고 해 깜짝 놀랐습니다."

어머니는 성당에서 주일학교 교사가 "이 추운 겨울에 노숙하는 가난한 사람들을 생각하고 그들을 돕는 것이 좋겠다"라 이야기한 것을 듣고, 두 누나들과 의논해 요셉의원을 돕기로 하고 돈을 모았다고 사연을 전했다. 학생은 쑥스러운 표정으로 50만 원이 든 봉투를 내밀었다.

"원장님, 사실 어머니가 더 많이 보태주셨어요."

선우경식은 삼 남매의 마음이 기특하고 대견했다.

"대건 안드레아 학생, 참으로 고마워요. 사랑은 나눌수록 커지고, 나눌수록 행복하다는 말이 있어요. 크리스마스 선물을 받는 대신 추위에 고생하고 있는 가난한 이웃을 위해 선물을 주겠다고 찾아온 삼 남매의 마음이 바로 하느님께서 가르쳐주신 사랑을 나누는 일이에요. 대건 안드레아 학생과 누나들의 성금 덕분에 추위에 고통받는 많은 이웃들이 이 겨울을 따뜻하게 지내면서 건강을 되찾고 희망을 가질 수 있을 거예요. 요셉의원을 대표해서 어머니와 삼 남매에게 큰 감사를 드립니다."

선우경식은 병원 문을 나서는 모자를 바라보며 오랫동안 손을 흔들었다. 요셉의원의 선한 영향력이 어린 학생들에게까지 퍼져나가고 있다는 사실이 뿌듯하고 기뻤다.

갖고 싶은 게 많을 어린 나이에 선생님의 한마디를 놓치지 않고 요셉의원을 찾아오다니. 자식을 두어본 일은 없지만 교육이 무엇인지 아는 선우경식으로선 이런 대목에서 감동이 컸다. 지난번 칠순 잔치를 마다하고 기부한 안 여사가 며느리와 손자에게 직접 보여주었던 것처럼, '가난한 이웃과 함께함'을 실천하는 것보다 더 좋은 참교육이 또 있을까 싶기 때문이었다.

쓰러지고, 일어나고, 또 쓰러지며

31

시간이 지날수록 요섭의원의 사랑 나눔은 점점 더 알려졌고 찾아오는 환자 수도 늘어났다. 마침내 2006년 1월, 한 달에 요섭의원을 찾아오는 환자 수가 2000명을 넘어섰다. 이전 해 12월에 1962명이었는데 그 수치마저 넘긴 것이다. 선우경식은 환자가 늘어갈수록 의사, 간호사, 약사 등의 의료봉사자를 비롯해 청소, 식당, 목욕과 이발, 빨래 봉사자, 환자들과 상담하는 사회사업 봉사자, 환자들 방문 시문 앞에서 제일 먼저 맞아주는 안내 봉사자 등 박봉에도 사명감으로 근무하는 직원들의 역할이 더욱 막중해졌다고 판단했다. 병원의 덩치가 커진 만큼 좀 더 따뜻하면서도 전문적인 의료 시스템을 구축할 필요성을 느낀 것이다. 그리고 그 구성원 그룹들 중 가장 중요한 것은 역시 자원봉사자들이었다.

요셉의원

제38호
2006년 3월

발행인 : 선우 경식
편 집 : 요셉의원 관리부

사 회 복 지 법 인
서울가톨릭사회복지회부설   150-033 서울특별시 영등포구 영등포동 423-57   전화 2634-1760 FAX 2677-5839
                                                         2636-2476

권두언

사랑을 나눕시다

반재민 / 반계민의료의원장

사랑은 나눌수록 커지는 것이며, 나눌수록 행복하다고 합니다. 사랑은 받을 때보다 줄 때가 더 행복하다고 합니다. 이러한 사랑의 진가를 아는 사람들이 모여 소외되고 고통 받는 사람들에게 더불어 함께 사랑을 나누는 삶을 보이는 단체나 기관들이 우리 주위에 많이 있습니다. 그리기에 우리가 사는 세상은 아름다운지 모릅니다. 우리가 함께 모여 일하는 이곳 요셉의원도 사랑을 나누는 기관 중에 하나입니다.

까 생각하고는 물질적 어려움을 겪는 이웃들에게 육체적 고통만이라도 없게 되기를 염원합니다.

베네딕도 교황님께서 처음으로 발표하신 회칙에서 하느님은 사랑이라고 말씀하셨음과 같이 세상을 아름답게 하는 것은 사랑입니다. 세상의 모든 사람들이 사랑의 고리로 연결된다면 얼마나 아름답겠습니까. 하느님에서 바라시는 세상이 아니겠습니다. 그날이 되면 그날진 곳에서 신음하는 사람도, 소외받고 고통 받는 사람도 없는 천국과 같은 지상낙원이 펼쳐지지 않을까요.

요셉의원 소식지 38호에 실린
반재민 의료봉사자의 글.

선우경식은 3월 11일과 12일 이틀에 걸쳐, 2000년부터 해오던 '자원봉사자 교육'을 실시하기로 정했다. '어떻게 하면 더 효율적으로 이웃을 도울 수 있을까', '어떤 마음가짐으로 봉사를 해야 잘할 수 있을까'가 핵심 주제였다. 이틀 동안 계속된 강의였지만 100여 명의 봉사자들뿐 아니라 후원자들까지 참석해 귀를 기울였다. 선우경식은 자원봉사자 교육에 멈추지 않고 요셉의원 소식지 첫 페이지에 봉사자들의 경험담을 실으며 '봉사의 진정한 의미'와 '봉사에서 오는 기쁨'이 무엇인지를 소개했다.

마포구 노고산동에서 외과의원장으로 근무하면서 요셉의원 의료봉사를 하는 반재민 전문의도 "사랑은 나눌수록 커지며, 나눌수록 행복하다고 합니다. 사랑은 받을 때보다 줄 때가 더 행복하다고 합니다. 요셉의원은 이러한 사랑의 진가를 아는 사람들이 모여 소외되고 고통받는 사람들에게 사랑을 나누어주고 있습니다"라고 전했다.

6년 전부터 용인에서 버스와 전철 타고 영등포까지 와서 봉사하는 한인자 약사는 "무엇보다도 먼저 서로 한결같이 사랑하십시오.

사랑은 많은 죄를 덮어줍니다. 불평하지 말고 서로 잘 대접하십시오. 저마다 받은 은사에 따라, 하느님의 다양한 은총의 훌륭한 관리자로서 서로를 위하여 봉사하십시오"(베드로의 첫째 서간 4장 8~10절)라는 성경 구절을 인용하며 봉사자로서의 소감을 밝혔다. 또한 "변하지 않는 봉사자들의 밝은 미소와 서로를 배려하는 대화는 다른 어디에서도 느낄 수 없는, 요셉의원만이 가지고 있는 아름다운 모습입니다. 요셉의원이야말로 베드로의 첫째 서간 말씀대로 한결같은 사랑과 주님의 은총으로, 힘들고 가난한 사람들의 아픈 고통을 덜어줄 뿐 아니라 헌신적인 봉사를 통해 스스로도 참사랑을 느끼고 아낌없이 주는 것이 어떤 것인가를 실천하고 있는 곳입니다"라며 봉사를 통해 얻는 기쁨을 이야기했다.

봉사자의 중요성을 누구보다 잘 아는 선우경식은 5월 1일부터 3일까지 요셉의원 필동 재활센터에서 알코올의존증 환자를 효과적으로 돌보기 위한 봉사자 교육도 열었다. 요셉의원에서 운영하는 목동의 집 봉사자들뿐 아니라 협력기관인 꽃동네, 사도의 집, 희망의 집, 성가복지병원 등에서 알코올의존증 환자를 돌보고 있는 봉사자 25명이 이 교육에 참여했다.

알코올의존증 환자 전문 치료기관인 KARF The Korean Alcohol Research Foundation의 초대 원장을 역임하고 요셉의원에서 의료봉사를 하고 있는 신경정신과 전문의 최신정 박사는 "봉사란 남을 돕는 것이 아니라 자기 자신을 스스로 다스릴 수 있는 것이라고 할 수 있다"라며 알코올에 대한 여러 문제점을 사례를 들어가며 강의했다. 봉사자들이

2006년 5월 1일부터 3일까지 요셉의원 필동 재활센터에서 봉사자 교육도 실시했다. 교육 첫날 서울가톨릭사회복지회를 담당하는 김운회 주교와 선우경식 원장이 재활에 성공한 이들이 운영하는 '너와나'에 들러 운영진을 격려했다.

알코올의존증 환자에 대한 이해를 높이는 주효한 내용이었다. 이외에도 요셉의원에서 봉사하는 김영남 강사가 '알코올의존증이 가정에 미치는 영향', 손영원 강사의 '알코올의존증의 예방', 동국대학교에서 미술치료를 가르치고 있는 교수는 '환자들을 위한 미술치료' 강의를 해 봉사자들에게 큰 호응을 얻었다.

선우경식은 노숙자와 행려자 상당수가 알코올의존증으로 인생의 악순환에서 벗어나지 못하는 모습도 봤고, 목동의 집과 필동 재활센터의 물레강습 교실, 중국음식점 '너와나'를 통해서는 그들도 치유될 수 있다는 희망을 발견했다. 물론 재활에 성공하는 이들의 수는 미미했지만, 노숙자들과 행려자들 치료의 근본은 알코올의존증에서 벗어나게 하는 것이라 생각하며, 필동에서 하고 있는 재활훈련의 폭을 넓혀야겠다는 계획을 세우고 있었다. 그렇게 자신의 건강보다는 환자들의 건강을 먼저 생각하며 쉬지 않고 달려왔기 때문일까? 결국

의사 선우경식

그는 쓰러지고 말았다.

5월 21일 일요일 오전 11시경, 선우경식은 어머니와 함께 길음동 성당에서 미사를 마친 후 집으로 돌아가려는 중이었다. 그런데 갑자기 말이 안 나오고 자동차 키를 돌릴 수 없을 정도의 마비가 찾아왔다. 옆에 계시던 어머니가 요셉의원 정양희 간호사에게 전화했다. 설명을 들은 정 간호사는 급히 요셉의원에서 의료봉사를 하는 고영초 신경외과 전문의에게 전화를 했다. 증상을 들은 고영초 교수는 어제 저녁 선우경식이 "편지를 쓰다가 갑자기 오른손에 힘이 빠지면서 펜을 놓쳤다"라고 이야기했던 게 떠올랐고, 아무래도 일과성 뇌허혈증이 왔다가 급성 뇌경색으로 발전했을 거란 느낌이 들었다. 고 전문의는 자신이 근무하는 건국대학교병원 응급실로 선우경식이 빨리 올수 있도록 조치를 취한 다음, 병원의 뇌혈관 수술 팀을 급하게 소집했다.

응급실에 도착한 선우경식은 말을 알아듣긴 하였으나 발음이 불분명하고 오른손 마비가 뚜렷했다. 고 전문의는 검사 결과 내경동맥 폐쇄에 의한 뇌색전증으로 진단하고 즉시 혈전을 녹이는 치료를 시작했다.* 이 소식을 들은 요셉의원 식구들은 놀랄 새도 없이 선우경식의 쾌유를 기도했다.

많은 이들의 간절한 기도 덕분이었을까. 선우경식은 9일 만에 병원에서 퇴원했다. 자칫 치료가 늦어졌더라면 심각한 반신마비와 언

---

* 이 내용은 고영초 교수 증언을 재구성했다.

어장애 내지 사망에까지 이를 수 있는 위급한 상황이었다. 그러나 그는 증상이 발생한 지 3시간 만에 치료를 받기 시작했고, 6시간 내에 모든 치료가 성공적으로 끝났기에 아무런 후유증 없이 잘 회복하여 퇴원할 수 있었다.

6월 4일, 선우경식은 완쾌되지 못한 몸이었음에도 우이동 산자락에서 열린 요셉의원 봉사자와 후원자 들을 위한 야유회에 참석했다. 보름 전에 비해 얼굴은 헬쑥해졌지만 그는 밝은 표정으로 참석자들과 인사를 나눴다. 야유회 미사를 집전한 가톨릭대학교 신학대학의 구요비 신부(현재 주교)는 "선우경식 원장을 뵈면 '어디서 저렇게 끊임없이 힘이 나올 수 있을까? 그게 바로 성령의 도우심이 아닐까'라는 생각을 하게 된다"며 그의 쾌유를 기도했다. 구요비 신부는 그를 앞으로 불러 인사말을 부탁했다. 선우경식은 허리 굽혀 인사를 한 후 작은 목소리로 감사의 마음을 전했다.

"저를 위해 애써주신 고영초 교수님을 비롯한 의료진과 기도로 도와주신 모든 분들께 감사드립니다. 처음엔 오랫동안 회복하기 어렵지 않을까 걱정했는데, 생각보다 회복 속도가 빠른 것 같습니다. 아마 못다 한 일을 마치라고 하느님이 배려해주신 게 아닌가 싶네요."

참석자들은 그가 말한 "못다 한 일"이 무엇인지 알지 못한 채 큰 박수로 그를 격려했다.

급성 뇌경색으로 쓰러지기 일주일 전인 5월 15일, 선우경식은 어떤 할머니로부터 한 통의 전화를 받았다.

의사 선우경식

"요셉의원이 훌륭한 일을 하신다는 이야기를 들었는데 한번 찾아가 보고 싶어 연락을 드렸습니다. 그런데 제가 나이가 들어 앞이 잘 안 보이고 위치를 몰라 병원을 찾기가 어렵네요. 방법을 가르쳐주시면 좋겠습니다."

선우경식은 연세가 든 분이라고 판단되어 요셉의원 차를 보내 그분과 따님을 병원으로 모셔 왔다. 그분은 여든 살 정도로 보이는 할머니였고, 자신을 '김임마꿀라따'라고 소개했지만 주소나 자세한 신분은 밝히지 않았다. 요즘 흔치 않은 세례명이기에 오래전에 세례를 받은 신앙심 깊은 할머니라고 짐작하며, 요셉의원의 시설을 안내하고 운영 상황을 설명해드렸다. 따님의 부축을 받아 병원을 둘러본 할머니는 "제가 준비해 온 돈인데, 어려운 환자를 보살피는 데 써주시면 고맙겠습니다"라며 봉투를 건네고는 서둘러 돌아갔다. 그가 고맙다는 인사를 하며 배웅한 후 봉투를 열어보니 1억 원짜리 수표가 들어 있었다. 그는 이분이야말로 "왼손이 한 일을 오른손이 모르게 하라"는 성경 말씀을 실천하신 분이라 생각했다. 어쩌면 이 돈은 자신이 자금 부족으로 실행에 옮기지 못하고 있는 알코올의존증 환자 재활훈련에 쓰라고 하느님이 보내주신 선물일지 모른다고 여기며 그는 감사의 기도를 올렸다. 재활훈련을 계획하고 일주일 후 쓰러져 진척을 보지 못하고 있었기에, 몸이 좀 움직일 만해지면 그 계획을 실천해야겠다고 생각하던 중이었다.

선우경식이 염두에 둔 또 하나의 재활 계획은 보다 많은 알코올의존증 환자들이 자급자족하면서 재활을 준비하고, 술을 끊은 후에도 자신들의 생활비를 스스로 벌면서 독립적인 생활의 근거를 마련할 수 있게 하는 것이었다. 오래전 그가 한센병 환자들의 정착촌인 전라북도 고창군 동혜원에 봉사진료를 다니면서, 그들이 농사지으며 자립하는 모습을 보고 얻은 아이디어였다.

그는 동혜원 주민들의 조언과 도움을 받아 전라북도 고창군 고창읍 신월리에 폐교로 남아 있던 고창서초등학교 호암분교를 매입했다. 얼마 전의 그 할머니가 주신 기부금이 있어 가능한 일이었다. 1만 6500제곱미터(4991평)의 토지도 임대해 3년간 복분자와 매실, 배추를 재배할 수 있도록 준비 작업을 해나갔다. 그는 목동의 집에 머물고 있는 사람 중에 활동이 가능하고 스스로 노동하며 재활하겠다고 희망하는 사람을 찾아보았다. 알코올의존증에서 회복한 사람 중에 40대 후반과 50대 중반의 송 씨, 정 씨, 손 씨가 지원했다. 선우경식은 지원자가 생기자 폐교를 수리하여 숙식이 가능한 생활공간으로 꾸미는 공사도 서둘렀다.

이제 선우경식은 60이 넘은 적지 않은 나이였다. 일을 멈추고 제대로 요양을 못 한 탓이었을까. 가을이 깊어가는 10월 중순, 그는 지난 5월 급성 뇌경색이 왔을 때 수술해준 고영초 교수에게 다시 전화를 걸어 "기운이 자꾸 없어져서 피검사를 해봤더니 혈색소가 낮은 수치인 데다 대변까지 검다"라는 말을 전했다. 고영초 교수는 그가 스텐트 삽입술 후 아스피린 등의 항응고제 두 종류를 복용하던 중이라 위장 출혈이 온 것이 아닐까 생각되어 내시경을 권했다. 다음 날 선우경식은 요셉의원에서 의료봉사자인 김보경 소화기전문의에게 위내시경 검사를 받았다. 그런데 이게 또 웬일인가. 예상 밖으로 상

272

고창 요셉의 집은 선우경식 원장이 항암치료 중이던 11월 11일에 문을 열었고, 목동의 집에 머물며 알코올의존증에서 회복한 세 명이 1차로 내려가 생활을 시작했다.

당히 진행된 위암이 발견되었다. 그는 수술을 위해 강남성모병원에 입원해 위암 절제를 위한 아전 위절제술과 부위 림프샘 절제술을 받았으나 이미 다수의 림프샘에서 전이가 발견되었다. 하는 수 없이 위를 3분의 2나 잘라내는 큰 수술 후 항암치료를 시작했다. 그는 좀 힘들지만 견딜 만하다며 꿋꿋이 고통을 이겨나갔고, 항암치료 가운데에도 컨디션이 좋아지면 요셉의원을 찾아 의료진과 봉사자들을 격려했다.

11월 11일, 그가 공을 들여온 '고창 요셉의 집'이 문을 열었다. 그곳에서 농사를 짓겠다고 지원했던 세 명이 예정대로 내려갔고, 11월 18일과 19일에는 요셉의원 전 직원과 상근 봉사자들이 현지답사와 피정을 겸해 방문하여 이들을 축하하고 함께 축복의 기도를 드렸다.

그는 건강이 허락하지 않아 함께 가지 못하고 기도만 했다.

술로 인해 사회와 격리된 채 살아가다가 고창 요셉의 집에서 생활을 시작한 세 사람은 이때부터 배추와 복분자, 매실을 재배하기 시작했다. 첫 수확물은 배추였다. 매출이 발생하자 이들은 스스로 생활비를 벌었다는 사실에 감격했다. 또한 "예전엔 꿈도 못 꿨지만, 농촌에 자리 잡은 만큼 앞으로 가정도 꾸리고 싶다"라며 더 큰 꿈을 피력했다. 또 "몸은 힘들어도 더 잘할 수 있을 것 같다"라고 강한 자신감을 내비치기도 했다. 목동의 집에서 재활하던 이들도 이 소식을 듣고 고무되어, 김 씨와 조 씨 두 명이 고창 요셉의 집에 합류했다. 선우경식이 와병 중에도 온 마음으로 알코올의존증 환자들의 치료와 재활을 위해 생의 마지막 불꽃을 태운 결과였다.

이겨낼 수 있다 기대하며

32

선우경식은 점점 야위어갔다. 그래도 그는 자신이 다시 일어설 수
있다는 희망을 놓지 않았다. 아직 할 일이 남아 있는 만큼 강남성모병
원을 오가며 열심히 치료에 임했다. 수술 이듬해인 2007년 3월 1일,
그는 요셉의원 소식지에 실을 '인사 말씀'을 써 내려갔다. 다름 아닌
그동안 자신의 투병을 염려하고 위로해준 이들에게 보내는 감사 편
지였다.

저는 작년 10월 23일 건강이 좋지 않아 강남성모병원에 입원하여
수술을 받았고 지금 통원치료 중에 있습니다. 그동안 저를 아껴주시고
이끌어주신 여러분들께 걱정을 끼쳐드려 대단히 송구한 마음입니다.
아울러 제가 병원에 입원하고 있을 때 그리고 통원치료 중에도 많은 분

들이 직접 병원까지 찾아와 기도해주시고 문병해주신 데에 깊은 감사를 올립니다. 또한 전화로, 편지로 격려해주시고 물심양면으로 도와주신 데 대하여도 머리 숙여 감사를 올립니다.

몸이 불편해서 예의를 결한 점이 있더라도 너그러이 헤아려주실 것을 부탁드립니다. 그동안 저를 위해 애써주신 모든 분들께 다시 한번 깊은 감사를 올리며, 여러분과 여러분 가정에 하느님의 축복이 함께 하시기를 기도드리겠습니다. 건강이 회복되는 대로 더욱 열심히 일할 것을 다짐하며 감사의 인사를 올립니다.

— 2007년 3월 1일 요셉의원 선우경식 올림.

글을 마무리하고 펜을 내려놓은 그는 깊은숨을 내쉬었다. 의사이기 때문이었을까, 죽음을 준비해야겠다는 생각보단 위암은 얼마든지 이겨낼 수 있다는 생각으로 마음을 다잡았다.

그는 건강이 허락할 때는 요셉의원에 가서 봉사자와 직원들에게 치료 잘 받고 있으니 염려하지 말라면서 오히려 그들을 격려했다. 3월 17일에는 미국의 메리놀수녀회의 총장수녀 일행이 한국을 방문했다가 요셉의원을 찾아온다는 연락을 받고 오랜만에 정장 차림으로 병원으로 갔다. 평소처럼 출근하는 기분이 들었다.

"곧 이런 날이 다시 올 거야."

그는 낮게 중얼거렸다. 당시 요셉의원에는 아프리카 케냐 오지에서의 20년에 이어 요셉의원에서 7년째 의료봉사를 해온 유우금 루시아 수녀(의사, 당시 77세)가 은퇴를 앞두고 있어서 총장수녀 일행이 격려차 요셉의원을 둘러보기 위해 찾아온 것이다. 수녀복 대신

의사 선우경식

2007년 3월 17일 요셉의원을 방문한 메리놀수녀회 수녀님들과 함께.

평복 차림을 하고 가난한 이들 옆에서 함께하는 메리놀수녀회로 우리나라에서는 부산, 강화도 일대의 여러 섬들 그리고 인천, 서울의 영등포, 용산 등에서 활동했다. 그는 총장수녀에게 유우금 수녀가 요셉의원에서 오랫동안 의료봉사를 해준 것에 감사의 인사를 전했다. 총장수녀는 가난한 이들을 위한 무료 자선병원을 20년째 해오고 있는 그의 수고에 오히려 고맙다며 하루빨리 쾌유하기를 기도해주었다.

그의 쾌유를 비는 응원과 격려는 5월 14일 명동성당에서 열린 제8회 '노래의 날개 위에' 공연장에서도 이어졌다. 2000년 4월 27일에 오덕주 후원회장의 제안으로 시작된 요셉의원을 돕기 위한 자선음악회가 한 해도 거르지 않고 진행되어 여덟 번째를 맞은 것이다. 엊그제 같은데 8년이 지났다니, 선우경식은 믿기지 않았다. 1400여 명이 모였던 첫해의 열기가 오늘의 요셉의원을 만들었음을 누가 부인할 수 있을까. 그는 그날처럼 먹먹해졌다. 1000여 명의 관중이 모인 이날 음악회에서 1회 때부터 함께해온 백남용 신부(당시 가톨릭대학교 종교음악대학원장)는 "오늘 이 음악회는 가난한 이웃들을 보살펴주고 있는 요셉의원 창설자인 선우경식 원장을 기억하고 함께 기도하는 음악회가 됐으면 한다"며, "병고로 고통받고 있는 선우경식 원장의 쾌유를 비는 마음으로 함께 기도해주시면 고맙겠다"라고 말문을 열었다. 그리고 백 신부는 참석자들과 함께 선우 원장의 쾌유를 비는 묵주기도를 바쳤고, 온 마음을 다한 그들의 기도 소리는 명동성당에 울려 퍼졌다.

무더위가 한창인 8월이 되면서 선우경식은 다시 항암치료를 시작했다. 약을 투여할 때마다 뼈 마디마디마다 통증이 몰려왔고, 머리카락은 뭉텅이로 빠져나갔다. 그런 와중에도 8월 29일이 요셉의원 개원 20주년이란 생각에 그는 마음이 바빠졌지만, 몸은 말을 듣지 않았다. 그럴수록 선우경식의 머릿속에서는 지난 20년의 나날들이 주마등처럼 스쳤다.

자선병원 사업이 얼마나 어렵고 힘든 길인 줄 모른 채 의욕만 갖고 뛰어들었을 때가 42세.* "의술은 남을 위해 쓰여야 한다", "밥벌이를 위해 하는 게 아니다"라는 말을 버팀목으로 3년을 견디자 그제야 조금씩 마음의 여유가 생겼다. 처음 3년 동안 '이제 문을 닫을 수밖에 없겠구나' 하고 주저앉을 무렵이면 어김없이 후원자가 나타나

---

* 요셉의원 소식지 44호(2007년 9월)에 실린 선우경식의 20주년 단상인 '환자들에게 좀 더 잘 해주었더라면…'을 재구성했다.

의사 선우경식

깜짝깜짝 놀라곤 했다. 너무 절묘해서 섬뜩할 정도였다. 보이지 않는 힘을 느낄 때마다 어렴풋이 '하느님의 손길이 요셉의원을 도와주고 계시는구나'라는 생각을 갖게 되었다. 하루 종일 환자들과 씨름하다 밤늦게 병원 문을 나서는데 길가에 쓰러져 있는 환자를 보면 다시 문을 열고 들어가 치료를 해주고 '한 사람을 더 살렸구나' 싶어 가슴 뿌듯한 경우도 여러 번 겪었다. 술의 노예가 되어 세상을 등지다시피 한 사람을 돌봐주고, 그가 어엿한 사회인으로 복귀하는 걸 지켜보노라면 보람을 느끼지 않을 수 없었다. 이런 과정을 통해 선우경식은 이 세상에 쓸모없는 사람은 하나도 없단 신념을 갖게 되었다.

멀고 힘든 길이었지만, 가난한 사람들을 치료하기 위해 문을 연 요셉의원이 스무 살이 되고 이제 성년을 맞았다. 20년을 되돌아보니 '지금까지 요셉의원을 거쳐 간 환자들에게 왜 좀 더 잘해주지 못했을까' 하는 아쉬움을 지울 수가 없지만, 그럼에도 20년을 잘 견뎌왔다는 안도의 마음이 들기도 했다. 바람이 있다면 환자들을 위해 시설을 개선하고 의료 수준도 높여 가난한 사람들에게 좀 더 나은 의료 서비스를 해주고 싶다는 것 그리고 육체적인 치료는 물론 영적인 치료까지 해줄 수 있다면 좋겠다는 것이었다.

그의 상념은 꼬리에 꼬리를 물고 이어졌다. 그러다가 자신도 모르게 눈이 스르르 감겼고, 아침에 일어나면 기운이 없었다.

요셉의원에서는 개원 20주년 행사를 선우경식 원장이 어느 정도 기운을 차린 후에 하기로 결정했다.

선우경식은 거울 속 자신의 모습이 낯설었다. 치료를 위해 항암제를 투약한 결과로 탈모가 된다는 건 익히 아는 사실이었지만 받아들

2007년 10월 20일 오전 11시, 요셉의원 3층 경당에서 개원 20주년 감사미사가 열렸다. 가운데가 김운회 주교, 그 오른편이 선우경식 원장이다.

이기 쉽지 않았다. 단순히 미용 차원의 문제만이 아니었다. 진료실을 거쳐 간 수많은 환자들이 겪었을 물리적 고통 이전의 쓸쓸함 같은 것이었다. 나는 과연 그들을 얼마나 이해했던 걸까 의문이 들었다. '주님, 다시 기회를 주신다면….' 선우경식은 묵상하듯 기도를 올렸다. 주님에게 자신을 살려달라는 기도를 하지 않던 그였다.

하늘이 청명한 10월 20일, 선우경식은 모자를 쓰지 않은 채 기념식에 참석했다. 개원 20주년을 축하하기 위해 찾아온 400여 명의 각 분야 봉사자, 후원자 및 후원기관 관계자들과 반가운 인사를 나눴다. 개원 20주년 감사미사는 요셉의원 3층 경당에서 서울가톨릭사회복지회를 담당하는 김운회 주교의 주례와 열두 명 사제들의 공동 집전으로 열렸다. 강론은 김운회 주교가 맡았다.

"요셉의원 하면 선우경식 원장님이 떠오릅니다. 선우경식 원장님은 요셉의원과 떼어놓으려야 떼어놓을 수 없는 분입니다. 물론 선우

의사 선우경식

원장님 혼자만의 힘으로 요셉의원이 이루어진 것은 아닙니다. 선우 원장님의 큰 뜻에 여러분이 함께해주신 덕분에 오늘의 요셉의원이 있다고 생각합니다. 의료봉사진, 여러 분야의 봉사자와 많은 은인들, 늘 함께하고 있는 직원 여러분이 오늘 축하와 감사를 받아야 할 분들이라고 생각합니다. (중략) 하느님의 은총을 생각지 않고는 우리가 요셉의원을 떠올릴 수 없고, 마찬가지로 선우경식 원장님이나 수많은 봉사자나 은인들, 직원들의 희생과 사랑과 열정이 없었다면 요셉의원의 20년이란 존재할 수 없음은 두말할 필요가 없습니다.”

김운회 주교는 이어서 “요셉의원이야말로 가족들에게 소외받고 사회에서 외면당하고 있는 노숙자, 행려자, 알코올의존증 환자 그리고 외국인근로자 등 그동안 42만여 명에 기쁨과 희망을 주는 공간으로 자리매김해왔다고 자부하며 저도 여러분들과 함께 보람과 긍지를 느끼게 됩니다”라며 강론을 마쳤다.

미사가 끝난 후에는 김정식, 고영초, 신현자 전문의 등 20년 동안 봉사를 해준 봉사자들을 비롯해 10년간 봉사해준 봉사자들에게 감사장을 수여했다. 선우경식은 10년 동안 요셉의원을 위해 봉사해준 주방, 세탁, 기술, 청소, 차트 봉사자 등 일반 봉사자 스물두 명을 한명 한명 소개하면서 그들의 노고를 치하하고 감사장을 수여했다.

이어 알코올의존증 환자로 요셉의원에 왔다가 올바른 재활의 길을 거쳐 새 삶을 살고 있는 두 사람한테는 ‘격려상’을 수여하였다. “이분들이야말로 우리 병원의 보배 중의 보배”라며 선우경식이 상을 수여하자 참석했던 모든 사람들은 자기 일처럼 기뻐했다. 그는 두 사람과 힘차게 악수하며 손등을 두드렸고, 그들도 울먹이며 고개를 숙여 감사의 인사를 했다. 알코올의존증 환자의 치료와 재활 그리고 사회 복귀는 힘들고 어려운 길이었지만, 그는 목동의 집, 필동 재활 센터, 고창 요셉의 집을 통해 그들의 손을 잡아주고 있었다.

요셉의원 일이라면 언제나 한걸음에 달려와주었던 김수환 추기 경은 건강이 허락하지 않아 참석하지 못하고 대신 축전과 함께 격려 의 글을 보내왔다.

요셉의원 개원 20주년을 맞게 되었다는 소식을 듣고 무척 기쁩니 다. 3개월을 버티기가 힘들 것이라는 우려의 목소리가 있었는데 그래 도 스무 살 성년을 맞았고, 그동안 42만 명이라는 환자를 치유해주고 돌봐줄 수 있었다는 데 대하여 축하와 더불어 감사의 말씀을 드립니다.

(중략)

나는 요셉의원과 같은 무료 자선병원이 의료사업의 꽃봉오리라고 확신합니다. 한 사람 한 사람의 사랑이 모이고 모여 어두운 세상 속에 사랑의 빛을 발하는 등대 역할을 하기 때문입니다. 우리 천주교의 모든 병원이 무료로 환자를 돌볼 수는 없겠지만 적어도 요셉의원과 같은 몇 몇 개의 병원만이라도 하느님의 사랑을 만민에게 알리는 사랑의 전도 사가 되어주기를 바라며 요셉의원을 자랑스럽게 추천하고 싶습니다. 요셉의원은 하느님이 당신 자신을 우리에게 내어 주신 것처럼 가난한 환자들에게 치료는 물론, 먹을 것과 입을 것을 나누어 주고 이발, 목욕 까지 시켜주고 그들의 재활을 위해 모든 것을 나누어 주고 있는 곳이기 때문입니다.

의사 선우경식

2002년 12월 혜화동 주교관으로 연말 인사차 방문했을 때의 김수환 추기경과 선우경식.

　선우경식은 격려의 글을 읽으며 콧등이 시려왔다. 요셉의원을 시작할 때부터 지금까지 물심양면으로 도와준 김수환 추기경은 그의 정신적 지주였다고 해도 과언이 아니었다. 2002년 12월 혜화동 주교관을 방문했을 때, 김 추기경은 간혹 입원을 하는 경우가 있긴 했지만 거동에는 큰 불편이 없었고 선우경식 본인도 건강했다. 그런데 지금, 김 추기경은 거동이 불편하고 자신은 위의 3분의 2를 잘라낸 뒤 항암치료를 받으며 서로의 건강을 걱정하는 처지가 되었기에 만감이 교차한 것이다.

　투병 중인 선우경식에게 또 한 번의 수상 소식이 전해졌다. 사회복지시설에 대한 지원사업과 경제적 소외계층 및 저소득층에 대한 지원사업, 아동 및 노인 복지사업 등을 지원하는 백강사회복지재단

백강상 사회복지봉사상 수상 기념. 왼쪽은 백강사회복지재단 최성원 이사장이다.

에서 제8회 백강상 사회복지봉사상 수상자로 선우경식을 선정한 것이다. 11월 7일, 롯데호텔 2층 에메랄드룸에서 열린 시상식에서 재단의 최성원 이사장은 "자신을 희생하면서 이웃을 위해 봉사하시는 분들에게 이 사회를 대신하여 감사를 드리는 것"이라고 시상의 의미와 감사의 인사를 전했다.

선우경식은 "이 사회 각 분야에서 묵묵히 훌륭한 일을 하는 분이 많은데 제게 상을 주시는 것은 몸이 아픈 저를 격려해주시기 위한 선정이라 생각됩니다. 격려로 알고 남은 생 최선을 다해 일하겠습니다"라고 수상소감을 밝혔다.

시간은 빨리도 흘러갔다.

12월이 되면서 세상은 크리스마스 분위기에 휩싸였지만, 그는 계속 항암치료를 받는 중이었다. 선우경식은 시간이 날때마다 자신의 삶을 돌아보았다. 나자렛 예수의 삶을 실천하기 위해 노력했지만 부족함이 많았다는 생각에, 전에 썼던 스스로에 대한 성찰을 꺼내 다시 읽기도 했다.

나는 하느님을 위하여 이웃 형제 자매들을 내 형제 자매로 받아들인다고 말하면서 그들을 핍박하고 멀리 한다.

나는 바깥 세상을 향하여 정의를 외칠 것이 아니라 내 자신을 향하여 외쳐야 한다.

나는 하지 않으면서 다른 사람한테는 하기 힘들거나 할 수 없는 일을 하라고 말한다.

나는 받을 줄은 알지만 줄 줄은 모른다.

나는 내가 해야 할 일을 안하기 때문에 엉뚱한 다른 사람이 어렵고 힘든 일을 하게 된다.

나는 꼭 해야 할 일은 안하고 안해도 될 일을 하고 있다.

나는 예수님의 제자라고 하면서 예수님의 걸어가신 길을 따라가지 않고 다른 길로 가고 있다.

나는 나의 양들인 환자들 잘 돌보지 않고 양의 털을 깎아 먹는데만 열중하고 있다.

나는 칭찬 받기를 좋아 하고 다른 사람의 올바른 충고를 듣기 싫어 한다.

나는 세상의 소금이라고 하면서 단 것만 찾아 다닌다.

나는 하느님께 영광을 드리기 원한다면서 다른 사람이 하느님께 영광을 드리는 일을 싫어 한다.

나는 작은 것은 싫어 하고 큰 것만 좋아 하며 효과적인 결과만 기대 한다.

나는 하느님의 이름으로 남을 윽박지르고 (권위를 갖고) 있다.

나는 선량한 힘 없는 사람과 손을 잡고 일하기를 피하고 도둑같은 힘 있는 사람과 손잡고 일하기를 원한다.

나는 사랑, 사랑 하면서 사랑의 말을 입술에서 떠나지 않게 말 하지만 사랑하지 않는다.

그는 벽에 있는 십자가를 바라보며 무릎을 꿇었다.

"주님, 저는 입으로는 온갖 좋은 말을 하지만, 부끄러운 모습에서 벗어나지 못한 채 이렇게 병마와 싸우고 있습니다. 그러나 주님, 저 선우경식 요셉을 불쌍히 여기시고, 저를 다시 일으켜 세워주시어 가난하고 힘없는 환자들을 위해 일할 수 있게 해주시기를 간절히 기도합니다. 주님….”

그의 기도는 어느 때보다 길고 간절했다.

마지막 순간까지

33

해가 바뀌어 2008년이 되었다. 항암치료를 어느 정도 마무리한 선우경식은 가끔 요셉의원에 나와 직원들은 물론 봉사자들과도 이야기를 나누며 병원 돌아가는 사정을 듣곤 했다. 그가 여전히 병원의 정신적 지주이자 구심점 역할을 하고 있고, 개원한 지 20년이 지나면서 체계가 잡혀 있어 운영에 별다른 어려움은 없었다. 후원도 계속 들어오고, 정기후원자의 숫자도 1600명을 넘어섰다. 직원들과 봉사자들은 "중요한 일이 생기면 전화를 하거나 집으로 찾아가 상의드리겠다"며 집에서 요양하시라고 권했지만, 그는 꿋꿋이 일주일에 두세 번씩 나와 진료를 하거나 봉사자와 직원들을 격려했다.

당시 그는 위에서 다른 부위로 암 전이가 발견된 상태여서 통증을 느낄 때가 많았다. 강남성모병원에서는 새로운 항암요법을 고려하고 있는 중이었다. 그러나 선우경식은 자신의 상태가 심상치 않음을 이미 알고 있었다. 4월 8일, 그는 요셉의원 지도신부인 이문주(당시 양재동성당 주임) 신부에게 요셉의원의 일을 의논하고 싶다고 청했다. 이때 병자성사도 부탁할 요량이었다. 병자성사란 가톨릭 일곱 성사 중의 하나로, 병자나 가톨릭 신자의 죽음이 예상될 때 하느님의 자비에 맡기는 성사를 말한다.

이문주 신부는 선우경식에게 20년 동안 요셉의원이 걸어온 과정을 다 듣고 난 뒤 "이야기들을 서류로 남겨 놓는 게 좋겠다"라는 조언을 해주었다. 그는 "그렇게 하겠다"고 약조했지만 안타깝게도 실행에 옮기지는 못했다.*

선우경식은 몸무게가 8킬로그램 이상 빠져 수척한 모습이었지만 누워만 있지는 않았다. 4월 11일에도 요셉의원으로 나와 미사에 참석했다. 봉사자와 직원들이 걱정하며 만류해도 요셉의원을 향한 발걸음은 멈추지 않았다. 그러나 주변의 염려가 현실이 되는 데는 그리 오랜 시간이 걸리지 않았다.

그는 4월 14일에도 꼭 그래야 하는 것처럼 병원에 나왔다. 그리고 진주에서 올라온 호스피스 봉사자 10여 명에게 봉사에서 무엇이 중요한지에 대해 1시간 넘게 강의를 하고 담소를 나눈 후에 귀가했다. 그러나 12시간 후쯤인 4월 15일 새벽 3시경, 그는 집에 있던 여동생 선우명식에게 "너무 아프다. 망치로 머리를 때리는 것 같다"고

---

* 이문주 신부 증언, 요셉의원 소식지 47호(2008년 6월). 이문주 신부는 선우경식이 대답은 했지만 "끝내 그것이 유언이 되고 말았다"고 밝혔다.

의사 선우경식

하며 쓰러졌다. 미국에 살던 여동생은 오빠가 몸이 불편해서 어머니 수발을 도와드리지 못하게 되자 한국에 나와 있던 참이었다. 여동생은 2년 전 뇌출혈 때부터 그의 주치의를 맡은 고영초 전문의에게 급히 전화했다.

"선생님, 오빠가 갑자기 머리가 아프다면서 계속 토한다고 하는데 어떻게 하면 좋을까요?"[*]

고영초 전문의는 뇌출혈이 아닐까 생각되어 즉시 119를 불러 자신이 근무하는 건국대학교 병원 응급실로 모시고 오라고 했다. 이때부터 상황은 급박하게 돌아갔다.

새벽 4시, 고영초 전문의가 응급실에 도착해 응급 촬영한 CT 결과를 보니 광범위한 뇌출혈이 발생한 상태였다. 아마도 장기간의 항암치료로 골수 기능이 떨어져 혈소판 수치가 현저히 감소된 상태에서 뇌출혈이 온 것으로 판단되었다. 양측 동공이 완전히 열려 있어 이미 뇌사와 다름없는 상태였기에 수술을 해도 가망이 없어 보였다. 그는 30여 분 전 응급실로 오는 차 안에서 전화로 "고 선생, 머리가 깨질 듯이 아파요"라고 또렷이 말했던 선우경식이 이렇게 뇌사 직전의 상태가 되었다는 게 믿어지지 않아 망연자실했다.

평소 선우경식과 가까웠던 고용복 교수 내외가 고영초 전문의 연락을 받고 응급실로 달려왔지만 그의 상태는 변하지 않았다. 고용복 교수는 며칠 전 전화에서 그가 "허리가 너무 아파 눕지도 앉아 있지도 못하겠다"고 하여 임종이 임박했음을 직감하였으나, 뇌출혈이 오

---

[*] 고영초 교수 증언, 요셉의원 소식지 47호(2008년 6월).

리라고는 생각도 못했다며 당황스러워했다. 고영초 전문의는 항암 치료를 맡았던 홍영선 교수와 통화하여 간단한 치료 경과를 이야기한 후 새벽 6시에 강남성모병원으로 선우경식을 옮겼다. 그러나 그곳에서도 선우경식은 눈을 뜨지도 말을 하지도 못했다. 꼼짝하지 않고 누워만 있는 그에게 병원에서 할 수 있는 일은 없었다.

불과 나흘 전인 14일에도 호스피스 봉사자들에게 봉사의 의미를 강의했던 그였다. 무엇이 그리도 급했을까.

4월 18일 새벽 4시, 20여 년 동안 요셉의원에서 울고 웃던 선우경식은 이승에서의 생을 마감했다. 향년 63세였다. 그와 함께했던 병원관계자들과 그를 거쳐 간 환자들, 동료 의사들 중 아무도 그를 보내지 않았지만 누구도 다시는 그를 볼 수 없게 되었다. 그러나 그가 사랑했던 요셉의원은 그날도, 장례식 날도, 오늘도 문을 활짝 열어 어렵고 힘든 이웃을 치료하고 있다.

의사 선우경식

선우경식 원장의 장례미사는 4월 21일 오전 9시 명동성당에서 정진석 추기경의 주례로 60여 명의 성직자와 수도자, 1000여 명의 조문객이 참석한 가운데 봉헌되었다.

말없이 뿌린 작은 씨앗 하나가

⁜ 요셉의원 이념 ⁜

가난하고 의지할 데 없는 환자를

그리스도의 사랑으로 돌보며,

그들의 자립을 위하여 최선의 도움을 준다.

⁜ 요셉의원 사명 ⁜

가난한 환자들에게 최선의 무료진료

요셉의원은 2024년 2월 말 현재, 30명의 직원이 연인원 500명
의 자원봉사자(자원 진료의사 120명 포함)와 함께 정기후원자 5400명

의 지원을 받으며 하루 60~70명의 환자를 진료하고 있다. 진료대상은 △노숙자와 행려자 △건강보험 체납자 △난민, 미등록 외국인근로자 중 입국 3개월 이상인 환자 △그 외 의료복지 사각지대의 환자들이다. 진료시간은 낮 진료(오후 1시~5시)와 밤 진료(오후 7시~9시)로 나뉘어 있다.

진료과목은 △내과(소화기, 호흡기, 내분비, 신장, 혈액종양, 간, 췌담도) △외과(일반, 흉부, 응급의학) △신경외과 △정신건강의학과 △이비인후과 △피부과 △비뇨의학과 △안과 △영상의학과 △정형외과 △재활의학과 △통증클리닉 △치과 △한의과 △가정의학과 등 스물세 개이며, 진료 지원을 위해 임상병리검사와 방사선, 위내시경(비수면), 초음파검사, 심전도검사를 실시하고 MRI와 CT 등 특수검사는 협력 병원에 의뢰하고 있다.

진료 이외에 재활 지원 및 나눔 프로그램으로 △음악 치료(매주 목요일 오후 2시~3시 30분) △영화 포럼(매월 셋째 주 수요일 오후 2시~4시) △법률 상담(요청에 따라 수시) △도서관[월, 화, 수, 금 오후 1시~5시(화요일은 4시까지)] △식사 나눔(목요 나눔, 매주 목요일 오후 2시~4시 1층 식당) △옷 나눔(요청에 따라 수시로) △이미용 서비스(매주 화요일 오후 3시~5시, 다섯 번째 주는 제외) △목욕 서비스(매일 오후 1시~3시 남성, 3시~5시 여성)를 실시 중이다.

• 자원봉사는 홈페이지에서 신청하거나 전화(070-4688-3422,

오후 1시~8시)로 문의 가능.

• 후원은 전화(02-2637-7258, 오후 1시~8시)로 문의하거나 홈페이지에서 신청. 후원계좌번호: 우리은행 1005-604-557810(요셉나눔재단법인).

주소: (우)07306 서울특별시 영등포구 경인로100길 6

전화: 02-2634-1760(오후 1시~8시)

FAX: 02-2677-5839

이메일: info@josephclinic.org

1945년 7월 31일	평양에서 아버지 선우영원 옹(1915~2000)과 어머니 손정복 여
	사(1924~2009)의 2남3녀 중 장남으로 태어남.
1950년	12월 25일 대구로 피란.
1957년	서울금양초등학교 졸업.
1957년	서울중학교 입학.
1960년	서울고등학교 입학.
1963년	가톨릭대학교 의과대학 입학.
1965년	예과 수료.
1969년	가톨릭대학교 의과대학 졸업.
	의사국가시험 합격[의사면허 번호: 10810, (구)13881].
1969~1970년	인턴 수료(가톨릭대학교 의과대학 부속 성모병원).
1970~1973년	해군 의무단 장교로 복무.
1973~1974년	레지던트 과정(가톨릭대학교 의과대학 부속 성모병원 내과).
1975~1978년	내과 전문의 과정 수료: 미국 뉴욕 브루클린 킹스브룩 유대인 메
	디컬 센터Kingsbrook Jewish Medical Center Brooklyn N.Y U.S.A. 일반
	내과 전공.
1978~1980년	뉴욕 킹스브룩 유대인 메디컬 병원Kingsbrook Jewish Medical Hos-

pital N.Y.C 근무(일반내과의사).

1980~1982년	한림대학교 의과대학 내과교실 부교수, 한림대학교 강남성심병원 근무.
1983년	휴직 후 성프란치스코의원(강원도 정선읍) 근무.
1984년	'예수의 작은 형제회' 재속회 입회.
1984~1986년	사랑의 집 진료소(서울 신림10동) 자원봉사.
1986~1987년	서울 방지거병원 진료부장.
1987년	방지거병원 사임.
1987~2008년	서울가톨릭사회복지회 부설 요셉의원 원장.
1997년	요셉의원, 신림동에서 현재의 영등포 역 옆으로 이전.
1996년	알코올의존증 환자를 위한 '목동의 집'을 개원.
1997년	제14회 가톨릭대상 '사랑부문상' 수상.
2000년	무의탁환자를 위한 '성모자헌의 집' 개원.
2001년	올해의 '자랑스러운 가톨릭의대인'상 수상.
2002년	서울시의사회장상 수상.
2003년	올해의 자랑스러운 서울인상 수상.
2003년	호암상 사회봉사상 수상.
2005년	'요셉의원 필동 재활센터' 개소.
	대한결핵협회 복십자대상 봉사부문 수상.
2006년	급성 뇌경색(5월), 위암(10월) 발병.
	알코올의존증 환자 재활과 자립을 위한 '고창 요셉의 집' 개소(11월).
2007년	백강상 사회복지상 수상.
2008년	4월 18일 지병으로 선종.
2008년 6월	국민훈장 동백장 추서.

의사 선우경식

참고 자료

선우경식, 1961년~2006년 수첩과 일기장.

선우경식, '요셉의원의 설립취지와 현황'(2001년 3월 17일 자원봉사자 교육자료집).

선우경식, '가난의 현장에서 만난 환자', 〈착한이웃〉, 2005년 1월호.

선우경식, '가장 무능력한 환자가 나에게는 선물이다', 〈착한이웃〉, 2003년 5월호.

요셉의원 소식지 1호(1989년 3월)~47호(2008년 4월).

요셉의원 30년사 편찬위원회 편, 《요셉의원 30년사》, 서울가톨릭사회복지회 부설 요
    셉의원, 2017.

변수만, '고 선우경식 원장과 요셉의원', 요셉의원, 2012.

〈가톨릭신문〉, 1987년 7월 19일, 8월 30일, 9월 6일자 1988년 9월 11일자.

'깊은 산골, 사랑의 전교자 – 강원도 정선 성프란치스코 의원', 〈경향잡지〉 1984년 10
    월호(76권 10호).

마라아의 전교자 프란치스코 수녀회 한국관구 소식지 〈만남〉, 1983년 6월호~11월호.

성프란치스코 의원에서 간호사 자원봉사를 했던 익명의 인터뷰, '성 프란치스코 의원
    은 당시 그곳의 유일한 병원', '헤이리를 살다! 모티브원' 블로그, 2022년 3월 9일
    (https://blog.naver.com/motif_1/222667645131).

김수환 추기경, '나의 형님 김동한 신부', 《밀알회와 김동한 신부》, 밀알회, 1993,

43~48쪽.

김혜경 인터뷰, 조배원, '바람에 눕는 풀─도시빈민운동의 대모 김혜경', 〈기억과 전
　　망〉, 2003년 겨울호 174~177쪽.

김혜경 구술, 최인기 면담, '1970년대 빈민운동─김혜경', 2011년 8월 6일(1차), 8월
　　9일(2차), 8월 18일(3차), 민주화운동기념사업회 사료관 오픈 아카이브.

샤를 드 푸코, 조안나 옮김, 《사하라의 불꽃》, 바오로딸, 1996.

샤를 드 푸코 가족수도회 엮음, 조안나 옮김, 《사를 드 푸코 선집─나자렛 삶으로》, 분
　　도출판사, 2022.

인터뷰 및 증언 녹취록

강우일 주교, 김운회 주교, 안경렬 몬시뇰, 백남용 신부, 선우명식(선우경식 여동생),
　　오덕주(당시 후원회장), 김영남(사랑의 집, 요셉의원 봉사자), 윤은숙(장기 근속자),
　　이옥정(막달레나공동체 대표).

사진 출처

이 책에 실린 사진 중 출처가 따로 표시되지 않은 사진은 전부 요셉의원에서 제공하
　　였습니다. 요셉의원의 허가 없이는 '무단 전재 및 복제'를 금합니다.

마리아의 전교자 프란치스코 수녀회 한국관구 제공: 29쪽.

〈조선일보〉: 155쪽 상단, 245쪽, 291쪽, 304쪽 하단, 307쪽 상단.

중학교 시절 선우경식과 부친.

서울고등학교 3학년 때의 모습.

대학교 때.

가톨릭대학교 의과대학 졸업식 때 부모님과 함께.

해군 군의관 시절.

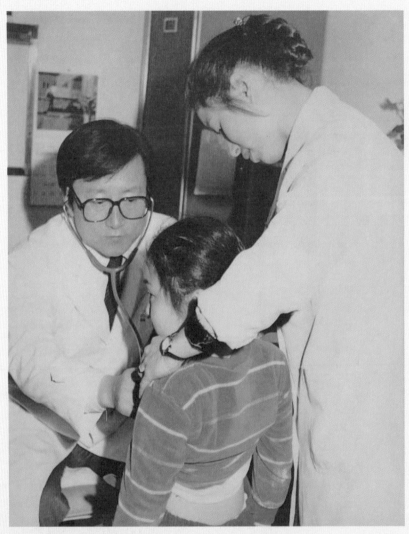

신림동 요셉의원 초기,
어린 환자를 진료하는 선우경식.

신림동 요셉의원 초기,
봉사자의 작업을 돕는 모습.

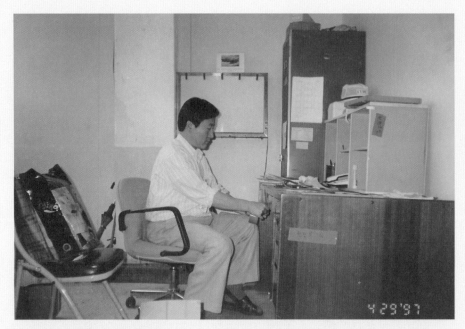

1997년 4월 29일,
신림동 병원 이사를 마무리하며.

1997년 9월 27일,
요셉의원 영등포 이전 개원식 후 참석자들과 대화하는 모습.

2000년 11월,
교황대사 방문 때 주방봉사자와 함께.

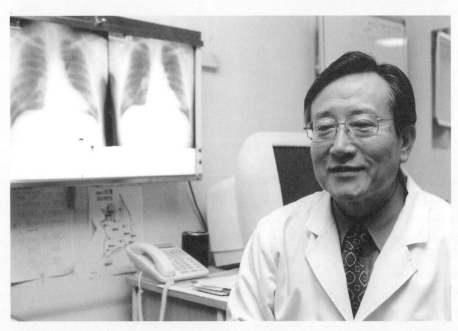

2001년,
언론과 인터뷰 중.

2002년 10월 26일 개원 15주년 기념미사.
염수정 안드레아 주교가 집전을 했으며, 앞줄 오른쪽은 후원회를 이끈 오덕주 회장.

2002년 12월 2일,
제1회 한미 참의료인상을 수상하는 선우경식.

2003년 12월 10일,
대기실에서 환자와 대화 중인 선우 원장.

2005년 12월 10일,
필동 재활센터의 중국음식점 '너와나' 개업 시식회 참석.

2008년 6월 12일,
국민훈장 동백장 추서.